LINDSAY GALVIN

Abgründige Geheimnisse

Aus dem Englischen von Fabienne Pfeiffer

CHICKEN HOUSE

Für meine Meerjungen,
Edward und Oscar

Was ist tief? Der Ozean. Die Wahrheit.
Christina Rossetti

Teil 1

STRANDEN

JETZT

ICH BIN NICHT tot.

Aber ich …

atme nicht.

Meine Brust bebt, krampft. Panik drückt mich wieder hinab in die Dunkelheit.

Ich schwebe hinauf zum Licht.

Gedankenfetzen …

ungreifbar …

Lärm. Donnernd, rhythmisch.

Licht. Farben.

Brust voll, geschwollen, verstopft – ein Fremdkörper.

Mein Körper wirft sich herum, außer Kontrolle, Brust krampft – eng und weit. Heiße Flüssigkeit quillt mir aus dem Mund, wieder und wieder und wieder. Prusten, Keuchen, wunder Hals.

Röcheln. Ein und aus.

Sauerstoff.

Meine Gedanken ruckeln. Warme Erleichterung. Dann Verwirrung.

Mir ist etwas zugestoßen. Was, habe ich vergessen. Ich bin – mein Gehirn ist – angeschlagen.

Ich kann nichts sehen.

Fester Boden unter meiner Schulter, der Hüfte, dem Ohr. Ich liege schwer atmend auf der Seite, versuche zu begreifen, woran ich mich nicht erinnere.

Ich fühle mich bleiern, so schläfrig …

Komm schon, denk nach. Ich bin am Leben, das ist ein Anfang. Aber mein Gedächtnis funktioniert nicht richtig.

Meine Augen wollen blinzeln, doch etwas verklebt die Lider. Ich stemme mich auf einen Ellenbogen hoch, taste und ziehe Pflaster ab, zucke zusammen, als sie schmerzhaft an meinen Wimpern reißen.

Blendendes Licht. Meine Hand schnellt nach oben, schirmt ab, dann kneife ich die Augen zusammen, während sie sich an die Helligkeit gewöhnen. Das Tosen ist stetig, ein vertrautes Geräusch.

Mein Atem stockt, ich huste und schmecke etwas Bittersüßes im Mund.

Mein Hals kann meinen Kopf kaum tragen. Ich verenge die Augen. Glitzerndes Weiß unter mir, grelles Blau über mir und Türkis vor mir …

Sand. Himmel. Meer.

Strand.

Ich bin an einem … Strand.

Allein? Es ist zu hell, in der Ferne erkenne ich nichts … niemanden.

Ich bin am Leben, und das überrascht mich. Wieso, weiß ich nicht. *Spul zurück.* Was ist das Letzte, woran –?

Kühles Weiß.

Erinnerungen kommen.

Der Nebel. Meine Hand am Knauf der Tür, panisches Rütteln. Sie ging nicht auf.

Poppy. In meinen Armen. Blut rauscht mir in den Ohren, pocht in meinen Schläfen.

Wo ist meine Schwester?

Ich hieve mich auf die Knie.

»Poppy!« Mein brüchiges Flüstern wird vom sanften Schrappen des Meers verschluckt.

VORHER

1. Kapitel

POPPY SPÄHT AUS dem Flugzeugfenster, die Nase ans Glas gepresst, und ich folge ihrem Blick. Dunkle, sattgrüne Wälder reichen bis an die Küste, wo das Land in ein metallisch glänzendes Meer beißt.

»Ich bin am Verhungern«, sagt sie.

»Wir haben gerade erst gefrühstückt, und du hast die Hälfte stehen lassen.«

»Da hatte ich noch keinen Hunger.«

»Typisch.« Da unser Flug nur eine Stunde dauert, gibt es keinen Bordservice. Ich krame in meinem Rucksack. »Tja, ich habe Äpfel und eine Banane … oh.«

Ich halte die Banane in die Höhe; sie ist aufgeplatzt und hat sich als brauner Matsch über sämtliche Äpfel verteilt. Wir ziehen die gleiche angeekelte Grimasse, aber mein Lachen fühlt sich hohl an. Wenn Mum hier wäre, hätten wir mehr als genug Proviant für diese Odyssee dabei: Tupperdosen voller Nudelsalat und selbst gebackene Schokomuffins.

Ich schiele über den Gang zu Alison, der Flugbegleiterin, die mit uns reist. Mit meinen vierzehn Jahren könnte ich allein fliegen, aber Poppy ist erst elf und braucht eine erwachsene Begleitperson. Alison haben wir in Heathrow getroffen; sie ist haargenau so ruhig und durchorganisiert, wie ihre makellose Bobfrisur es erwarten lässt, und hat uns viel müheloser durch die Kontrollen und zu unseren Anschlussflügen in Los Angeles und Auckland gelotst, als ich es je geschafft hätte. Im Augenblick ist sie voll und ganz mit ihrem Handy beschäftigt und bekommt Poppys Bettelei um Essen überhaupt nicht mit. Ich frage mich, wie viel meine Tante ihr dafür bezahlt, dass sie die ganze Zeit bei uns bleibt, uns durch zwei Flughäfen geschleust und zwei Zwölf-Stunden-Flüge mit abgesessen hat, bis wir uns nun endlich im letzten Flieger befinden.

In der Sitzreihe hinter uns raschelt es, dann baumelt eine Familienpackung Chips über Poppys Kopf.

Ich drehe mich um, sodass ich einen Blick durch den Spalt zwischen den Kopfstützen werfen kann. Ein Junge in meinem Alter versucht vergeblich, sich eine feuchte blonde Haarsträhne aus den Augen zu pusten. Er ist mir schon beim Einsteigen aufgefallen, weil er vollkommen durchnässt war. In Auckland hat es geschüttet – offenbar keine Seltenheit auf der Nordinsel Neuseelands. Zumindest wettertechnisch werden wir uns also wie zu Hause fühlen.

»Cool. Danke«, sagt Poppy und greift nach den Chips. Sie schaut mich mit hochgezogenen Augenbrauen an, und als mir klar wird, dass sie auf meine Zustimmung wartet, zucke ich mit den Schultern. Auch wenn sie drei Jahre jünger ist als ich, bin ich es nicht gewohnt, die Verantwortung zu tragen.

Poppy reißt die Tüte auf und kniet sich verkehrt herum auf den Sitz, um mit dem Jungen zu reden.

»Ich bin Poppy, und das ist meine Schwester Aster. Wohin bist du unterwegs?«

»Ich wohne in Gisborne«, sagt der Junge. »In Auckland habe ich Verwandte besucht, und jetzt fliege ich wieder nach Hause.«

Er spricht mit breitem neuseeländischem Akzent und merkwürdiger Melodie, wodurch jeder Satz wie eine Frage klingt, und Poppy muss lachen.

Ich stoße sie möglichst unauffällig in die Rippen. »Sei nicht unhöflich«, flüstere ich.

»Okay, okay, ich hatte bloß keine Ahnung, dass die Leute hier wirklich so reden«, sagt sie und grinst ihn an. Er lächelt zurück und setzt dann eine gespielt ernste Miene auf.

»Na, und ich wusste nicht, dass es Leute gibt, die tatsächlich reden wie *du*. Wie ist das werte Befinden?«, fragt er in einem Tonfall, der wohl vornehmes Englisch sein soll und nicht einmal ansatzweise klingt wie das, was man bei uns zu Hause in East London auf der Straße hört.

Poppy prustet los und versprüht Chipskrümel in alle Richtungen. Innerhalb der nächsten paar Minuten findet sie heraus, dass unser Hintermann Sam heißt und sechzehn Jahre alt ist. Leibspeise Nachos, Lieblingsfarbe Gelb. Und er fährt gern Mountainbike.

Dann erzählt sie Sam, ich sei Schwimmchampion.

»Okay, Pops, das ist jetzt leicht übertrieben.« Ich lehne meine Wange gegen die Kopfstütze, fange durch die Lücke den Blick des Jungen auf und ziehe die Augenbrauen hoch, um mich für meine geschwätzige Schwester zu entschuldigen.

»Ich bin bloß nett«, sagt Poppy, »im Gegensatz zu dir. Und überhaupt: Du *bist* Champion, du hast diesen Rekord aufgestellt und diesen großen Wettkampf gewonnen –«

»Das war vor zwei Jahren, und auch nur die Bezirksmeisterschaft …« Ich bringe den Satz nicht zu Ende, komme mir vorgeführt und zugleich albern vor, weil ich mich zu erklären versuche.

»Um fair zu sein: Das scheint mir durchaus ziemlich championmäßig«, sagt Sam. Das Grübchen in seiner Wange verrät, dass er ein Lächeln unterdrückt, und ich verenge die Augen zu Schlitzen, ertappe mich jedoch dabei, wie ich zurückläche le, zumindest ein klein wenig.

»Jep. Siehst du?«, meint Poppy.

»Ihr macht also Ferien?«, wendet sich Sam nun direkt an mich. Ich schlucke. Jetzt, da es mir lieber wäre, sie würde reden, ist Poppy ganz und gar auf ihre Chips konzentriert.

Ich zögere so lange, dass es beinahe unbehaglich wird.

»Wir ziehen hierher nach Gisborne, zu unserer Tante Iona. Unsere Mum ist vor ein paar Monaten gestorben. Krebs«, sage ich hastig, und auch wenn die Worte mir leise über die Lippen kommen, fühlen sie sich zu groß und sperrig für meine Luftröhre an.

»Scheiße. Das tut mir leid.« Er hält kurz inne und schluckt ebenfalls. Ich senke den Blick auf meinen Schoß. Als er weiterspricht, klingt seine Stimme gedämpft.

»Mein Grandpa hat das Gleiche, aber im Augenblick geht es ihm recht gut.«

Als unsere Blicke sich wieder treffen, stelle ich fest, dass seine Wangen gerötet sind, und prompt breitet sich Wärme auch über mein Gesicht und meinen Hals aus. Niemand, der einen geliebten Angehörigen mit dieser Krankheit hat, will Geschichten über den Tod hören oder erzählen. Ich zermartere mir das Hirn nach einem anderen Gesprächsthema.

»Vielleicht wird er wieder gesund, das schaffen viele Leute«, sagt Poppy und knüllt die leere Chipstüte zusammen, ohne zu bemerken, dass die Stimmung gekippt ist. »Wir sind Waisen – Mum und Dad haben sich getrennt, als ich noch ein Baby war, und er ist bei einem Autounfall ums Leben gekommen.«

Die Augenbrauen des Jungen wandern höher. Er mustert erst Poppy, dann mich, als seien wir die traurigsten Pechvögel, die ihm je begegnet sind.

Poppy plappert schnell weiter: »Aber Iona ist Mums jüngere Schwester und total cool.«

Ich drehe mich wieder um und lausche, wie Poppy Ionas Arbeit als Onkologin – Krebsmedizinerin – beschreibt, für die unsere Tante in aller Welt unterwegs ist, von Kriegsgebieten bis hin zu abgelegenen Regenwäldern. Was Poppy nicht erwähnt: Wir haben Mums Schwester seit Jahren kaum zu Gesicht bekommen. Und konnten sie auch nicht erreichen, als Mum im Sterben lag, weil sie zur selben Zeit andere Krebspatienten behandelt hat.

Der Junge zeigt Poppy ein paar Mountainbike-Videos auf seinem Tablet. Dann will sie unbedingt, dass er mit ihrem Handy ein Selfie von uns dreien macht, und dirigiert erst Sam, wie er das Gerät zu halten hat, ehe sie ihren dünnen

Arm um meine Schultern legt und mich ins Bild zieht, während er sich über die Kopfstütze unserer Sitze beugt. Endlich lässt sie sich zurück in ihre Polster sinken und vertieft sich in ein Handyspiel. Wenig später verkündet eine Lautsprecherstimme, dass wir uns im Landeanflug auf Gisborne befinden: Ortszeit neun Uhr morgens, Wetter bewölkt mit einzelnen Schauern, Temperatur zwanzig Grad. In England mag Winter sein, aber in Neuseeland ist der Januar ein Sommermonat. Unsere Begleitung, Alison, vergewissert sich, dass wir beide unsere Gurte angelegt haben, und ich kneife wie auf jedem Flug die Augen fest zu, bis wir auf dem Boden aufgesetzt haben. Das Herz schlägt mir dabei bis zum Hals, aber die Landung ist nicht allzu schlimm, bloß etwas holprig.

Poppy presst beide Hände gegen das Fenster. Ihre Haare – die Spitzen viel blonder als der Ansatz – sind zu zwei unordentlichen französischen Zöpfen geflochten, mit schiefem Scheitel. Sie muss sich noch daran gewöhnen, selbst zu flechten, statt Mum allmorgendlich herumzukommandieren, wie genau sie ihre Frisur gern hätte.

Ich kaue auf meiner Unterlippe herum. Neuseeland ist so weit von zu Hause entfernt, dass wir nie auch nur zu Besuch waren, und jetzt sollen wir für immer bleiben. Aber Iona wohnt nun einmal hier, und ohne sie müssten Poppy und ich zu Pflegefamilien. Ich bin beinahe fünfzehn, daher konnte das Jugendamt nicht versprechen, dass wir dauerhaft zusammen unterkommen würden. Ich kann mir nicht vorstellen, von Poppy getrennt zu werden. Wir waren die einzigen Angehörigen auf Mums Beerdigung, und in diesem Moment ist unser Mangel an Verwandtschaft zum ersten Mal in unserem

Leben wirklich ins Gewicht gefallen. Fast einen Monat haben wir anschließend bei Mums bester Freundin verbracht, bevor es den Behörden gelungen war, Iona ausfindig zu machen. Als unsere Tante schließlich angerufen hat, war sie ganz entsetzt darüber, nicht für Mum und uns da gewesen zu sein. Dass Mum ihrer Schwester nie erzählt hatte, wie schlimm es um sie stand, ist mir erst später klar geworden. Nach dem Telefonat hat es noch einmal zwei Monate gedauert, bis Iona unsere Flüge nach Neuseeland organisiert hatte.

Meine Augen folgen einem einzelnen Tautropfen, gefangen zwischen den beiden Flugzeugfensterscheiben und ohne jede Möglichkeit, selbst Einfluss auf seinen Kurs zu nehmen. Genau wie wir.

Alison scheucht Poppy und mich aus der Maschine und über das Rollfeld zu dem kleinen, niedrigen Gebäude des Regionalflughafens. Sie sammelt das Gepäck ein und führt uns durch die Ankunftshalle, wo einige Menschen an der Absperrung warten, allerdings keine Iona. Sam geht ein paar Schritte vor uns und dreht sich um.

»Schreibt mir mal, wenn ihr Lust habt«, sagt er. »Dann zeige ich euch die Gegend.«

»Okay. Gib deine Nummer ein«, sagt Poppy. Sam nimmt ihr Handy entgegen, tippt auf dem Bildschirm herum und verabschiedet sich dann mit einem Lächeln und einem Winken.

»Da ist sie!«, ruft Poppy und deutet über die Menschenmenge hinweg. »Oh – sie sieht Mum mittlerweile noch ähnlicher.«

Iona steht auf der anderen Seite der Drehtür; sie hat uns noch nicht erspäht. Ich erkenne sie kaum wieder, aber mit dem geschorenen Haar ähnelt sie Mum – zumindest der kranken Mum zum Schluss – tatsächlich enorm. Als wir Iona zuletzt getroffen haben, hatte sie ihre langen Cornrows noch zu einem Knoten zurückgebunden; jetzt ist alles kurz rasiert. Mein Herz stolpert. Mums Korkenzieherlocken waren ihr Markenzeichen gewesen, und auch wenn sie es damals heruntergespielt hat, war es ein schwerer Schlag für sie, dass ihr durch die Chemotherapie die Haare ausgefallen sind. Einen Moment lang lehne ich mich gegen Poppy und spüre ihre knochige Schulter als starke Stütze an meinem Arm.

Kleine Fältchen bilden sich in Ionas Augenwinkeln; sie hat uns endlich entdeckt.

Poppy schließt Iona in eine ihrer steifen, festen Umarmungen, Iona kneift die Augen zu und erwidert den Druck. Vor ein paar Monaten hätte ich sie ebenfalls umarmt, doch jetzt bringe ich es nicht über mich. Gedanken an Mums Krankenhausbett und die Beerdigung kommen in mir hoch, und daran, wie viel leichter es mit Iona an unserer Seite gewesen wäre.

»Ich bin so froh, euch zu sehen. Die Reise war hoffentlich nicht allzu schlimm?«, sagt sie.

»Schon in Ordnung, danke«, erwidere ich und vergrabe die Hände in meinen Jackentaschen. Poppy plaudert sofort drauflos, während ich mich noch daran gewöhne, Mums Schwester vor mir zu haben. Iona ist größer als Mum; sie wirkt drall und stark. Ihr Mund ähnelt meinem und Mums: breit, mit vollen Lippen und träge, wenn es ums Lächeln geht. Die tief liegenden, beinahe kastanienbraunen Augen und geschwungenen Wimpern aber teilt sie mit Poppy. Meine Haut ist tiefgoldbraun wie Mums, Ionas Teint dagegen heller. Unser Dad war weiß, Mum und Iona haben afroamerikanische und koreanische Wurzeln. Unsere Großeltern mütterlicherseits – beide Ärzte, die wie Iona im Ausland gearbeitet und sich auf Reisen getroffen hatten – haben Poppy und ich nie kennengelernt. Meine Großmutter ist jung gestorben, ebenfalls an Krebs. Unsere Familie hat das Glück nicht gerade gepachtet, schätze ich.

Ich nehme den Kopf hoch. Mum hat Iona verehrt. Mag sein, dass ihre Schwester bisher nicht für uns da gewesen ist, aber jetzt ist sie hier.

Wir verabschieden uns von Alison. Iona nimmt die Taschen und marschiert uns voran aus dem Flughafengebäude und über den Parkplatz. Wir klettern auf die Rückbank ihres staubigen roten Pick-ups.

Ich bin überrascht, als wir aus der kleinen, niedrig bebauten Stadt Gisborne hinausrollen. Ionas Haus muss wohl in einem der Vororte liegen. Die Straße ist still und schnurgerade. Am Himmel reißen die Wolken auf, und der Asphalt vor uns dampft leicht im Licht der verwaschenen Sonne. Wir fahren und fahren, vorbei an einigen Städtchen, durch dichte Wälder und anschließend grüne Hügel. Zu unserer Rechten taucht in der Ferne das Meer auf. Gerade will ich fragen, wie weit außerhalb Iona lebt, da hält sie den Wagen am Straßenrand an. Sie holt tief Luft und dreht sich zu uns um.

»Ich bin in letzter Zeit ein wenig unorganisiert.« Sie hält

inne, schaut gequält, legt eine Hand über ihr Herz. »Ich hoffe, ihr könnt mir verzeihen.«

Ich sehe Iona zum ersten Mal in die Augen, und das Herz rutscht mir in die Hose. Sie kann es sich doch nicht plötzlich anders überlegt haben und nicht mehr die Vormundschaft für uns übernehmen wollen – nicht nachdem sie uns den ganzen Weg bis hierher hat fliegen lassen.

»Ich habe mein Haus vermietet, weil ich in der Nähe an einem Projekt arbeite, und mir war gar nicht bewusst, dass mein Vertrag mit den Mietern erst in ein paar Wochen ausläuft. Wäre es für euch in Ordnung, ein wenig Zeit mit mir auf dem Feldforschungsgelände zu verbringen? Es gibt dort jede Menge zu erleben; wir arbeiten in einem Ökodorf, so richtig im tiefsten Busch.«

Ich lasse mich zurück in den Sitz sinken.

»Du meinst, dorthin fahren wir … jetzt?«, frage ich.

Sie nickt.

»Zelten wir?« Poppys Augen sind schmal geworden. »Arbeitest du nicht in einem Krankenhaus? Ich dachte, du bist Krebsärztin.«

Ich schlucke. Kein Haus, für mehrere Wochen. Ich hatte mich darauf gefreut, in einem neuen Zimmer auf dem Bett zu liegen und Musik zu hören. Einfach die Tür und meine Augen schließen zu können.

Iona lächelt.

»Ich bin tatsächlich Ärztin, Poppy, aber im Moment in der Medizinforschung aktiv. Seit einiger Zeit untersuche ich mit einer Gruppe Studenten, welche gesundheitlichen Vorteile die Lebensweise früher Kulturen uns vielleicht zu bieten hat. Wärt ihr bereit, der Sache eine Chance zu geben, nur für ein paar Tage? Wenn es euch nicht gefällt, suchen wir uns ein Hotelzimmer, bis wir wieder ins Haus können.«

»Wie weit ist es denn?«, erkundige ich mich.

»Wenn wir direkt weiterfahren, können wir heute Nachmittag dort sein«, sagt Iona. Sie sieht mich an, mit festem, ruhigem Blick, und ich schaue hinunter auf meine Hände, spiele mit einem losen Faden an der Naht meiner Jeans. Ich erinnere mich noch an Ionas letzten Besuch – zu viert haben wir damals Karten gespielt, bis spät in die Nacht, und dabei so laut gelacht, dass der alte Mann in der Wohnung über uns mit seinem Gehstock auf den Boden gedonnert hat.

Iona ist Mums Schwester. Es wird schon gut gehen. Ich spüre Poppys Blick auf mir, weiche ihm jedoch aus.

»Okay, in Ordnung«, sage ich.

Iona lenkt den Wagen zurück auf die leere Straße, und ich schmore in plötzlicher Angst. Sie hat uns Fotos von einem Haus am Fluss geschickt, mit drei Schlafzimmern. Und den Behörden erzählt, dass wir dort leben werden. Unsere Sozialarbeiterin hat gemeint, sie habe das Jugendamt in Neuseeland informiert, damit ich meine Therapie fortsetzen kann. Meine Schultern sind so verkrampft, dass es wehtut; ich stehe ständig unter Hochspannung. Aber Pläne ändern sich nun einmal, und ich muss lernen, damit zurechtzukommen. Hier zu sein, in der Obhut einer Verwandten, wird mir helfen, alles zu verarbeiten.

Rund fünfzehn Minuten später höre ich das Ticken des Blinkers. Die Abzweigung liegt ziemlich versteckt, kurz vor einem Schild, das die Tokomaru Bay ankündigt.

Poppy fotografiert den Wegweiser mit ihrem Handy.

Jetzt schreibt sie an Sam, den Jungen aus dem Flugzeug – heimlich unter dem Hoodie in ihrem Schoß, damit Iona es im Rückspiegel nicht sehen kann. Poppy muss ein lokales Telefonnetz gefunden haben. Ich runzele die Stirn und spähe über ihre Schulter. Unter dem Foto des Straßenschilds hat sie getippt:

Neues Zuhause: Ökodorf-Campdings. Liebe Grüße von Poppy aus dem Flieger.

Er antwortet sofort.

Cool. Rund um Tokomaru bin ich manchmal mit dem Mountainbike unterwegs.

Bis bald mal in der Stadt. Sam.

2. Kapitel

NOCH FAST EINE ganze weitere Stunde verbringen wir im Pick-up, holpern zuerst in hohem Tempo über eine Staubpiste, dass uns sämtliche Knochen durchgerüttelt werden, und anschließend sanft durch kleine Hügel, wo es überhaupt keine richtige Straße mehr gibt. Iona redet, wir hören zu. Sie erzählt, dass in dieser Gegend überwiegend Maori leben. Ihr Ökodorf liegt allerdings zwischen dem Land der Ureinwohner und einem Nationalpark, in einem kleinen unberührten Stück Wald, das bis an die Küste reicht. Endlich hält der Wagen hinter einer Gruppe niedriger Bäume ruckartig an. Die Sonne hat inzwischen ihren höchsten Punkt längst überschritten. Durch die Zeitverschiebung bin ich noch ganz aus dem Rhythmus; zwar ist inzwischen früher Nachmittag, doch mir kommt es vor, als zöge sich der Tag schon endlos in die Länge.

Gleich auf der anderen Seite der Bäume hinter dem Auto parkt ein leuchtend grünes Quad mit breiten Reifen, halb verborgen im Gebüsch. Iona marschiert hinüber und legt eine Hand auf den Motor. Sie schüttelt kaum merklich den Kopf, und eine steile Falte erscheint auf ihrer Stirn.

»Alles in Ordnung?«, frage ich.

»Oh ja, bestens. Wir gehen von hier aus zu Fuß«, sagt Iona, verzieht ihre Miene zu einem Lächeln und redet schnell weiter. »Die großen Koffer holen wir später, denen passiert nichts im Wagen. Nehmt einfach so viel mit, wie ihr tragen könnt, nur für die ersten Nächte. Oh, und zieht eure Wanderstiefel an.«

Wir gehorchen, stopfen Kulturbeutel und Kleider in unsere Rucksäcke. Dann tauschen wir unsere Schuhe gegen die Stiefel, für die Iona uns extra Geld geschickt hatte. Als wir ihr den Pfad entlang hinterherstapfen, werfe ich einen Blick zurück auf das Quad und grübele, weshalb es Iona aus der Fassung gebracht hat.

Als wir das Ende des Weges erreichen, ist der Nachmittag bereits zur Hälfte vorbei. Poppy jammert mittlerweile leise über eine Blase, und auch meine Füße fühlen sich in den neuen Stiefeln heiß und geschwollen an.

»Willkommen in Wildhaven«, sagt Iona plötzlich.

Im Dämmerlicht war mir der grüne Maschendrahtzaun überhaupt nicht aufgefallen; ich wäre direkt in ihn hineingelaufen. Jetzt schlinge ich die Finger durch die Drahtöffnungen. Der Zaun ist ungefähr dreieinhalb Meter hoch und am oberen Rand nach außen gebogen. Anders als Zoogehege soll er offenbar nicht verhindern, dass etwas hinausgelangt, sondern vielmehr dafür sorgen, dass nichts unerwünscht hineinkommt. Wie zur Bestätigung drückt Iona ihren Daumen auf ein kleines schwarzes Bedienungsfeld, und ein grünes Lämpchen leuchtet auf.

Poppy zupft an meinem Ärmel und flüstert mir ins Ohr: »Was ist das denn bitte für ein Studentencamp?«

Die Tür schwingt auf, nach innen. Iona bemerkt meinen Blick und schenkt mir ein beruhigendes Lächeln. »Der Nationalpark ist bei Wanderern und Mountainbikern beliebt, und da wir hier kein zuverlässiges GPS-Signal kriegen, passiert es leicht, dass Leute vom Weg abkommen. Die Forschungsarbeiten dürfen aber um keinen Preis gestört werden, das ist enorm wichtig«, erklärt sie eilig. »Ihr beiden habt euch ganz großartig geschlagen. Bisher war mir nie wirklich bewusst, wie weit es ist – wenn ich neue Vorräte besorge, bin ich normalerweise allein unterwegs.«

»Und was genau ist das jetzt hier, dieses Ökodorf? Zelte?«, will Poppy wissen und bleibt zögerlich vor dem Tor stehen.

Iona schüttelt lächelnd den Kopf. »Nein, alles Holzhütten, wir verwenden ausschließlich Naturmaterialien. Keine Sorge, es ist sehr komfortabel, bloß ohne jede Technik eingerichtet.«

Poppy verengt die Augen. »Mit Technik meinst du Handys und so?«

»Handys, Computer, Fernsehen. Es gibt nichts Digitales. Wir haben in Wildhaven keinerlei Strom.«

Ich habe Durst und Kopfschmerzen. Poppy packt meinen Arm und schaut mich mit großen Augen fragend an. Und sie hat recht: Das ist ein wenig seltsam. Zugleich aber empfinde ich es als Erleichterung, Iona zu folgen und nicht länger selbst nachdenken zu müssen, was für Poppy und mich das Beste ist.

Eine frische Brise streift durch die Bäume und hebt sanft

ein paar Locken in meinem Nacken an, die sich aus meinem Zopf gelöst haben.

»Sind wir hier am Meer?«, frage ich.

»Oh ja. Nur etwa einen halben Kilometer entfernt.«

Poppy liebt den Strand, und ich spüre, wie ihre Hand auf meinem Arm sich ein bisschen entspannt. Ich trete durch das Tor und ziehe sie mit mir. Während Iona es hinter uns verschließt, schiebt Poppy ihr Handy verstohlen in den Bund ihrer Jeans.

Wir trotten weiter einen ansteigenden Pfad durch die Bäume entlang. Als wir eine Hügelkuppe erreichen, taucht unter uns das Ökodorf auf; es schmiegt sich in eine natürliche Senke am Talboden, umgeben von dichtem Wald. Über die Baumkronen hinweg erhasche ich einen kurzen Blick auf glitzerndes Meeresblau dahinter. Unten in Wildhaven drängen sich Hütten um einen größeren Rundbau, und der Geruch nach verbranntem Holz hängt in der Luft. Ich höre Stimmen und das stetige Hämmern von Werkzeug. Aus dem Augenwinkel schiele ich zu Iona hinüber. Sie hat den Kopf geneigt, beißt sich auf die Unterlippe. Ihre Miene wirkt merkwürdig ernst und angespannt.

Eine Gruppe Studenten hastet an uns vorbei, während wir ins Tal hinabsteigen. Sie sind zu fünft, zwei Jungen und drei Mädchen, und alle grüßen Iona im Vorüberrennen. Frischer Schweißgeruch hängt ihnen nach.

»Die haben ja gar keine Schuhe an – tun ihnen da nicht die Füße weh?«, staunt Poppy. Mir war das überhaupt nicht aufgefallen.

»Du würdest dich wundern, wie schnell deine Fußsohlen hart und unempfindlich werden«, meint Iona. Sie zieht ihre eigenen Stiefel aus und stopft die Socken hinein. Dann zeigt sie Poppy die Unterseite ihres kräftigen Fußes, deutet auf die ledrigen Hautschwielen.

»Siehst du?« Sie grinst Poppy an, die zurücklächelt, doch kaum hat Iona ihr wieder den Rücken zugewandt, verwandelt sich ihr Lächeln in eine Grimasse, die mir gilt. Ich antworte mit einem Kopfschütteln. Als wir das Camp betreten, begrüßen uns die Studenten freundlich.

»Von steifen Vorstellungsrunden halten wir hier nicht allzu viel. Ihr werdet ohnehin im Nu alle kennenlernen«, sagt Iona.

Mein Herz zieht sich zusammen, denn damit erinnert sie mich stark an Mum, die ebenfalls alles Aufgesetzte gehasst hat. Nie hat sie uns zum Lächeln ermuntert, wenn uns nicht danach war, oder genötigt, einander zur Versöhnung zu umarmen, solange wir es nicht wollten. Ich lenke mich von dem Kloß in meinem Hals ab, indem ich mich auf das konzentriere, was vor mir ist. Ich zähle rund fünfzehn junge Menschen – irgendwie habe ich mehr erwartet. Die meisten Studenten sind mit abgenutzten Jeans und Wanderstiefeln bekleidet, ein paar allerdings barfuß. Viele tragen ärmellose Oberteile aus schlichtem dunkelgrünem Stoff, jeweils unterschiedlich verblichen, und manche haben sich Blattschmuck oder Lederbänder ins Haar und um ihre Handgelenke geknotet. Ein Mädchen hat eine Blumenkrone auf dem Kopf. Jede Hautfarbe scheint vertreten zu sein. Im Innern des zentralen Rundbaus flicht eine Gruppe Studenten Gräser, andere schneiden Gemüse in einen großen Kochtopf oder sitzen mit gekreuzten Beinen auf Matten und bearbeiten Holz mit unterschiedlichen Schnitzklingen. Iona bleibt stehen, um sich mit einem Mädchen zu unterhalten, das gerade einen Korb voller Blätter und Blumen herbeibringt. Poppy und ich warten neben einem Jungen, der mich neugierig anstarrt, während er in einem fort mit einem Messer über ein Stück Tierhaut schabt und mit geröteten Händen das Fleisch davon löst. Er hat warme braune Haut und helle Augen unter buschigen schwarzen Brauen. Der metallische Geruch von Blut steigt mir in die Nase, und als ich sie rümpfe, imitiert er meine Mimik.

»Du kannst helfen, wenn du magst«, sagt er. Er spricht mit starkem Akzent.

»Das ist nicht so unser Ding. Nichts für ungut«, sagt Poppy. Der Junge lächelt, und mir wird klar, dass er trotz seiner muskulösen Arme nicht viel älter wirkt als ich. Ich erwidere sein Lächeln, und er zwinkert mir beinahe großväterlich zu. Am liebsten würde ich ihn fragen, ob er etwas im Auge hat; stattdessen ziehe ich nur spöttisch eine Braue hoch. Iona ist inzwischen wieder zu uns getreten.

»Dann sind das also Studenten von einer Universität hier in der Nähe?«, frage ich.

»Na ja, die meisten sind Austauschstudenten«, sagt Iona und geht uns erneut voran. Mir fällt wieder ein, was sie auf dem Weg hierher erzählt hat – dass sie im Rahmen einer Studie zu gesundem Lebenswandel forscht.

Hinter der Hütte in der Mitte liegt eine freie Fläche mit kurz geschnittenem Gras, auf der ein Junge und ein Mädchen Yogaübungen machen. Ihre Muskeln glänzen in der Sonne, während sie beide eine einhändige Stellung halten, bei der ihre Beine und Körper parallel zum Boden in der Luft schweben, bis der Arm unter ihrer Körpermitte zu zittern anfängt und sie sich langsam absenken.

»In Wildhaven treibt im Grunde jeder in erster Linie das, was er gern tut und gut kann«, erklärt Iona. »Ich muss jetzt ein paar Dinge erledigen. Möchtet ihr zwei euch ausruhen oder noch ein wenig umsehen?«

Wir antworten gleichzeitig: Ich sage, dass ich nichts gegen eine Pause hätte, Poppy verkündet, wir wollen uns umschauen. Wir verdrehen beide zueinander gewandt die Augen.

»Tja. Falls euch danach ist, euch in eure Hütte zurückzuziehen, sprecht einfach irgendjemanden an, dann bekommt ihr den Weg gezeigt.«

Iona drückt meinen Arm. Poppy lässt derweil den Blick schweifen, und ihre Augen weiten sich. Ich schiebe meine Hand in die Tasche und ziehe mein Handy hervor.

»Tut mir leid, Aster«, sagt Iona, »in Wildhaven gilt ein Technikverbot – genau darum geht es ja im Camp. Ist es in Ordnung, wenn ich dein Telefon an mich nehme? Du kannst es hier ohnehin nirgendwo aufladen.«

Ich lege die Stirn in Falten, reiche es ihr aber.

Sie wendet sich Poppy zu, mit hochgezogenen Augenbrauen.

»Mum wollte mir erst mit zwölf ein Handy erlauben«, sagt meine Schwester.

Himmel, sie ist eine wirklich gute Lügnerin.

Iona presst die Lippen aufeinander und zwingt sich dann zu einem traurigen Lächeln. Mir wird bewusst, dass wir gerade zum ersten Mal Mum erwähnt haben, und ich muss den Blick abwenden, weil meine Brust ganz eng wird.

»Ihr dürft euch innerhalb des Camps vollkommen frei bewegen. Wir sehen uns später«, sagt Iona.

Sie verschwindet zwischen den Hütten. Ich werde aus meiner Tante nicht schlau. In gewisser Weise umgibt sie diese Aura heiterer Ruhe, und doch wirkt sie zugleich alles andere als entspannt. Insbesondere als sie dieses Quad im Wald entdeckt hat, schien sie ganz und gar nicht sorglos und gelassen. Und ich hatte auch keine Ahnung, dass sie an so was wie diesem Camp beteiligt ist. An unserem Kühlschrank zu Hause hing ein Foto von ihr, auf dem sie in einem Zelt in Afrika einem kleinen Kind eine Impfung verabreicht, und daneben ein grobkörniges Bild samt Zeitungsartikel über ein Ärzteteam, das Chemotherapien in Kriegsgebieten durchführt.

Aber ich schätze, die wahre Iona kennen wir schlicht überhaupt nicht. Gut möglich, dass die ganze Situation – wie sie so plötzlich die Vormundschaft für uns übernehmen musste – ihr unbehaglich ist.

Poppy nimmt ihr Handy heraus und macht ein Foto von den arbeitenden Studenten im Rundbau.

»Lass das«, sage ich und funkele sie böse an. Aber niemand hat es bemerkt.

»Was denn?«, gibt sie zurück.

Und knipst prompt noch ein Bild der beiden Yogis.

»Poppy«, sage ich in warnendem Tonfall. Sie wirft mir ein

aufgesetztes Lächeln zu, lässt allerdings das Smartphone zurück in ihre Tasche gleiten.

»Komm, wir laufen mal außen um das Camp herum«, sage ich.

»Hmm, super«, antwortet Poppy sarkastisch, und ich schneide ihr eine Grimasse.

Eine der Hütten ist größer, älter und steht ein wenig abseits der übrigen. Wir zögern vor der Tür. Niemand ist zu sehen.

»Sie hat doch selbst gesagt, wir können überallhin«, betont Poppy.

Ich klopfe an. Keine Reaktion. Ich schaue mich um, drücke dann die Tür einen Spaltbreit auf und schiebe meinen Kopf hindurch. Im Innern ist es schummerig. Ich erkenne eine Hängematte und einen Schreibtisch mit geöffnetem Laptop; an einer Ecke des schwarzen Bildschirms klebt ein gelber Notizzettel. Mir fällt wieder ein, wie sehr Mum Post-its geliebt hat. *Hol Milch*. Das ist der letzte, an den ich mich erinnern kann. Wieso habe ich ihn nicht aufgehoben? Mein Hals zieht sich zusammen, heiß und eng.

Poppy hält die Tür auf und flüstert: »Von wegen keine Technik.«

»Und kein Strom«, sage ich, verdränge das Bild von Mum und konzentriere mich auf meine Schwester.

Sie fotografiert in die Hütte hinein, und diesmal greife ich nach ihrem Handy, doch sie reißt es rechtzeitig weg.

»Da seid ihr ja.« Ionas Stimme in unserem Rücken erschreckt uns beinahe zu Tode. Poppy stopft das Handy in die Kängurutasche ihres Hoodies, ehe wir herumwirbeln.

»Entschuldige«, sage ich und spüre, wie mir Röte in die Wangen schießt.

»Kein Problem. Den Akku lade ich immer in der Stadt auf. Ich brauche den Laptop, um Kontakt mit ein paar Kollegen an der Uni zu halten und die Ergebnisse der Studie zusammenzutragen«, erklärt sie.

Ich nicke, vermeide Augenkontakt und warte darauf, dass sie nach Poppys Handy verlangt. Poppy scharrt mit einer Schuhspitze am Boden.

»Na kommt, einige von uns wollen gerade losziehen und Kräuter sammeln. Wieso schließt ihr euch nicht an?«, schlägt Iona vor und hakt sich bei uns beiden unter. Sie hat das Smartphone nicht gesehen.

Poppy seufzt. »Mum hat es geliebt, frisches Obst, Gemüse und Kräuter für uns zu ernten. Sonntagnachmittags sind wir immer mit dem Bus aufs Land gefahren. Dann hat sie uns genötigt, Blütenblätter und allen möglichen Kram zu probieren. Sogar Nesseln. Die haben wir gekocht – weißt du noch, Aster? Haben voll eklig geschmeckt«, sagt sie. Mir ist klar, dass sie das Thema wechselt, um die Sache mit dem Handy zu überspielen, aber da sie über Mum spricht, bringe ich wie üblich keine Antwort zustande. Ich spähe über Poppys Kopf hinweg zu Iona und bemerke in ihrem langsamen Blinzeln etwas, das mich innehalten lässt. Vielleicht ähnelt ihre Trauer meiner eigenen – wund und tief eingegraben, wie ein eiternder Splitter.

»Ihr wisst ja, unsere Eltern sind ebenfalls jung gestorben, unsere Mutter hatte auch Krebs. Ich verstehe, was ihr beiden gerade durchmacht«, sagt Iona. Ich schaue auf meine Stiefel.

Einen Moment bleibt es still.

»Aber du bist darüber hinweggekommen, nicht wahr?«, fragt Poppy.

Wieder Stille, diesmal länger. »Ich schätze, ich habe einen Weg gefunden, damit umzugehen.«

Ich stütze mich mit einer Hand an der Hüttenwand ab. Mit einem Mal ist mir schwindelig von allem, was passiert ist. Ich spüre Ionas Blick auf mir, doch sie sagt nichts weiter.

Den restlichen Nachmittag streifen wir auf der Suche nach Essbarem durch die Gegend, und ich lerne von einem ziemlich großen Jungen und einem überaus gut gelaunten Mädchen, Amarant und Weißklee, Chicorée und jungen Spitzwegerich zu identifizieren. Das Mädchen hat dunkelbraune Haut und trägt einen Afro, den sie mit einem Flechtschal zurückgebunden hat. Ich höre, wie der Junge sie »Beti« ruft. Sie klingt, als könnte sie aus Afrika stammen. Der Junge dagegen ist sehr hellhäutig, hochgewachsen und ernst, mit kurzem dunklem Haar; sein Akzent scheint mir osteuropäisch, und er stellt sich als Dimi vor. Es muss wirklich eine ganze Menge ausländischer Studenten an der Universität hier geben, aber ich möchte nicht unhöflich wirken, indem ich die beiden nach ihrer Herkunft frage. Immerhin bohren sie bei uns auch nicht nach. Ausnahmsweise wünsche ich mir, Poppy würde wie gewöhnlich alle mit Fragen bombardieren, doch selbst sie ist von unserer neuen Gesellschaft offenbar eingeschüchtert.

Die Zeit vergeht im Nu, und nach einer Schale Eintopf mit Körnerbrot am Feuer fangen Poppy und ich gleichermaßen zu gähnen an, obwohl gerade erst die Dämmerung eingesetzt hat. Iona führt uns zu einer niedrigen Hütte und drückt die Tür auf, im Innern erspähe ich unsere Rucksäcke. Schatten fallen über die gefurchte Stirn meiner Tante und ihre Mundwinkel.

»Es wäre großartig, wenn ihr diese Pulsmessgeräte anlegen könntet, bloß nachts.« Sie streckt die Hand aus und reicht mir zwei schwarze Gummiarmbänder. »Ich zeichne im Rahmen der Studie die Schlafmuster sämtlicher Campbewohner auf.«

Schulterzuckend nehme ich die Bänder entgegen. »Okay.«

Mum hat eine Weile lang etwas Ähnliches getragen, um ihre täglichen Schritte zu zählen; das waren immer ziemlich viele, da sie als Krankenschwester gearbeitet hat. Ich befestige ein Band um mein Handgelenk und gebe Poppy das andere.

»Schlaft morgen ruhig aus, bleibt liegen, so lange ihr mögt – immerhin seid ihr um die halbe Welt gereist«, sagt Iona, hält dann inne und mustert mich. »Du kannst dich jetzt entspannen.«

Ich lächele und bringe ein steifes »Gute Nacht« über die Lippen.

Bis auf zwei flache Betten mit Wolldecken und Schilfmatten auf dem Boden ist die Hütte leer, und nur eine Öllampe aus Ton spendet ein wenig Licht. Es riecht stark nach frischem Holz. Poppy ist schneller ausgezogen als ich und schlüpft in ihren pinkfarbenen Hello-Kitty-Pyjama. Er ist ihr viel zu klein. Poppy ist es schon immer schwergefallen, sich mit neuen Klamotten anzufreunden, und sie bevorzugt stattdessen ihre alten Lieblingsstücke – auch dann noch, wenn sie längst herausgewachsen ist.

»Lass uns Iona morgen bitten, dass sie uns zurückbringt«, sagt Poppy. »In das Hotel, von dem sie gesprochen hat.«

Ich blinzele sie verblüfft an. Seit wir hier sind, hat sie ständig in meine Richtung die Augen verdreht, schien sich aber mit Iona arrangiert zu haben.

»Wieso guckst du mich so an? Hier ist es total schräg«, sagt sie. »Ich meine, woher kommen die überhaupt alle?«

»Das hat Iona uns doch gesagt. Die meisten sind Austauschstudenten«, entgegne ich.

»Meinetwegen. Aber ich finde es schon komisch, dass keiner hier mit neuseeländischem Akzent spricht«, beharrt Poppy, stemmt die Hände in die Hüften und zieht eine Augenbraue hoch. »Und es überrascht mich, dass *du* bleiben willst.«

Ihre Betonung auf »du« ärgert mich. Ich rufe mir ins Gedächtnis, dass Poppy erst elf ist und wir beide einen wirklich langen Tag hinter uns haben.

»Wir unterhalten uns morgen früh noch mal darüber, wenn wir nicht mehr so erledigt sind, okay?«, sage ich und gebe mir alle Mühe, meine Stimme ruhig zu halten. Ich klettere ins Bett; Poppy bleibt stehen.

»Es macht dir nichts aus, dass sie dir das Handy weggenommen hat und uns überwacht, während wir schlafen? Klar, das ist ja auch überhaupt nicht gruselig.«

»Ich habe mir das alles genauso wenig ausgesucht wie du.« Meine Stimme klingt schärfer, als ich beabsichtigt hatte.

»Schon kapiert. Iona ist jetzt unsere Vormundin, also zählt

meine Meinung nicht. Du musst dich nicht mehr um mich kümmern, für dich ist das Ganze also eine Erleichterung«, feuert sie patzig zurück.

Ich schließe die Augen. Poppy und ich streiten selten – wenn aber doch, dann eskaliert die Situation immer viel zu schnell.

»Sie ist nicht Mum, Aster«, sagt Poppy. Ihre Worte fühlen sich an wie ein Schlag vor die Brust.

Ich knirsche mit den Zähnen, um mich von einer Erwiderung abzuhalten, denn mit einem Mal lodert heiße Wut in mir hoch. Allerdings nicht auf Poppy. Sie will lediglich mit mir über Mum reden, aber ich kann es nicht, und das hasse ich. Ich hasse alles, diesen ganzen Mist.

Poppy kuschelt sich unter die Wolldecken, zieht sie hoch bis ans Kinn und dreht sich von mir weg. Als ich sie am Daumen nuckeln höre, schrumpelt meine Wut in sich zusammen wie ein angestochener Ballon.

Poppy hat nicht mehr am Daumen gelutscht, seit sie sieben war.

Ich liege in meinem Bett. Mum ist noch zu Hause.

»MUMMY!«

Das ist Poppy. Ihre Stimme klingt panisch und dumpf und viel zu weit weg.

Ich springe auf, sofort alarmiert. Was ist passiert?

Als ich die Tür zu Mums Schlafzimmer aufdrücke, ist meine Mutter nicht in ihrem Bett. Die Sauerstoffsonde, die sie beinahe immer trägt, liegt verlassen auf den zerwühlten Laken und entlässt leise zischend Luft.

»Mum?«

Poppy schluchzt, doch ich kann sie nicht finden. Ich renne durch die Wohnung, stoße Türen auf, suche.

Mum und Poppy sind beide verschwunden …

Schlagartig fliegen meine Augen auf, zurück im Hier und Jetzt, und die Realität strömt herein wie das Mondlicht durch die Ritzen der Hütte. Verzweiflung wirft sich über mich, eine erstickende Decke, und das Pfeifen von Mums Sauerstoffgerät hallt mir in den Ohren nach. Mein ganzer Körper kämpft mit zugeschnürter Luftröhre und kribbelnden Fingern gegen die Wahrheit an, das Herz schlägt mir bis zum Hals.

Poppy wendet sich in ihrem Bett um, blinzelt, hechtet unter der Decke hervor und kniet sich neben mich. Sie streicht mir eine Haarsträhne von der Wange.

»Aster? Mach die Atemübung. Dreimal ein, sechsmal aus. Einatmen durch die Nase, ausatmen durch den Mund. Na komm, zähl mit. *Ein* zwei drei. *Aus* zwei drei vier …«

Poppy imitiert Mum, und ich zähle mit ihr, bis meine Atmung langsamer geht und ich mich beinahe wieder normal fühle. Wir haben die Panik rasch genug abgefangen, ehe sie zu einem richtigen Anfall auswachsen konnte. Ich bin wieder in der Lage, klar zu denken, und Scham überkommt mich. Ich sollte diejenige sein, die sich um ihre – zumal jüngere – Schwester kümmert, nicht anders herum.

»Tut mir leid, Poppy.«

Poppy zuckt mit den Schultern. Ohne zu fragen, steigt sie zu mir ins Bett und dreht sich zur Wand. Ich schmiege mich zitternd an sie. Nach einer Panikattacke ist mir immer kalt und ich fühle mich ausgehöhlt. Mir fällt wieder ein, dass das Armband meine Herzfrequenz aufzeichnet, und ich frage mich, was Iona wohl von meiner kleinen Episode halten wird. Ich seufze. Nehme das Band aber nicht ab.

»Alles wird gut«, murmele ich.

Poppy gibt keine Antwort.

»Gute Nacht, Astronomer«, sagt sie schließlich, und ihre Stimme klingt undeutlich, da sie den Daumen wieder im Mund hat.

»Nacht, Popstar«, erwidere ich.

Poppy presst ihre kalten Füße gegen meine Schienbeine, aber ich beschwere mich nicht. Mein Gesicht ist nur Zentimeter von ihrem Nacken entfernt, und ihr Haar riecht wie ein Kätzchen. Es ist noch geflochten; ich erinnere sie nie daran, es zu kämmen, und vergesse auch jedes Mal, zu fragen, ob sie ihre Zähne geputzt hat. Ich höre sie erneut am Daumen saugen und kneife die Augen zu. Eine verzweifelte Angst überfällt mich, dass Poppy etwas Schlimmes zustoßen wird, weil ich unfähig bin, mich anständig um sie zu kümmern.

Iona wird niemals unsere Mum ersetzen können, aber ich brauche sie.

3. Kapitel

ICH HATTE NICHT damit gerechnet, noch einmal einschlafen zu können, doch genau das muss passiert sein. Stimmen draußen vor der Hütte wecken mich aus einem tiefen Schlummer. Für weniger als eine Sekunde – weniger als eine Zehntelsekunde – ist Mum am Leben, und alles war bloß ein schlimmer Albtraum. Dann füllen sich meine Glieder mit Blei, und mein Herz wird wieder in den schwerfälligen Takt eines Daseins ohne sie gezwungen.

Staubkörnchen tanzen in den Sonnenstrahlen, die durch die Schlitze der Holzwände fallen. Poppy liegt nicht mehr in meinem Bett, und auch ihr eigenes ist leer. Heiße Übelkeit steigt in meinem Hals auf. Mein Panikanfall der vergangenen Nacht dringt wieder in mein Bewusstsein, und ich erinnere mich an ihre letzten Worte, bevor wir ins Bett gegangen sind. Dass sie von hier fortwill. Ich habe keinen blassen Schimmer, was ich tun soll, falls sie es im Camp tatsächlich derart hasst. Ohne Mum ist alles so anstrengend. Ich richte mich auf, strecke mich auf der Bettkante und wünsche mir, meine kleine Schwester hätte mich geweckt und wir wären gemeinsam nach draußen gegangen. Dann ziehe ich mich rasch an und durchwühle meine Sachen nach meinem Kamm, kann ihn allerdings nicht finden. Also bemühe ich mich, meine Locken mit den Fingern durchzukämmen, gebe schließlich auf und fasse mein Haar zu einem lockeren Pferdeschwanz zusammen. Ich streife das Pulsarmband ab und lasse es auf der Bettdecke zurück, ehe ich aus der Hütte trete und ins Sonnenlicht blinzele.

»Aster«, ruft Iona. Sie sitzt auf einer langen Bank, Poppy neben sich. Gesichter wenden sich um, Blicke streifen mich kurz, und ich erwidere ein paar höfliche Morgengrüße.

»Schau nur, Aster, ich esse Rosinen«, sagt Poppy.

Das ist ein Insiderwitz. Mum hat einmal geleugnet, Rosinen in ein Curry gemischt zu haben, weil Poppy sich früher weigerte, Obst zu essen. Jeden Abend, wenn sie uns zum Essen gerufen hat, haben wir mit Singsang-Stimme »Sind Rosinen drin?« geantwortet und mussten dann wie verrückt loskichern. Jetzt klingt das nicht mehr sonderlich witzig – aber damals ist es uns nie langweilig geworden.

Obwohl die Erinnerung an Mum schmerzt, grinse ich sie an. »Riesenrosinen sogar«, sage ich, und sie erwidert mein Grinsen. Und mit einem Mal, einfach so, ist zwischen Poppy und mir alles wieder wie eh und je.

Ich begutachte die hölzernen Teller genauer. Die Riesenrosinen sehen aus wie schrumpelige Pflaumen, außerdem gibt es Beeren und irgendein Pökelfleisch. Nicht gerade das, was ich normalerweise frühstücken würde, doch mir knurrt der Magen, also bediene ich mich.

Iona fährt sich mit einer Hand über das kurz geschorene

Haar. »Heute steht ein Gesundheitscheck an, bei dem ich überprüfe, welchen Einfluss unser Lebensstil hier in Wildhaven auf die Körperwerte der Teilnehmer hat. Ich habe mir gedacht, ihr Mädchen solltet euch zusammen mit den anderen untersuchen lassen – ein paar simple Tests, um sicherzustellen, dass ihr fit und munter seid. In Ordnung?«

Als Poppy mit den Schultern zuckt, nicke ich nur.

Nach dem Frühstück führt Iona uns hinüber zu der größeren Hütte, in der wir am Tag zuvor den Laptop entdeckt haben. Er steht noch immer auf dem Tisch, nun allerdings leuchtet auf dem Bildschirm eine Tabelle mit Zahlen. Daneben befindet sich ein offener Arztkoffer voller Instrumente. In der Hütte ist es jetzt heller; Fensterläden, die gestern offenbar geschlossen waren, sind nun weit aufgestoßen. Iona weist uns an, auf zwei hölzernen Stühlen Platz zu nehmen.

Die Untersuchung gestaltet sich umfangreich. Iona überprüft unser Gehör, unsere Augen, die Reflexe in Knien und Ellenbogen, misst dann unseren Blutdruck und Puls, notiert Größe und Gewicht. Lange horcht sie uns die Brust ab, anschließend müssen wir in ein Röhrchen mit Zähler an der Seite atmen, eine Minute lang Sternsprünge hüpfen und erneut pusten.

»Ihr braucht beide eine Auffrischung eurer Tetanusimpfung«, befindet sie.

Ehe ich etwas entgegnen kann, dreht sie sich um, nimmt eine Spritze von einem Tablett und tippt gegen die Nadel. Poppys Ärmel ist vom Blutdruckmessen bereits hochgeschoben. Iona greift nach ihrem Arm.

»Bereit?«, fragt sie.

Poppy nickt, kneift die Augen zu und zieht scharf die Luft ein, als Iona ihr die Impfung verabreicht.

Ich runzele die Stirn. »Muss das wirklich –?«

»Jeder hier benötigt einen wirksamen Impfschutz gegen Tetanus. Ihr arbeitet mit Ackerboden, mit Werkzeug, da passieren Verletzungen – und die medizinische Versorgung ist nicht so mühelos verfügbar, wie ich es gern hätte«, meint Iona leichthin und bereitet dabei bereits eine zweite Spritze vor. Sie kommt zu mir herüber und fragt nicht einmal mehr, ob ich bereit bin, ehe sie mir die Nadel in den Arm sticht. Als sie den Kolben eindrückt, sehe ich zu, wie eine halbe Dosis zäher Flüssigkeit mit einem brennenden Kribbeln unter meiner Haut verschwindet. Bei solchen medizinischen Prozeduren zucke ich längst nicht mehr zusammen; gegen Ende habe ich den Krankenschwestern sogar viel bei Mums Pflege geholfen.

»Das war's schon. Ihr zwei seid kerngesund«, sagt Iona. »Jetzt setzt euch eine Weile draußen hin, nur für den Fall, dass euch schwummrig wird.«

Poppy und ich lassen uns auf der Bank vor der Hütte nieder, und sie rutscht dichter zu mir, atmet mir heiß ins Ohr.

»Du musst doch zugeben, dass es hier echt komisch ist. Hast du bemerkt, wie schnell sie uns gepikst hat, bevor wir auch nur die Chance hatten, uns zu wehren? Ärzte sollten Kindern erklären, was sie tun – wir haben immerhin Rechte und ...«

Sie bricht mitten im Satz ab, da ein Mann mit einer dem Anschein nach schweren glänzenden Metallkiste auf die Tür der Hütte zueilt. Er ist weiß und etwa in Ionas Alter, mit dunklem Haar, das an den Schläfen bereits silbrig wird. Folglich kein Student. Seine Wangenknochen sind breit und seine Augen strahlend türkisblau.

Von unserem Anblick überrascht, schreckt er zurück, lächelt dann aber. »Hallo. Wir haben uns noch nicht kennengelernt. Ich –«

Ehe er zu Ende sprechen kann, erscheint Iona in der Tür.

»Jonathan. Herein mit dir«, sagt sie. Ihre Stimme ist ebenso angespannt wie ihre Miene. Als der Mann über die Schwelle tritt, klirrt es in der Kiste, die er trägt – ganz so, als befinde sich Glas darin.

»Wenn ihr euch gut fühlt, Mädchen, dann könnt ihr jetzt gehen«, sagt Iona. Sie schafft es nicht, sich ein Lächeln abzuringen, während sie die Tür schließt.

Poppy und ich bleiben regungslos davor stehen. Aus dem Innenraum hören wir gedämpfte Stimmen, die Worte »Was zum …«, dann Geflüster. Poppy packt meine Hand und zieht mich zur Seitenwand der Hütte. Sie entdeckt einen Spalt zwischen den Brettern, legt beide Hände um ein Ohr und presst es ans Holz. Ich zögere kurz, bevor ich es ihr nachtue.

»… gibt es für dich nichts mehr zu tun. Im Moment können wir lediglich warten, und beizeiten melde ich mich wieder.« Iona spricht monoton, sachlich.

»Wir waren uns einig, dass wir weiterhin Blut abnehmen. Es ist wichtig, zu bestätigen –«

»Jonathan. Als ich dein Quad gesehen habe, habe ich angenommen, dass du deine Sachen aus dem Labor holst. Sollte ich feststellen, dass du weitere Proben genommen hast –«

»Dann was, Iona? Was genau willst du dann tun?«

Es bleibt still, und Poppy und ich starren einander an. Poppys Lippen sind fest aufeinandergepresst, die Augen groß. Die Ausdrucksweise des Mannes wirkt ein wenig steif; sein Englisch ist hervorragend, er allerdings eindeutig kein Muttersprachler.

Wieder erklingt Ionas Stimme: »Zeig mir, was du da in der Kiste hast.«

»Iona. So weit muss es doch wirklich nicht kommen …«

Wieder ein Klirren, diesmal eindeutig zerbrechendes Glas, und der Mann flucht in einer mir fremden Sprache. Dann Bewegung im Innern der Hütte, weg von uns, hin zur Tür. Wir huschen zur Rückseite des Holzbaus. Jetzt erklingen die Stimmen im Freien, ärgerliches Geraune, und Poppy hat erneut ihr Smartphone in der Hand, lehnt sich um die Ecke und knipst ein Foto der beiden. Ich zerre sie wieder außer Sicht; am liebsten würde ich sie schütteln, halte jedoch einfach den Atem an und rechne jede Sekunde damit, dass Iona unsere Lauscherei bemerkt. Wir warten, bis unsere Tante und der Mann fort sind.

»Worum, glaubst du, ging es da?«, grübelt Poppy.

»Keine Ahnung. Am besten, wir fragen Iona«, sage ich.

Wir schlendern zurück zum Eingang der Hütte und geben uns alle Mühe, normal zu wirken. Den Mann erspähen wir gerade noch, wie er auf der anderen Seite der Grasfläche rings um Wildhaven zwischen den Bäumen verschwindet. Iona ist nirgends zu entdecken, die Tür der Hütte allerdings nur angelehnt. Poppy sieht mich mit hochgezogenen Brauen an, und ich drücke sie auf. Ein feuchter Fleck mit glitzernden Glassplittern darin schimmert auf dem Lehmboden. Ich trete näher, und mein Nacken kribbelt. Poppy steht an der Tür Schmiere, während ich in die Knie gehe und die verschüttete Flüssigkeit berühre. Meine Fingerkuppe färbt sich dunkelrot. Dieser Mann hatte also Blutproben in seiner Kiste? Ich schaudere und wische meinen Finger an der Innenseite meines T-Shirts ab, ehe Poppy ihn zu Gesicht bekommt.

»Was ist es?«

Ich zucke mit den Schultern. »Bloß zerbrochenes Glas.«

Ich will ihr keine Angst einjagen.

Auf dem Rückweg zum zentralen Rundbau kommt Iona uns entgegen, mit einem Bündel Angelruten über der Schulter.

»Ich habe mir gedacht, ihr könntet uns vielleicht helfen, etwas fürs Abendessen zu fangen?«, schlägt sie vor. Wir nicken und folgen ihr über die Wiese, die die Hütten umgibt, hinüber zu den Bäumen. Poppy stößt mich an.

»War das der Typ, dem das Quad gehört?«, frage ich Iona.

»Jonathan? Ja. Er ist jetzt weg. Wenn ihr ihn noch mal seht, gebt mir sofort Bescheid.«

»Hast du dich mit ihm gestritten?«, bohrt Poppy nach. Ihr argloser Tonfall klingt nicht allzu überzeugend.

Iona dreht sich zu uns um. »Eine Meinungsverschiedenheit. Sein Vertrag ist erfüllt. Er ist Arzt und hat Blutproben auf die Auswirkungen des Lebensstils hier in Wildhaven hin analysiert, aber wir brauchen ihn nicht mehr. Das zu akzeptieren fällt ihm ein wenig schwer.«

Poppy und ich erwidern darauf nichts. Ich bin mir nicht sicher, was ich von der kleinen Szene, die wir gerade mitbekommen haben, halten soll.

»Wenn ihr auf diesem Weg weitergeht, gelangt ihr zu den Klippen. Einige der anderen sind schon dort, die zeigen euch, wo ihr am besten hinunterklettert. Ich stoße später dazu.«

Iona reicht uns die Angelruten und eilt über das Gras zurück.

Poppy funkelt mich an. »Du musst doch zugeben, dass sie komisch ist«, beharrt sie noch einmal flüsternd.

Wir treffen drei der Studenten – Beti, Dimi und ein weiteres Mädchen – auf der Felskuppe und kraxeln gemeinsam mit ihnen hinab in eine steinige Bucht mit gräulichem, grobkörnigem Sand, wo wir den restlichen Tag verbringen. Die raue Küste hier findet sich gewiss in keinem Touristenführer, doch es ist schön, am Strand zu sein. Iona bringt uns ein Lunchpaket mit gefülltem Fladenbrot und kalten Champignons in Knoblauchsoße, die wesentlich besser schmecken, als sie aussehen. Keiner von uns fängt einen Fisch; trotzdem ist das Angeln ein netter Zeitvertreib. Im Lauf des Nachmittags trudelt beinahe das komplette Camp ein. Einige der Studenten machen sich daran, Hummerkäfige aus dünnen Ästen zu weben, andere versuchen, mit selbst gebastelten Speeren Fische zu erlegen. Auf den Felsen beobachte ich ein Mädchen dabei, wie sie eine Reihe netzähnlicher Gebilde aus dem Wasser zieht – Austernkindergärten, wie Beti mir erklärt. Die Sonne scheint warm, und manche ziehen sich ohne jede Scheu bis auf die Unterwäsche aus und gehen schwimmen. Ich male mir aus, wie es sich anfühlen muss, vom klaren, kühlen Wasser umgeben zu sein und sich tragen zu lassen. Kurz spiele ich mit dem Gedanken, selbst meine Schuhe abzustreifen und zumindest die Füße einzutauchen, doch die Trauer schließt ihre Hände um meinen Hals. Ich kann nicht. Ich bin seit Mums Tod nicht mehr geschwommen.

Am späten Nachmittag fängt Poppy an, über Kopfschmerzen zu klagen. Eigentlich wird sie niemals krank, daher beunruhigt mich ihr Gejammer. Es erinnert mich an die Zeit, als Mums Immunsystem durch die Chemotherapie unterdrückt war und schon eine Erkältung bei einer von uns zur Gefahr hätte werden können. Ich lege eine Hand auf Poppys Stirn, und sie kommt mir tatsächlich ziemlich warm vor. Also rufe ich nach Iona.

»Manche Patienten reagieren so auf die Tetanusimpfung«, meint sie. »Ich bringe euch beide zurück ins Camp, dann könnt ihr euch ein wenig hinlegen.«

Wir folgen ihr über die Lichtung, und ich bin überrascht, als Poppy meine Hand nimmt. Es muss ihr *wirklich* schlecht gehen. Ihre Finger schließen sich fest, heiß und trocken um meine, und die Sonne erscheint mir mit einem Mal extrem hell, brennt mir auf der Netzhaut. Sobald die kleine Ansammlung von Hütten in Sicht kommt, bin ich erleichtert – inzwischen fühle ich mich ebenfalls nicht mehr besonders toll.

Als Poppy und ich uns auf die Betten fallen lassen, sind wir beide am Stöhnen. Das Fieber bringt heftige Gliederschmerzen und brüllendes, hämmerndes Kopfweh mit sich. Ich habe so heftigen Schüttelfrost, dass mir die Zähne klappern, glühe dabei aber am ganzen Körper. Außerdem mache ich mir wahnsinnige Sorgen um Poppy.

Ich will meine Mum.

Iona legt mir ein feuchtes Tuch aufs Gesicht, und ich packe ihr Handgelenk; ihre Haut liegt kalt an meiner.

»Ihr seid beide im Nu wieder auf den Beinen«, flüstert sie. »Das ist bloß ein Fieberschub, ganz schnell vorbei.«

Beim nächsten Aufwachen bin ich wie gerädert. Taub und zittrig, aber ich habe kein Fieber mehr und auch keine Schmerzen. Iona ist nirgends zu sehen, Poppy dagegen schläft noch, halb eingerollt auf der Seite. Ich wanke zu ihrem Bett hinüber und lege meinen Handrücken an ihre Stirn. Ihre Haut ist kühler, und ich schließe die Augen, lasse die Schultern sacken und atme erleichtert aus. Ums Handgelenk trägt Poppy das schwarze Pulsmessgerät, und an meinem eigenen Arm entdecke ich auch meines, das ich allerdings ganz sicher nicht selbst angezogen habe – dafür ging es mir viel zu elend. Iona muss sich darum gekümmert haben. Draußen ertönt Lärm. Das Licht strahlt golden, wie bei Sonnenaufgang. Ich setze mich auf die Bettkante. Nach wie vor bin ich wackelig auf den Beinen, doch es geht mir entschieden besser.

4. Kapitel

POPPY SCHLÄFT BEINAHE bis zum Mittag, dann stehen wir auf und wandern durch das Camp, halten hier und da Ausschau nach Iona. Allmählich erkenne ich die Gesichter der Studenten wieder und erinnere mich an einige ihrer Namen, doch keiner von ihnen spricht uns an. Fast wirkt es, als habe jemand es ihnen verboten, und mittlerweile fühlt sich der Umstand, dass sie uns praktisch wie Luft behandeln, ein wenig merkwürdig an – sobald wir jedoch Fragen stellen, geben sie höflich Antwort. Und spannend ist, was sie den ganzen Tag treiben: Boote bauen, Seile flechten, fischen, kochen und nach Essbarem suchen. Von Iona fehlt jede Spur, daher klinken wir uns einfach irgendwo ein, wann immer jemand aufschaut und nichts dagegen hat. Zwar müssten Poppy und ich nicht zusammenbleiben, doch wir tun es. Poppy scheint sich mehr und mehr einzuleben, aber ich muss immerzu an den Mann – Dr. Jonathan – denken, und an seinen Streit mit Iona. Zunehmend komme ich mir vor wie in einer Art Safaripark. Mehr als ein paar Wochen halte ich es hier ganz gewiss nicht aus.

Beinahe als könne sie Gedanken lesen, schlägt Iona an diesem Abend beim Feuer vor, im Morgengrauen einen Bootsausflug zu einer Inselgruppe zu machen, die ein paar Stunden vor der Küste liegt. »Dort draußen blühen gerade einige seltene biolumineszierende Algen, ein beeindruckender Anblick – das Meer leuchtet durch sie violett. Was haltet ihr davon?«

Die Studenten reagieren begeistert, grinsen und stellen Fragen, und Poppy und ich nicken bloß, ein wenig überrascht und sehr, sehr erschöpft.

Iona weckt uns kurz vor Sonnenaufgang.

Sie legt ein großes Bündel am Fußende meines Betts ab. »Wir wollen schnorcheln, also braucht ihr das«, sagt sie.

Als sie wieder verschwunden ist, starren Poppy und ich einander mit vom Schlaf noch verquollenen Augen an. Ich entfalte die Kleider, die unsere Tante dagelassen hat: für jede einen blassgrauen Badeanzug, dazu je einen weiteren Anzug aus dem gleichen Material mit langen Ärmeln und Beinen und einem schwarzen Reißverschluss auf der Vorderseite. Sogar eine Kapuze hat er. Ich mustere ihn zweifelnd.

»Da ziehe ich auf jeden Fall meinen Hoodie drüber.«

Poppy nickt. »Willst du wirklich mitfahren? Wir müssen nicht.«

Ich halte inne, betrachte meine Schwester in einem dünnen Strahl Mondlicht, der quer durch die dunkle Hütte fällt. »Na ja, dieses Biolumineszenz-Zeug klingt doch ziemlich cool«, meine ich.

»Jaah, ich schätze schon«, erwidert Poppy. Wir tauschen

ein zaghaftes Lächeln. Poppy hat recht: Normal ist dieser Ort hier definitiv nicht. Und ich bin mir auch nicht sicher, ob ich schnorcheln will oder überhaupt nur bereit bin, wieder zu schwimmen.

Draußen vor den Hütten sind die anderen schon versammelt und genauso angezogen wie wir; einige tragen Sweatshirts oder T-Shirts über den grauen Anzügen. Verblüfft beobachte ich, wie Iona sich ans Ende der Gruppe setzt und ein groß gewachsener Typ mit nachtschwarzer Haut namens Darnell die Führung übernimmt. Er eilt uns so zügig voraus, dass wir beinahe joggen müssen. Während Darnell den Pfad zu den Klippen entlanghastet und vorbei an dem Strand, den wir am Vortag besucht haben, frage ich mich, weshalb wir es derart eilig haben.

Dann taucht Iona wieder an der Spitze der Gruppe auf und lotst uns zu einer Stelle, an der man über einige tiefer gelegene Felsvorsprünge direkt auf Geröllblöcke am Strand steigen kann, und wir alle kraxeln hinunter und befinden uns nun in einer anderen Bucht als gestern: Diese hier ist klein, zwar ebenfalls mit grauem Sand und Kies, aber vom Rest der Küste abgeschieden. Am Ufer wartet ein Ruderboot, und ein Stück weiter draußen liegt ein größeres Boot vor Anker, etwa so groß wie die Fähren zwischen den Inseln in Griechenland, wo wir einmal Urlaub gemacht haben.

Poppy schiebt ihr Handy in die Kängurutasche, und während alle Iona den Strand hinunterfolgen, lässt sie sich zurückfallen und versteckt ihren Hoodie zusammengeballt hinter einem Felsen. Ich beobachte sie dabei, wie sie sicherstellt, dass er von der Klippe aus zu sehen ist. Was soll das nun wieder? Ich funkele sie ärgerlich an – doch den sturen Blick, den sie zurückwirft, kenne ich nur zu gut, also halte ich den Mund. Hoffen wir einfach, das Handy ist noch da, wenn wir zurückkommen.

Wir quetschen uns allesamt in das Ruderboot – ich zähle neunzehn von uns, einschließlich Iona.

Schließlich steigen Poppy und ich die Leiter im hinteren Teil des zweiten Boots hinauf. Auf die Bordwand ist in großen, geschwungenen Buchstaben der Name gemalt: *Deep Retreat*. Das Schiff ist geräumiger, als es von außen gewirkt hat, und das hintere Deck wird hauptsächlich von einem beigefarbenen Wellblechcontainer eingenommen. Er hat etwa die Maße eines kleinen mobilen Büromoduls, wie man es bisweilen auf Baustellen sieht.

»Hey, schaut mal!« Der Junge hinter mir zeigt hinüber zum Wald. Rauchwolken steigen in der Ferne dunkel vor dem tiefblauen Morgenhimmel auf.

Alle wenden sich um. Die Unterseite der Rauchwolke schimmert orange, und sogar von so weit weg erkenne ich winzige Funken, die schubweise über den Bäumen aufstieben. Poppy packt meinen Arm.

»Oh, das wird bloß ein kleiner Waldbrand sein, die qualmen wie verrückt«, meint Iona. »Die Stelle liegt nördlich von Wildhaven; also nichts, worüber wir uns Sorgen machen müssten. Vergesst nicht, wir haben eine Brandschneise rings um das Camp.«

Sie wirkt ein wenig außer Atem. Ihr Blick ist ruhig und fest, aber an ihren Schläfen glitzern Schweißperlen, als sie uns in die Kabine scheucht. Ich drehe mich um. Beti trödelt, kaut auf ihrer Unterlippe, die Augen noch immer auf das Feuer geheftet. Dann aber hakt sich ein anderes Mädchen bei ihr unter, und sie lächelt und lässt sich von ihrer Freundin nach drinnen ziehen.

Iona schließt hinter den beiden die Tür. Sie schaltet das Licht ein, und das macht alles gleich besser. Als die Übrigen sich zu unterhalten beginnen, entspannen sich meine Schultern, und mein Herz findet wieder einen gleichmäßigen Rhythmus. Die Kabine ist ein lang gestreckter Raum, mit Fenstern in drei Himmelsrichtungen. Im vorderen Teil sind einige bestuhlte Esstische verschraubt, und im hinteren Bereich reihen sich weiche Sessel, die für uns alle genügend Platz bieten. Poppy und ich wählen zwei in der Nähe der Tür.

Iona verrammelt ein Fenster, obwohl es in der Kabine schon jetzt muffig und warm ist. Das Boot schaukelt, und mir wird ein wenig flau im Magen.

»Die Fahrt wird nicht sehr lange dauern«, sagt Iona. »Wir schippern zu einer Gruppe wunderhübscher Inseln, wo die Algenblüte nur alle paar Jahre stattfindet – ein richtiges Erlebnis also. Wir sind vollkommen sicher.«

»Es ist stickig hier drin«, klagt Poppy. Ihre Stimme wird beinahe vom Lärm des anlaufenden Motors übertönt.

Im Kopf stolpere ich über Ionas Worte. *Vollkommen sicher.* Wieso sollten wir das nicht sein?

Ein Zischen. Ich schaue mich um, suche nach der Quelle des Geräuschs.

Ein Luftzug trifft meine Beine im selben Moment, in dem mir ein beißender metallischer Geruch in die Nase steigt.

Ich runzele die Stirn. Durch den Sessel spüre ich ein Beben, das meine Zähne klappern lässt, als der Motor aufheult. Ich spähe umher, um herauszufinden, woher der Geruch stammt, und entdecke einen dünnen Dampfstrahl, der aus einem Metallkasten auf dem Boden zu meinen Füßen schießt. Doch – nein, kein Dampf. Die Substanz ist nicht heiß; sie erinnert mich eher an Trockeneis, wie im Chemielabor in der Schule.

Ich komme auf die Füße. Iona hat inzwischen Platz genommen und drückt sich eine weiße Maske auf Mund und Nase.

Was? Was *tut* sie da? Mein Herz rast, und innerhalb von Sekundenbruchteilen schlägt meine Verwirrung in Panik um.

Ich presse mir eine Hand auf den Mund und drehe mich zu Poppy um, packe ihre Hand und schiebe sie ihr ins Gesicht, schüttele heftig den Kopf. *Nicht einatmen.* Wir müssen hier raus. Sofort.

Ich greife nach Poppys anderer Hand und ziehe sie hinter mir her, die Sitzreihe entlang. Vor uns ist eine Studentin, mit der wir einmal gemeinsam Seile geflochten haben. Ich erkenne sie an ihrem außergewöhnlich langen roten Haar. Sunee. Sie umschließt fest meine Finger und bewegt die Lippen, scheint »Alles ist okay« zu sagen. Ich reiße meine Hand zurück und erstarre, als Sunees Brust sich hebt und sie tief einatmet, den Nebel durch die Nase inhaliert. Fasziniert und entsetzt zugleich werde ich Zeugin, wie ihre Augen nach hinten rollen. Ihr Kopf kippt bewusstlos zur Seite, in meine Richtung.

Neuer Dunst strömt aus noch mehr schwarzen Kästen, verteilt sich in der ganzen Kabine.

Iona trägt eine Gasmaske.

Das hier ist kein Schnorchelausflug.

Wir klettern hastig über Sunee – Ist sie bewusstlos? Oder Schlimmeres? – und einen Jungen, der mit gespreizten Gliedern auf dem Boden liegt. Der Dampf verdichtet sich zu Wolken; das Zischen mischt sich mit Keuchen, erstickten Schreien und dem immer lauter dröhnenden Motor. Die Geräusche verraten mir, dass nicht alle die Situation so gelassen hinnehmen wie Sunee, doch sehen kann ich inzwischen niemanden mehr, da die Schwaden immer undurchdringlicher werden. Feuchtigkeit benetzt meine Haut.

Stolpernd ziehe ich Poppy zur Tür, während meine Lunge brennt und nach Sauerstoff verlangt. Am Fuß der Schwelle liegt ein zusammengerollter Junge. Tot? Bloß nicht darüber nachdenken. Ich drehe den Knauf, nach rechts und wieder nach links, nach rechts, nach links. Abgeschlossen. Mit meiner Faust hämmere ich auf das Fenster direkt daneben ein.

Panik rauscht durch meine Adern. Viel länger schaffe ich es nicht mehr, die Luft anzuhalten – ich muss etwas finden, womit ich das Glas einschlagen kann. Aber es gibt nichts. Wieder und wieder lasse ich die Faust dagegenkrachen.

Poppy ist nur noch ein verschwommener Umriss im Nebel; dann lässt sie meine Hand los, und ihre Faust ist mit einem Mal neben meiner, schlägt ebenfalls gegen die Scheibe.

Meine Gedanken rasen, einer jagt den nächsten auf der verzweifelten Suche nach einem Sinn in all dem Chaos – nach etwas, das uns helfen kann.

Wumm.

Fäuste rutschen an der Scheibe ab, die mittlerweile glitschig von Kondenswasser ist. Wieso sollte Iona so etwas tun? Der Zaun, die Geheimniskrämerei …

Wumm.

Niemand weiß, dass wir in Wildhaven waren. Niemand. Sam aus dem Flugzeug. Nein – er hat von Poppy nur das Foto eines Straßenschilds bekommen und ohnehin keinen Grund, je wieder an uns zu denken. Iona hat alles so eingefädelt, dass niemand hinter das kommen wird, was sie hier gerade tut.

Das Feuer. Es war im Camp. Bewusst gelegt.

Aber sie ist Mums *Schwester.*

Poppys Faust fällt nach unten. Ich packe sie an den Schultern, ihr Mund öffnet sich, und unsere Blicke bohren sich fieberhaft ineinander, als fänden wir irgendwelche Antworten in der Verbindung.

Poppy hat gespürt, dass etwas hier nicht stimmt. Wieso habe ich nicht auf sie gehört?

Meine Schwester sackt nach vorn in meine Arme, und ihr Gewicht lässt meine Knie einknicken. *Totes Gewicht.* Nein. Ich werde sie wiederbeleben, wir werden uns befreien, über Bord springen …

Punkte flackern durch mein Sichtfeld. Sie ist zu schwer, rutscht mir aus dem Griff.

Poppy!

Verzweiflung brennt in meiner Brust, und ich schnappe nach Luft.

Kälte in meinem Mund.

Ein saurer Geschmack nach Plastik auf meiner Zunge.

Nässe in meiner Lunge.

Es tut nicht weh. Poppy hat keine Schmerzen gelitten. Der Nebel wabert in mein Gehirn, hebt mich aus meinem eigenen Körper. Ich spüre mich selbst überhaupt nicht mehr.

Alles bleicht aus, weißer und weißer. Bilder zucken vorüber: Poppy auf einer Schaukel, Mum am Rand des Pools.

Armzug.

Beinschlag.

Atmen.

Mum mit Iona, rote Weinflecken auf dem Teppich. Lachen. Der Name auf der Außenwand des Boots.

Deep Retreat.

Ich verliere jedes Gefühl dafür, wo ich bin. Was ich bin. Es bleibt nur … nichts.

Leuchten. Eine Wolke. Weit, weit oben.

Sie trägt uns nicht. Wir stürzen ab.

Weiß.

Grau.

Schwarz.

Sicher.

Vollkommen … sicher.

5. Kapitel

SAM ERWACHT VOM Mahlen und Gluckern der Kaffeemaschine im Erdgeschoss, schwingt die Beine aus dem Bett, setzt sich auf und reibt sich über das Gesicht. Seit er aus Auckland zurückgekommen ist, wartet heute der erste freie Tag ohne Ferienjob auf ihn, und er hat vor, mit dem Mountainbike loszufahren und nach dem Ökodorf Ausschau zu halten, von dem die Mädchen aus dem Flugzeug erzählt haben. Niemand, den er gefragt hat, wusste irgendetwas darüber, aber das Foto, das Poppy ihm geschickt hat, hat seine Neugier geweckt. Er poltert die Treppe hinab, immer zwei Stufen auf einmal, bis ihm einfällt, dass Grandpa womöglich noch schläft, falls er sich wieder einmal nicht gut fühlt; also tappt er die restlichen Stufen behutsam auf Zehenspitzen nach unten.

Als Architektin arbeitet seine Mum häufig von zu Hause aus. Auch jetzt sitzt sie über ihren Schreibtisch in der Ecke gebeugt und zeichnet Linien auf dem geneigten Grafiktablet, die dann auf einem der beiden riesigen Bildschirme vor ihr auftauchen.

»Hey, du bist früh auf den Beinen«, sagt sie und dreht sich dabei nur kurz um, wirft Sam ein abwesendes Lächeln zu.

»Du auch«, erwidert Sam.

»Ich muss einen Abgabetermin einhalten. In ein paar Stunden bin ich fertig, dann bringe ich Grandpa in die Klinik«, sagt Mum.

»Für die Behandlungsstudie?«, fragt Sam.

»Nein – zu einem Scan.« Mum lächelt zuversichtlich, doch er sieht die Sorge in ihren Augenwinkeln. »Sein Onkologe hat einen eindeutigen Rückgang des Tumors festgestellt; wenn er weiter schrumpft, lässt er sich eventuell operieren. Grandpa behauptet, das habe er nur dieser neuen Therapie zu verdanken. Ich wüsste gern ein wenig mehr darüber, aber er hat irgendeine Verschwiegenheitserklärung unterschrieben.«

Sam wird direkt ein wenig leichter ums Herz. Er hat nicht gewagt zu fragen, wie es lief, als er eine Woche zuvor aus Auckland zurückgekommen ist. Aber Grandpa wird wieder gesund, natürlich wird er das, er ist stark. Mum wendet sich erneut ihrer Arbeit zu.

»Gerade ist Grandpa in der Küche, also erwartet uns vermutlich ein königliches Frühstück. Bitte iss meine und seine Portion auch noch mit, wenn du es schaffst – er treibt mich in den Wahnsinn.«

Sam grinst, und sein Magen knurrt.

Grandpa stößt mit einem Fuß die Küchentür auf. In einer Hand trägt er ein hölzernes Tablett, in der anderen die Kaffeekanne. Dazu bringt er den Duft frisch gebratener Würstchen mit sich. Er ist ein groß gewachsener Mann, breitschultrig, jung für einen Großvater, erst neunundfünfzig geworden. Seine flaumigen Locken wachsen allmählich nach und erinnern an einen weichen grauen Heiligenschein. Eine Welle der Zuneigung überschwemmt Sam, gepaart mit diesem hohlen Gefühl im Bauch. Die Mädchen im Flugzeug kommen ihm wieder in den Sinn, und er kann sich gar nicht vorstellen, wie es wäre, keinen Grandpa mehr zu haben.

»Dein Leibgericht heute, mein Küken«, dröhnt Grandpa in Mums Richtung und zwinkert dabei Sam auffällig unauffällig zu. Mum schnalzt tadelnd mit der Zunge.

»Ich hoffe, du hast nicht vor, das alles zu essen, Dad? Denk an dein Cholesterin, der Arzt hat leichte Kost angeordnet –«

»Wenn der Krebs mich nicht erledigen kann, werden mich zwei, drei Würstchen kaum umhauen.« Grandpa entgeht Mums blitzende Miene nicht, und er stellt das Tablett auf dem Tisch ab. »Mach dir keine Sorgen, ich habe Kaninchenfutter und Saft gefrühstückt, wie ein kleiner Engel. Sam wird keine Mühe damit haben, diesen Berg hier zu vernichten, was, Sammy?«

»Danke, Grandpa. Ich schwinge mich nachher aufs Mountainbike – da kann ich ein bisschen zusätzliche Energie gut gebrauchen.« Sam hält kurz inne. »Ich will drüben in den Trails um Tokomaru Bay mal schauen, ob ich rauskriege, was es mit diesem Ökodorf auf sich hat.«

Mum dreht sich um, stützt sich auf die Rückenlehne ihres Schreibtischstuhls und zieht ein vielsagendes Gesicht: bebende Nasenflügel, hochschnellende Augenbrauen. »Spuken dir die beiden geheimnisvollen Britinnen noch immer im Kopf herum?«

Grandpa wackelt nun ebenfalls mit den Augenbrauen.

Sam ärgert sich, dass ihm Röte ins Gesicht schießt. Die jüngere Schwester, Poppy, war witzig; er hat es nett gefunden, sich mit ihr zu unterhalten. Und jaah – okay, das ältere Mädchen war süß, mit ihren Korkenzieherlocken im gleichen Farbton wie die blank gewienerten Eichendielen unter Sams nackten Füßen und den über ihre ganze Haut verteilten Sommersprossen. Einen Moment lang haben ihre Augen belustigt aufgeblitzt, als sie ihre Schwester angefunkelt hat; die meiste Zeit über hat sie allerdings eher ein wenig … verloren gewirkt.

»Nimm Reifenflickzeug und eine Luftpumpe mit, und außerdem etwas zu essen, zu trinken und Regenkleidung. Bleib auf den Wegen«, kommandiert Mum und widmet sich wieder ihrer Arbeit.

Grandpa ist ungewöhnlich still. Früher sind er und Sam oft zusammen auf den Rädern unterwegs gewesen, aber derzeit ist Grandpa nicht einmal fit genug für eine entspannte Tour. Noch nicht.

Sam schaufelt eine Schale Cornflakes in sich hinein, während Grandpa die Würstchen und Kartoffelpuffer in eine Plastikdose packt. Anschließend verstaut Sam die restliche Ausrüstung in seiner Fahrradtasche. Es juckt ihn in den Fingern, endlich loszudüsen, doch er entscheidet sich aus einem plötzlichen Impuls heraus, erst noch schnell zu duschen – auch wenn er die Mädchen höchstwahrscheinlich ohnehin nicht treffen wird. Vermutlich wird er da draußen keiner Menschenseele begegnen.

Bis zum Schild an der Abzweigung zur Tokomaru Bay fährt Sam mit dem Bus, dann steigt er aus und folgt dem versteckten Weg, der kurz davor abbiegt. Nachdem er drei Stunden kräftig in die Pedale getreten hat, ziehen am Himmel Regenwolken auf, die Luft wird drückend. Einen Hinweis auf ein Ökodorf oder Camp hat er bislang nicht entdeckt. Der Wald ist dicht hier, weitestgehend unberührt. Falls es sich um ein kleines Lager handelt, hat er keine Chance, es zu finden, aber die Sache lässt ihn nicht los – also kämpft er sich einen Hügel hinauf und hält schließlich auf einer Lichtung an, um sich einen Blick über die Baumwipfel zu verschaffen und einen Schluck Wasser zu trinken. Hoch genug. Von hier aus hat er freie Sicht bis zur Küste.

Etwas fällt ihm ins Auge. Ein Rauchschleier hängt über den Bäumen. Der Tag ist außergewöhnlich windstill, kaum eine Brise regt sich. Waldbrände kommen in dieser Gegend selten vor, und erst gestern hat es geregnet. Sam kneift die Augen zusammen und wünscht sich, er hätte sein Fernglas mitgenommen. Das Feuer scheint gelöscht, nur die Rauchwolke ist geblieben, eingekesselt im Tal. Er springt wieder in den Sattel und rast im höchsten Gang bergab, dann einen schmalen Waldweg entlang, in Richtung des Qualms.

Sam schiebt sein Rad durch die Bäume und bleibt stehen, als der beißende Geruch nach verbranntem Holz ihm in die Nase steigt. Sein Herzschlag geht ruhig, erscheint ihm jedoch lauter als normalerweise. Der Boden ist geschwärzt, kahl, mit Asche überzogen. Er pfeift durch die Zähne. Das muss ein ordentliches Feuer gewesen sein. Es hat eine gigantische, kreisrunde Brandnarbe in den dichten Wald gefressen.

Er lehnt sein Mountainbike gegen einen Baum. Die versengte Erde ist übersät mit einer dicken, verkohlten Holzschicht, und er wühlt mit einer Schuhspitze darin herum, stakst quer durch den Kreis und hält dabei Ausschau nach irgendetwas, das nicht den Flammen zum Opfer gefallen ist. Nach irgendeinem Anzeichen dafür, dass hier zuvor etwas anderes als bloß Baum neben Baum gestanden hat. Etwas glitzert, und er bückt sich, um es aufzuheben. Eine gewölbte Glasscherbe, etwa so groß wie eine Zehn-Cent-Münze. Er sieht sich nach anderen Bruchstücken um, entdeckt jedoch keine. Er schiebt die Scherbe in seine Jackentasche und zieht den Reißverschluss zu.

Hat sich hier womöglich das Camp befunden, von dem die Mädchen erzählt haben?

Gänsehaut kriecht seine Arme hinauf. Menschen jedenfalls waren eindeutig hier. Und irgendetwas ist gehörig schiefgegangen.

Eine Bewegung am gegenüberliegenden Rand der verbrannten Fläche. Ein Mann tritt zwischen den Bäumen hervor. Er trägt dunkle Jeans, Wanderstiefel und eine ausgeblichene Baseballkappe, die er tief in die Stirn gezogen hat. Über einer seiner Schultern hängt ein Rucksack, und in der Hand hält er eine schwarze Plastiktüte. Er stöbert durch die Asche, genau wie Sam noch einen Moment zuvor. Sein Blick ist fest auf den Boden geheftet, daher nimmt er Sam überhaupt nicht wahr.

»Hey, Sie da, wissen Sie, was hier passiert ist?«, ruft Sam.

Die konzentrierte Miene des Mannes erstarrt für eine Sekunde, dann breitet sich ein Lächeln über sein Gesicht aus. »Hallo!«, schmettert er fröhlich. Sein Akzent klingt abgehackt – europäisch, aber nicht britisch.

Sam mustert den Fremden von Kopf bis Fuß. »Sind Sie von der Polizei?«

Der Mann schüttelt den Kopf. »Nein. Ich habe den Rauch gesehen. Als ich hier eingetroffen bin, waren die Polizisten gerade am Zusammenpacken.«

»Ich war mit dem Fahrrad unterwegs«, erzählt Sam, »auf der Suche nach einem Ökodorf.«

»Einem Ökodorf? Hier?«, fragt der Mann und legt den Kopf schief. Seine Augen strahlen hellblaugrün, und die Augenbrauen laufen jeweils in der Mitte spitz nach oben zu, wodurch seine Züge offen und aufrichtig wirken. Er macht einen recht freundlichen Eindruck.

»Vielleicht auch nicht«, räumt Sam ein. »Ich habe bloß gehört, dass hier eines sein könnte.«

»Oh – wo hast du das denn aufgeschnappt?« Der Mann wartet geduldig, bis es Sam schließlich unhöflich erscheint, keine Antwort zu geben.

»Ach, nur von diesen zwei britischen Mädchen, mit denen ich mich unterhalten habe. Sie waren auf dem Weg dorthin.«

Der Mann nickt und lässt die Schultern ein klein wenig sinken, beinahe als sei er zufrieden mit der Erklärung. »Tja, für so etwas ist das Gebiet hier vermutlich ein bisschen zu abgeschieden. Außerdem verliert man leicht die Orientierung. Aber wenn du immer dem Küstenweg folgst, gelangst du zur Tokomaru Bay.«

»Danke«, sagt Sam, obwohl er nie behauptet hatte, sich verirrt zu haben. »Ich hoffe, bei dem Feuer ist niemand verletzt worden?«

»Die Polizei hat nichts dergleichen erwähnt, dem Himmel sei Dank«, erwidert der Mann.

Sie taxieren einander noch einige Sekunden länger, und das Lächeln im Gesicht des Älteren wirkt allmählich ein wenig aufgesetzt.

»Na, dann haue ich besser mal wieder ab. Sieht nach Regen aus«, meint Sam.

Der Mann tippt sich an die Kappe und verschwindet selbst zwischen den Bäumen. Sam schlägt den Pfad zum Strand ein, vernimmt dann aber das schwache Geräusch eines Motors und bleibt stirnrunzelnd stehen. Der Typ muss mit dem Motorrad oder Quad unterwegs sein, aber solche Gefährte sind im Nationalpark eigentlich verboten.

Sam wendet und fährt in die Richtung, aus der der Motorenlärm zu kommen scheint, bis er nichts mehr hört. Der Weg, auf dem er sich nun befindet, ist breiter als die üblichen Pfade durch diesen Teil des Walds; frisch zurückgestutzte Äste lassen erkennen, dass er gut instand gehalten wird. Er führt zu einem niedrigen Gebäude mit quadratischem Grundriss, das beinahe vollständig von Bäumen verborgen ist. Sam kurvt einmal um den Zaun, der das Haus umschließt, herum und bemerkt die Überwachungskameras, die in regelmäßigen Abständen darauf montiert sind. Der Bau hat keine Fenster und erinnert an einen Bunker. Vielleicht ein Außenposten des Verteidigungsministeriums?

Viel mehr gibt es nicht zu sehen, also macht sich Sam wieder auf den Weg zur Küste. Es ist eine Erleichterung, aus dem Wald herauszukommen und über das Meer blicken zu können. Ruhig und grau liegt das Wasser da, keinerlei Brandung heute, kein Boot in Sicht. Der Himmel hängt tief, die Luft ist schwer – er wird in einen Regenschauer geraten. Während er den steinigen Weg entlangrollt, streift sein Blick über den Strand weiter unten, in der vagen Hoffnung, einen guten versteckten Surfspot zu entdecken, den er ein andermal mit seinen Freunden ausprobieren könnte. Doch er erspäht nichts außer felsigen Buchten, und der Abstieg scheint viel zu heikel und gefährlich. Nur eine Stelle wirkt vielversprechend; über einige Felsen könnte man leicht hinunter auf den Sand klettern. Sam bremst, um sie sich genauer anzusehen.

Dort liegt etwas, hinter einem Geröllbrocken. Ein Kleidungsstück?

Er vergewissert sich, dass niemand in der Nähe ist, lässt sein Mountainbike dann an der Klippenkante zurück und hüpft über die Steinblöcke nach unten. Der grobkörnige Sand ist verwühlt, vielleicht durch Fußspuren – eine ganze Menge, falls es tatsächlich welche sind. Eine Gruppe von Leuten hat hier zusammengestanden und ist dann zum Wasser hinuntergegangen.

Der erste dicke Regentropfen landet auf Sams Arm. Er greift nach dem zusammengeballten Stoff. Ein Hoodie: klein, lila, mit weißen Kordeln. Er starrt darauf.

Das Mädchen im Flugzeug hat genau so einen getragen.

Poppy.

Sam lässt suchend den Blick schweifen, während der Regen vom Himmel trommelt. Ein kalter Schauder überläuft ihn. Ganz sicher hat sie so einen Pullover angehabt. Er weiß noch, wie ihre Schwester sie ermahnt hat, nicht ständig an den Kordeln herumzuspielen. Das kann kein Zufall sein. Das Kleidungsstück fühlt sich ungewöhnlich schwer an; er schiebt eine Hand in die Kängurutasche. Darin liegt Poppys Handy. Ein Strudel in Regenbogenfarben prangt auf der Hülle – daran erkennt er es, ohne jeden Zweifel. Sie war hier und hat ihr Smartphone zurückgelassen. Mit zusammengezogenen Brauen betrachtet er das schwarze Display und kann noch immer kaum glauben, was er in der Hand hält. Als er den Knopf an der Seite drückt, erscheint ein Punktegitter zum Entsperren, und das Batteriesymbol zeigt an, dass das Handy nur noch zu sieben Prozent geladen ist. Er schaltet es wieder aus.

Sam verstaut das Telefon und den Hoodie in seinem Rucksack und zieht seine Regenjacke hervor. Der verbrannte Waldboden fällt ihm wieder ein: still, schwarz, tot. Hatte das Feuer etwas mit dem Ökodorf zu tun? Zurück auf dem Küstenpfad sieht er, dass der Regen bereits den Rauch vertreibt, der über der Brandstelle hing. Er wendet sich noch einmal um, seine Augen wandern über den Strand. Regentropfen platschen auf den Sand, waschen die Fußspuren aus.

Später, in seinem Zimmer, zieht Sam Poppys Handy erneut hervor. Es fühlt sich falsch an, den Bildschirm ohne Erlaubnis zu entsperren, aber vielleicht verrät es ihm, wo die beiden sind, und er kann ihnen das Gerät zurückbringen. Er wischt über das schwarze Display, das inzwischen nur noch sechs Prozent Akkuladung anzeigt; allerdings passt sein eigenes Ladekabel, und er stöpselt es ein. Dann probiert er ein paar Formen auf dem Punktefeld. P für Poppy, A für Aster. C, L, zuletzt ein Quadrat. Nichts. Jetzt hat er zu oft einen falschen Code gezeichnet, und eine Nachricht erscheint und verlangt nach einer E-Mail-Adresse. Er flucht. Sucht im Internet nach Möglichkeiten, dieses Modell zu knacken, und stellt fest, dass er es dauerhaft gesperrt hat und sämtliche Fotos, Kontakte, Apps und anderen Daten gelöscht werden, wenn er die Einstellungen zurücksetzt. *Großartig.*

Sam schiebt das Telefon in einen gepolsterten Umschlag, um es samt einer Notiz mit der Erklärung, wo er es gefunden hat, und seiner Anschrift an die örtliche Polizeistation zu schicken.

Er nimmt die Scherbe, die er in der Asche entdeckt hat, in die Hand und betrachtet sie unter seiner Schreibtischlampe. Irgendwie kommt sie ihm vertraut vor. Das Glas ist zu dünn für eine Flasche; eine glatte, gleichmäßige Schalenform, klein und zart. Die Außenseite ist geschwärzt, die innere Wölbung dunkelbraun, schuppig. Er starrt noch eine Weile länger darauf; es zu berühren widerstrebt ihm mit einem Mal. Schließlich schlägt er es in ein Taschentuch ein und verstaut es ganz hinten in seiner Schreibtischschublade.

Teil 2

TREIBEN

JETZT

6. Kapitel

»POPPY!« MEIN HALS ist wund, meine Stimme heiser. Die Helligkeit pulsiert schmerzhaft hinter meinen Augäpfeln, und ich schirme das Gesicht ab, während mein Gehirn rattert, nach Erinnerungen sucht.

Eine Hand, die vom Türknauf rutscht. Der kalte Nebel in meiner Brust.

Meine Arme waren fest um sie geschlungen; ich hätte sie niemals losgelassen, also muss sie hier sein.

Ich nehme die Hand von den Augen, verenge sie zu Schlitzen, und stemme mich auf die Knie.

Der Strand ist nicht derselbe, von dem wir aufgebrochen sind; der Sand ist weicher, feiner, die Farben zu schillernd. Vor mir liegt eine türkisblaue Lagune, leer. Langsam fällt es mir wieder ein: Wir waren an Bord eines Boots, auf einem Schnorchelausflug. In der Morgendämmerung …

Ich blinzele ins gleißende Sonnenlicht, rufe wieder nach Poppy, bis mich ein Hustenanfall packt und ich zurück auf die Seite rolle. Meine Wange schmiegt sich in den Sand. Wo ist meine Schwester?

Der Horizont kippt. Vielleicht bin ich verletzt, vielleicht ist das Boot gesunken und wir sind an Land gespült worden. Mein Blick stellt sich auf die Ferne nicht scharf, und die Luft droht mich zu ersticken.

Oh Gott. Poppy.

Ich muss mich beruhigen, meinen Kopf zum Laufen bekommen.

Schwarz leckt von den äußeren Rändern her in mein Sichtfeld. Ich konzentriere mich auf das, was in meinem Bewusstsein nach oben plätschert. Alles, was zählt, ist, dass ich Poppy finde.

Zittrig drücke ich mich in eine sitzende Position. Ich trage einen grauen Neoprenanzug und erinnere mich daran, dass Iona uns die Ausrüstung gegeben hat, ehe wir losgefahren sind. Ich hebe eine Hand vors Gesicht, drehe sie hin und her. Hautenge Handschuhe aus dem gleichen Material.

Ich taste meinen Kopf ab; die Kapuze liegt mir dicht am Schädel an. Ich schiebe meine Finger unter den Saum und ziehe sie zurück.

Eine weitere Gestalt in identischem Ganzkörperanzug stolpert auf mich zu.

Poppy?

Ich versuche aufzustehen, doch meine Muskeln verwandeln sich in schmerzenden Wackelpudding, und ich knicke ein, taumele erneut in den Sand. Was ist *los* mit mir? Mit zusammengebissenen Zähnen beginne ich zu kriechen; meine Arme und Schultern beben, brennen vor Anstrengung. So durstig. Mein Mund ist verklebt, die Zunge dick und geschwollen.

Ein leises Ploppen, dann quillt mir Nässe aus den Ohren, und mit einem Mal prallen Geräusche auf mein Trommelfell: das Tosen der Brandung, Wasser, das sich auf den Sand wirft.

Ich bin so schwach. Wieder wabern schwarze Flecken durch mein Gesichtsfeld.

Dumpfe Schritte im Sand.

»Hey, alles gut, trink das hier«, sagt eine Stimme. Ich wage es nicht, den Blick zu heben, habe das Gefühl, jeden Moment ohnmächtig zu werden.

Etwas wird mir an die Lippen gehalten, und ich schlürfe. Die süße Flüssigkeit ist ein reiner Segen. Kokoswasser.

»Trink aus, dann geht es dir gleich besser«, sagt die Stimme. Ein Junge oder Mann, mit melodischem Akzent.

Ich stürze hastig den Rest hinunter, und mein Zittern lässt nach. Mein Geist stellt sich scharf.

Der Junge späht aus braunen Augen auf mich hinab. Sein rötliches Haar ist feucht und lockig, die helle Haut übersät von Sommersprossen und einigen Aknenarben, und unter seinem grauen Anzug zeichnen sich deutlich Muskeln ab. Er kommt mir vertraut vor, aus dem Camp, und mir fällt wieder ein, dass er einer der Studenten ist, die bei unserem Angelausflug im Wasser herumgealbert haben.

»Bist du verletzt?«

Ich schüttele den Kopf. *Poppy*.

Mein Blick wandert über den Jungen, ich suche nach Wunden, nach Anzeichen dafür, dass er in einen Unfall verwickelt gewesen ist.

»Ich glaube nicht. Meine Schwester. Poppy. Gab es einen …?« Ich räuspere mich, meine Stimme kratzt. »Wo ist das Boot?«

Der Junge blinzelt mich an und schüttelt den Kopf. »Keine Ahnung. Ich dachte, ich bin allein hier, aber dann bist du gerade einfach angespült worden. Ich bin Callum.«

Wieder lasse ich den Blick über das Meer schweifen, mühe mich, mir in meinem wirren Hirn einen Reim auf alles zu machen. Ich bin angespült worden.

»Ich erinnere mich an dich. Du bist Ionas Nichte.«

»Ja. Ich muss meine Schwester finden. Wo sind denn alle? Was meinst du mit ›angespült‹?«

»Kann ich nicht genau sagen. Ich war so kraftlos und kurz davor, das Bewusstsein zu verlieren. Als ich eine Kokosnuss geöffnet habe, bloß um etwas zu tun und zur Ruhe zu kommen, warst du auf einmal unten am Wasser.«

Das kann nicht stimmen. Nichts davon. Wir waren auf einem Boot – wo also ist es jetzt? Callum schüttelt den Kopf, als könnte er meine Gedanken lesen und wolle mir beipflichten. Dann betrachtet er seine Hände, zieht die Handschuhe herunter und begutachtet sie verwirrt. Mein Blick fällt auf meine eigenen Hände, und als ich die Handflächen nach oben drehe, bemerke ich eine Ausbeulung im Material ein paar Zentimeter über dem Ärmelbund des Anzugs. Ich zerre den eng anliegenden Stoff zurück und schnappe nach Luft. Ein dünner schwarzer Schlauch schlängelt sich aus meiner Haut am Handgelenk hervor, knapp unter dem Handballen. Ich folge der elastischen Röhre unter dem Anzug meinen Arm hinauf, durch die Ellenbeuge, vorbei an meiner Achselhöhle und über meine Schulter. Callum sieht mir mit offenem Mund zu; dann tut er es mir nach. Ich ertaste die Stelle, an der der Schlauch durch ein Loch im Rücken meines Neoprenanzugs austritt, und mir wird klar, dass er mit der ärmellosen schwarzen Weste verknüpft ist, die sich passgenau um meinen Oberkörper schmiegt.

Entsetzt starre ich auf mein Handgelenk, wo das Röhrchen in meinen Körper verschwindet. Der Schnorchelausflug war eine Täuschung. Iona wollte uns auf dieses Boot schaffen. Das Feuer. Sie hat das Camp abgebrannt.

»Was zur Hölle geht hier vor?«, frage ich.

Iona hat etwas mit mir gemacht. Mit uns allen.

Auf dem Boot war Gas gelagert, in den schwarzen Behältern. Iona hat uns *betäubt*.

Ein durchsichtiger Schlauch schiebt sich auch aus meinem anderen Handgelenk. Eine Art Infusion auf jeder Seite, angeschlossen an eine schwarze Schwimmweste.

Callums Blick schweift über meinen Kopf hinweg und er kommt stolpernd auf die Füße, zeigt zur Lagune hinter uns.

Noch ein treibender Körper.

Ich schlittere den Strand hinunter und strauchele ins Wasser, spritze Gischt auf. Die Gestalt schwappt an der Wasseroberfläche aufs Ufer zu, doch ihre Arme und Beine bewegen sich nicht. Unmöglich.

Ich wate hinaus und bekomme den Körper zu fassen. Nicht Poppy. Ein Mädchen, dessen dunkelbraune Haut sich markant gegen die blassgraue Kapuze des Anzugs abhebt. Ich erkenne sie: Beti, die uns zum Kräutersammeln mitgenommen hat. Ich packe sie unter den Achseln und ziehe sie aus dem Meer; eine schwarze, meiner eigenen ganz ähnliche

Rettungsweste hält sie über Wasser. Obwohl in erster Linie Callum derjenige ist, der sie den Sand hinaufschleppt, zittern meine Arme vor Anstrengung. Betis Lippen sind tiefpflaumenfarben, bläulich in den Mundwinkeln. Ich kauere mich an ihre Seite, während Callum transparente Klebestreifen von ihren Augenlidern löst. Sie zuckt dabei nicht einmal mit den Wimpern. Er beugt sich nach vorn, legt ein Ohr an ihren Mund.

»Ich höre keinen Atem.«

Meine Augen huschen über den Strand. Wenn Beti aus der Lagune hergetrieben ist, und wenn sie – sie kann nicht – dann muss Poppy …

Callum fährt in meine Gedanken. »Aster? Sie hat keinen Puls.«

Ich starre Callum ausdruckslos an. »Ich muss da rein … meine Schwester.«

Seine Stimme bricht. »Bitte, weißt du, wie wir ihr helfen können? Iona hat es uns gezeigt, aber mein Kopf ist wie leer gefegt.« Seine Augen glänzen feucht, sein Blick ist verzweifelt, und die Leere in seiner Miene ist mir nur zu vertraut: Panik. Mit einem Mal kommt mir der Erste-Hilfe-Kurs wieder in den Sinn, an dem ich in der neunten Klasse teilgenommen habe, jeden Donnerstag anstelle des Nachmittagsunterrichts, in der Schulturnhalle.

Ich lege die Fingerkuppen auf Betis Handgelenk. Fühle nichts. Schlucke. Was nun?

Weitere Bilder aus den Kursstunden rauschen durch meinen Kopf – es gab dort diese Puppe, einen Übungsdummy. Atemwege überprüfen, dann Herzdruckmassage? Oder erst die Mund-zu-Mund-Beatmung? Wie *funktioniert* Mund-zu-Mund-Beatmung?

»Sie hat noch kein einziges Mal Luft geholt. Ich meine, das muss jetzt … was? Schon beinahe eine Minute gewesen sein. Das ist nicht gut, oder? Wie viele Minuten kann man ohne …« Callums Stimme wird schriller.

»Halt ihr Handgelenk fest, taste immer wieder nach dem Puls«, weise ich ihn an und zwinge mich, ruhig zu bleiben.

Poppys Gesicht blitzt vor meinem geistigen Auge auf. Ich muss versuchen, Beti zu retten. Ich lasse mich neben ihrem Kopf in den Sand sinken. Überstrecke ihr Kinn, stelle sicher, dass der Mund frei ist. Lege eine Hand auf ihre Stirn und hole tief Luft, um dann meinen Mund auf ihren zu pressen, wie wir es an der Plastikpuppe geübt haben.

»Ich habe was gespürt!«, sagt Callum. »Einen Puls am Handgelenk – mein Finger lag darauf und sie hat gezuckt, sie lebt!«

Ich greife nach Betis anderem Arm. Nichts. Ich warte, und das Meer mit seinem gleichmäßigen Rauschen scheint für mich zu zählen. Es dauert zu lange. Dann ein schwaches Pochen, und noch eines, dann wieder nichts. Ich verschiebe meine Finger. Wieder ein Pulsschlag.

»Hast du es bemerkt?«, drängt Callum. Ich nicke, und er schließt kurz erleichtert die Augen.

»Ihr Puls geht ganz langsam … ich versuche es weiter mit der Beatmung«, sage ich. Drehe ihr Kinn zu mir, lege meine Lippen auf ihre. Ihre Haut fühlt sich gummiartig an, gibt nach, und ein Schauder überläuft mich; das hier ist ganz anders als die Übung am Dummy. Ich puste kräftig hinein, doch die Luft drückt sich mir selbst zurück in den Mund, bläht meine Wangen ebenso wie Betis. Ich probiere es erneut.

»Es klappt nicht, ich bekomme es nicht richtig hin«, sage ich, und mein ganzer Körper bebt.

»Aber ihr Puls wird stabiler, hier, fass mal an«, erwidert Callum. Er hat recht. Noch immer langsam, aber zumindest beständig – ein zartes Klopfen alle paar Sekunden.

Ein Pfeifton füllt meine Ohren. Ich keuche. Callum schaut hoch und begegnet meinem Blick.

Nicht jetzt.

Ich kann *nicht jetzt* panisch werden. Mit aller Kraft konzentriere ich mich auf die Einzelheiten rings um mich her: das schrappende Geräusch des Ozeans, den knirschenden Sand unter meinen Knien. *Dreimal einatmen, sechsmal ausatmen.*

Callum hält Betis Handgelenk und sagt etwas, aber ich blende ihn aus, alles scheint innezuhalten, während wir warten und mein Blick über das Meer schweift. Vielleicht ist es inzwischen völlig egal, ob Beti einen Puls hat. Wenn sie nicht atmet, wird sie an Sauerstoffmangel sterben. Und sie atmet bereits zu lange nicht.

Das ist ein Albtraum. Es muss einer sein. Bloß ein Albtraum, also werde ich gleich wach.

Ich beuge mich dichter zu Beti hinab, um noch einmal die Atmung zu kontrollieren, und als ihr Körper kurz erzittert, glaube ich zuerst, es mir eingebildet zu haben. Dann aber schießen Callums Augen zu meinen empor – er hat es ebenfalls gespürt. Noch ehe er etwas sagen kann, bäumt sich Betis Brust auf, und Callum lässt sie los. Schleimige Flüssigkeit quillt aus ihrem Mund, milchig und blau. Er schiebt ihr einen Arm unter den Kopf, hebt sie an, dreht sie auf die Seite. Erleichterung durchströmt mich; zugleich lehne ich mich nach hinten, weg von ihr, entsetzt von dem, was ich sehe. Was ist dieses Zeug, das sie ausspuckt? Ganz sicher kein Meerwasser, und es kommt aus ihrer Lunge. Ihre Augen sind nach wie vor geschlossen, ihr Körper schlaff.

Plötzlich prustet sie, wirft die Arme nach oben und um Callums Hals und kommt zu sich, speit einen Rest bläulicher Pampe über seinen Rücken.

»Geht es ihr gut? Sie atmet, oder?«, fragt Callum.

Ich nicke. Sie hustet, was bedeutet, dass sie Luft in der Lunge haben muss. Husten ist ein Anzeichen dafür, dass der Körper stark genug ist, sich selbst zu schützen, loszuwerden, was ihn stört. Wenn es wirklich schlimm steht, hustet niemand mehr. Das habe ich bei Mum gelernt.

Beti hängt nun kraftlos über Callums Schulter; ihre Lippen haben eine gesündere Farbe angenommen, und ihre Augenlider flattern, während sie ein ums andere Mal japsend Luft holt. Ich spähe über die Lagune hinaus. Wir wissen nicht, ob mit ihr alles in Ordnung ist. Sie hat viel zu lange nicht geatmet.

Obwohl ich mich ekele, berühre ich einen der bläulichen Glibberklumpen, die auf dem Sand sitzen, ehe er versickert. Die Masse fühlt sich zwischen meinem Daumen und Zeigefinger warm und glitschig an und erinnert mich an Flüssigwaschmittel. Vorsichtig schnuppere ich daran. Ein leicht chemischer Geruch. Medizinisch. Jetzt erst wird mir klar, dass es sich um das gleiche Zeug handelt, das ich ausgewürgt habe.

»Was *ist* das?«, fragt Callum, der Beti noch immer fest umklammert hält.

Ich zucke mit den Schultern und bemerke, dass sich eine einzelne Träne aus seinen Wimpern gelöst hat und seine Wange hinunterläuft. Sein Gesicht bebt vor Erleichterung. Ich will ihm nicht gestehen, dass längst nicht alles gut ist – dass seine Freundin viel zu lange unter Sauerstoffmangel gelitten hat.

Beti neigt sich nach hinten; ihre Arme liegen noch immer um Callums Nacken, ihr Blick ist unscharf. »Was'n los?«, lallt sie.

Meine Augen blinzeln rasch und ungläubig.

»Hallo, Beti, du hast mir gerade über den Rücken gekotzt. Brauchst dich nicht zu entschuldigen«, sagt Callum mit rauer Stimme. Er zieht die Nase hoch und betrachtet Beti mit zittrigem Lächeln.

Beti hebt den Kopf, ihre Lider flattern und sie hustet erneut, macht sich dann von Callum los. »Oh, du bist's bloß, Cal. Was ist denn passiert?«

Callum lacht, ehe seine Miene in sich zusammenstürzt und er den Kopf an Betis Schulter vergräbt. Er streckt eine Hand nach mir aus, und obwohl ich diesen Jungen überhaupt nicht kenne, packe ich seine Finger ganz fest und teile seine Erleichterung.

Nach einem Moment stehe ich auf. Das Wasser der Lagune ist glasklar, umschlossen von einem felsigen Riff. Dahinter bricht sich das Sonnenlicht in den weißen Schaumkronen kleiner Wellen. In unserem Rücken begrenzt ein Saum aus Palmen den blassgoldenen Strand. Die Sonne brennt heiß, zu heiß. Tropisch. Dieser Strand ist vollkommen anders als der, von dem wir aufgebrochen sind; er sieht nicht einmal mehr nach Neuseeland aus. Ich muss Poppy finden.

Was ich gerade eben erlebt habe, ist unmöglich. Betis Herzschlag ging zu langsam, und sie hatte zu lange nicht geatmet. Ich habe schon von Leuten gehört, die in Eis eingebrochen sind und überlebt haben, obwohl sie bereits für tot erklärt waren, aber hier gibt es kein Eis. Ganz im Gegenteil.

Beti sitzt im Sand, schirmt ihre Augen ab, und Callum stößt einen langen, stockenden Atemzug aus, reibt sich mit der Faust über die Wangen.

»Wir dachten, du bist tot«, sagt er. »Du hast ewig nicht geatmet.«

Beti ist noch immer verwirrt, und Callum holt eine weitere Kokosnuss und hilft ihr, davon zu trinken.

»Ich muss raus in die Lagune und nach den anderen suchen«, sage ich.

»Zwar kapiere ich das alles hier nicht, aber ich bezweifle, dass das Boot gesunken ist«, meint Callum. »Wir sind nicht verletzt, und –«

»Das muss das nächste sein«, mischt Beti sich ein.

Callum funkelt sie verärgert an, und schielt kurz zu mir, doch Beti zuckt mit den Schultern und macht eine ausgreifende Handbewegung hin zur Lagune.

»Was? Jetzt wird sie es doch ohnehin herauskriegen, oder?«, sagt sie.

Mein Blick schnellt von Beti zu Callum. »Wovon redet ihr?«

»Wie wir hierhergekommen sind, ist … echt krank«, gibt Callum zu, »aber das muss die nächste Stufe sein, auf die Iona uns vorbereitet hat. Das nächste Wildhaven.«

7. Kapitel

»WAS SOLL DAS heißen – das *nächste* Wildhaven?«, frage ich, und meine Stimme bebt vor Frust. Die Rettungsweste spannt an meinen Schultern, engt meine Brust ein. Ich ziehe den Reißverschluss auf, bevor mir wieder einfällt, dass ich über die Schläuche in meinen Handgelenken damit verkabelt bin. Ich muss hinaus in diese Lagune und nach Poppy suchen.

Callum begutachtet stirnrunzelnd die Röhrchen in seinen eigenen Armen, und ich merke, dass er mit dieser bizarren Montur tatsächlich ebenso wenig vertraut ist wie ich.

»Weg mit diesem Kram«, murmele ich.

Mit zusammengekniffenen Augen reiße ich an dem linken Schlauch, und er kommt heraus – zusammen mit einem noch schmaleren Röhrchen, das in meiner Ader gesteckt haben muss und blutbefleckt ist. Mir wird übel.

Callum und Beti tauschen Blicke, doch keiner von ihnen macht den Mund auf. Wir stehen am Rand der Lagune, das blaugrüne Wasser vor uns makellos glatt. Nur kleine Wellen schwappen ans Ufer.

»Dann habt ihr zwei also damit gerechnet, hier zu landen? Nur nicht so?« Ich zische die Worte durch zusammengebissene Zähne, während ich mir den anderen Schlauch mit einem brennenden Ratschen aus dem rechten Arm rupfe und anschließend in die Höhe halte.

Callum und Beti wirken gleichermaßen entsetzt. Dann aber drückt Callum die Schultern durch und gibt sich alle Mühe, locker und ungezwungen zu klingen.

»Wir wussten, dass wir eines Tages an einen noch abgelegeneren Ort gebracht würden. Deshalb haben wir ein Überlebenstraining für die Tropen absolviert«, gesteht er.

»Aber nicht auf diese Art und Weise. Der Schnorchelausflug war eine List – ich verstehe bloß nicht, wieso Iona uns nicht einfach eingeweiht hat? Und dass sie uns dann Schläuche einschiebt und wir blaues Zeug aushusten … das ergibt alles keinen Sinn«, wirft Beti ein. »Tut mir leid, Aster. Iona meinte, du sollst die ganze Wahrheit über Wildhaven erfahren, nur nicht sofort, sondern am rechten Ort und zum richtigen Zeitpunkt.«

Ich halte meine Fragen zurück und konzentriere mich darauf, den beiden all jene Informationen zu entlocken, die ich jetzt brauche. Ich winde mich aus der Weste, lasse sie in den Sand fallen.

»Also, wo stecken die anderen? Wieso sind sie nicht hier?« Meine Wut schlägt in Verzweiflung um.

Beti bückt sich und klaubt ein paar Stücke Treibholz auf.

»Wir müssen ein Feuer machen«, sagt sie.

Ein Feuer? Haben die zwei vor, hier ein *Lager* aufzuschlagen? Meine Panik verdrängt jeden vernünftigen Gedanken.

Es kann nicht sein, dass Poppy nicht hier ist. Sie war in meinen Armen und ich hätte sie niemals losgelassen, ganz gleich, was passiert ist. Ohne nachzudenken, lege ich beide Hände um den Mund und brülle: »Poppy!«

Mein Ruf hallt über das Wasser und kehrt zu mir zurück, als gäbe es nichts zu vermelden.

Ich greife mir an den Hals. Mein Therapeut würde mir gerade einen »hohen unterschwelligen Angstpegel« attestieren; mein Denken ist sprunghaft und verworren, ein Panikanfall steht kurz bevor. Ich puste langsam und lange die Luft aus. Theoretisch sollte ich jetzt meine Sorgen und Befürchtungen bewusst wahrnehmen und vorüberziehen lassen, mich selbst im Hier und Jetzt verankern. Ich werfe einen Blick hinunter auf meine Handgelenke. Aus beiden perlen Blutstropfen, genau dort, wo Löcher von den Schläuchen zurückgeblieben sind.

»Ich werde die Lagune absuchen.« Es gelingt mir, ruhig zu klingen. Das ist gut.

»Ich begleite dich«, sagt Callum.

Mein Blick huscht zu ihm hinüber. Sein Haar fällt ihm in die Stirn, trocknet in rötlichen Wellen. Er ist rund zehn Zentimeter größer als ich und strotzt vor Muskeln, aber stämmige Typen sind für gewöhnlich im Wasser nicht die schnellsten.

»Bist du ein guter Schwimmer?«, frage ich.

Er zuckt unentschlossen mit den Schultern, nickt halb. »Iona hat uns immer zum Schwimmen gedrängt, und früher war ich öfter mit meinem Dad fischen. Dabei hat er mich jedes Mal Runden um das Boot schwimmen lassen, ganz gleich, wie aufgewühlt oder kalt das Wasser war – damit ich nicht panisch würde, falls ich tatsächlich mal über Bord gehen sollte.«

Er weicht meinem Blick aus und fängt an, die Arme zu schwingen, als wolle er sich lockermachen. Mir wird klar, dass er versucht, tough zu wirken, nachdem er vorhin die Nerven verloren hat – und dass ihm seine Reaktion während meines Wiederbelebungsversuchs an Beti jetzt peinlich ist.

»Okay, also dann. Wir brauchen Schwimmbrillen«, sage ich.

Beti deutet auf einen klobigen Beutel mit Ausrüstung, der an meiner Taille befestigt ist. Unter der Rettungsweste war er mir bislang gar nicht aufgefallen. Nun aber finde ich darin eine kleine Schwimmbrille. Daneben noch anderen Kram, doch ich schließe den Reißverschluss wieder und setze die Brille auf.

Wate ins Wasser.

Auch Callum lässt seine Brille aufs Gesicht schnalzen. Unsere grauen Neoprenanzüge tragen wir ohnehin beide noch.

Beti hat inzwischen bereits einen beachtlichen Haufen Treibholz zusammengetragen. »Ich würde am liebsten mit euch kommen, aber jemand sollte hierbleiben. Nur für alle Fälle«, sagt sie.

Callum drückt ihren Arm. »Wir bleiben in der Lagune«, verspricht er. Es fällt ihm sichtlich schwer, sich von ihr loszureißen – er kann wohl noch immer nicht fassen, dass sie wohlauf ist.

Einen Moment halte ich inne.

Ich muss das tun, für Poppy.

Plötzlich hallt Mums Stimme in meinem Kopf.

Armzug. Beinschlag. Atm-

Ich würge sie ab. Nicht jetzt.

Tief luftholend stürze ich mich ins Wasser, als wäre es eiskalt und würde mir den Atem rauben – doch es erweist sich als überraschend warm. Meine Arme und Beine wissen, was zu tun ist, und das Wasser hat eine beruhigende Wirkung auf mich, wie eh und je, obwohl Monate vergangen sind, seit ich zuletzt geschwommen bin.

Ich rücke die Brille zurecht und inspiziere durch das klare Nass den fahlen Meeresboden. Die Lagune ist mindestens fünfmal so groß wie ein Schwimmbecken und fällt vom Strand weg langsam ab, bis der Untergrund in etwa drei oder vier Metern Tiefe allmählich flach und eben wird. Das Riff, das sie schützt, ragt als unterbrochener Halbkreis empor und umschließt das türkisblaue Wasser im Innern nahezu vollständig.

Ich gleite an der Oberfläche dahin, Callum dicht neben mir. Mein Blick tastet den Grund ab und mein Herz ballt sich in meiner Brust zusammen aus Furcht vor dem, was ich entdecken könnte, doch der geriffelte Sand am Boden der Lagune liefert mir keinerlei Hinweise. Das Meer trägt mich, hält mich mit diesem vertrauten Gefühl völliger Geborgenheit. Mühelos durchpflüge ich das Wasser, meine Muskeln erinnern sich an jede Bewegung, auch wenn ich außer Übung bin. Ich stelle mir vor, wie ich auftauche und Mums Stimme mich anfeuert; bei Schwimmwettkämpfen konnte ich sie in der Menschenmenge nie ausmachen, aber immer, immer habe ich sie klar herausgehört.

Die lange zurückliegenden Bilder und Eindrücke lassen mein Herz heftig klopfen, und leichter Schwindel überkommt mich. *Stopp. Nicht jetzt.*

Ich konzentriere mich auf die echten Geräusche um mich her, auf die Naturwissenschaft dahinter, auf alles außer Mum. Die Physik sagt, Schall breitet sich im Wasser weiter aus – allerdings sind unsere Ohren für die Luft gemacht, daher klingen Töne unter der Oberfläche gedämpft und unheimlich. Ich stoße Luftbläschen aus, bis mein Lunge leer ist, drehe den Kopf zur Seite und atme ganz tief ein. Besser.

Callum und ich durchkreuzen die gesamte Lagune, starren von der Wasseroberfläche aus nach unten, tauchen zwischendurch ein ums andere Mal ab und zerstreuen dabei Schwärme metallisch bunt schimmernder Fische. In lähmender Anspannung erwarte ich jeden Augenblick, das gesunkene Boot aus der blauen Tiefe auftauchen zu sehen. *Deep Retreat.* So hieß Ionas Schiff. Dass wir es finden, ist eigentlich unmöglich; das Boot war zu groß, um in die Lagune fahren zu können, und auf dem gekräuselten Meeresgrund sind keinerlei Trümmerteile oder dergleichen zu erspähen, lediglich hier und da ein Büschel Seegras oder ein Seestern.

Wir erreichen das Riff und schwimmen an Korallen jeder erdenklichen Form und Farbe vorüber: rund, lila und furchig wie ein Gehirn; mit riesigen, fedrigen roten Farnwedeln; gespickt mit knolligen gelben Ästen, die an Hexenhände erinnern. Die tropischen Fische, die vor uns auseinanderstieben, sind ebenso abwechslungsreich in ihrer Färbung, Gestalt und Größe. Bei jeder anderen Gelegenheit würde ich ihnen gebannt hinterherstaunen, doch im Augenblick interessiert mich einzig und allein, meine Schwester zu finden. Über der Oberfläche sind die miteinander verwachsenen Korallenskelette ausgeblichen wie Knochen, und sie formen eine unregelmäßige Abgrenzung zum offenen Meer. Callum und ich tauchen an einer etwa vier Meter breiten Lücke im Riff auf, die den Durchlass in die Weiten des Ozeans dahinter bildet.

Wir wippen in der Strömung, und ich hole tief Luft, ziehe die Schwimmbrille wieder auf und stoße erneut hinab. An der Korallenkante, von wo der sandige Boden in die Ferne langsam abfällt, schwebe ich im Wasser. Die Außenseite des Riffs ist von gefiedertem, sich wiegendem Seetang überwuchert, der sich mit seinen langen Wurzeln an den Felssockel des Riffs in etwa sechs Metern Tiefe geheftet hat. Callum schwimmt dichter an das Algenwäldchen heran und fährt mit den Fingern durch die braunen Wedel.

Meine Aufmerksamkeit dagegen ist in das endlose Blau dahinter gerichtet. Dann tippt er mir auf die Schulter, deutet auf den Tang, und ich erhasche eben noch einen Blick auf eine schwarze Rückenflosse, ehe sie verschwindet.

Wir durchbrechen beide die Oberfläche.

»Hast du das gesehen? Ein Riffhai«, sagt er mit großen Augen. »Die sind nicht gefährlich, aber ich glaube, wir sollten trotzdem umkehren.«

Ich schüttele den Kopf. Ich kann nicht zurück, noch nicht.

Also tauche ich erneut unter und katapultiere mich weiter hinab, in meinen Ohren ploppt es, während ich den Meeresboden absuche. Die Sonne steht mittlerweile tiefer am Himmel, durchzieht die oberen Wasserschichten mit einem

Streifenmuster aus tanzenden goldenen und bernsteinfarbenen Strahlen. Unterhalb dieser Schichten bleibt nur Blau: eine grenzenlose, fremde Welt. Keine Spur von dem Schiff. Wo ist dann Poppy? Wie soll ich sie dort draußen jemals finden? Schon jetzt schreit meine Lunge nach Sauerstoff, und ich bin erst ein paar Meter tief.

Ich erstarre.

Ein Schatten hebt sich ein Stück weit voraus gegen das kobaltblaue Wasser ab.

Sternförmig.

Menschförmig.

Poppy? Adrenalin flutet meinen Körper, und ich schwimme darauf zu. Luftblasen blenden mich, als ich mit dem letzten Atem, den ich noch in mir habe, zu rufen versuche.

Der Schatten sinkt tiefer. Ich strecke mich, stoße kräftig mit den Beinen. Die Gestalt wirbelt um die eigene Achse, schießt ins ferne Blau davon. Meine Lunge brennt inzwischen, doch ich halte verzweifelt Ausschau, ehe ich mich schließlich umwende. Ich kann das Riff hinter mir nicht mehr erkennen. Der Meeresgrund liegt viele Meter unter mir, vor mir dagegen nichts als eintöniges Blau. Ich komme nach Luft schnappend an die Oberfläche, keuche, während Callum mit schnellen Zügen durch das Wasser auf mich zupflügt.

»Ich habe gedacht … da war etwas, das hat ausgesehen wie …«

Ich tauche noch einmal unter, suche aufs Neue, bis die Wirklichkeit einsinkt. Es kann kein Mensch gewesen sein, nicht so weit unten, nicht so schnell unterwegs. Meinem panischen Hirn ist nicht zu trauen.

Callums Augenbrauen ziehen sich zusammen, als er in Rückenlage zurück in Richtung des Riffs krault. »Ich finde nicht, dass wir die Lagune jetzt schon verlassen sollten. Im offenen Meer gibt es große Raubfische. Oder wir könnten in eine üble Rippströmung geraten.«

Wir durchschwimmen wieder die Lücke im Korallenring, gelangen ins wärmere Wasser der Lagune. Ich halte auf den Strand zu, lasse dabei erneut den Blick über den Meeresboden schweifen, schaue schließlich einen letzten langen Moment durch die Öffnung zum Ozean und wünsche mir sehnlichst, Poppy möge einfach dort auftauchen.

Gemeinsam mit Callum wate ich aus dem Wasser, und beide stützen wir uns mit den Händen auf den Oberschenkeln ab, um wieder zu Atem zu kommen. Wo soll ich jetzt weiter nach Poppy Ausschau halten? Auf der restlichen Insel?

Wie kann das alles wahr sein? Wir hätten London niemals verlassen sollen – vor weniger als einer Woche saßen wir noch in der Schule.

Beti joggt über den Sand auf uns zu. Hinter ihr steigt eine dünne Rauchsäule zwischen den Bäumen auf.

»Habt ihr irgendwas entdeckt?«, will sie wissen.

Callum schüttelt den Kopf und kaut auf einem Daumennagel.

Beti reckt das Kinn. »Ich habe ein Feuer entfacht. Wir lassen es einfach immer brennen, vielleicht bemerkt jemand den Rauch.«

Beti ist aus der Lagune aufgetaucht, daher schien es naheliegend, dort mit meiner Suche zu beginnen – zumal ich angenommen hatte, dass Callum und ich ebenfalls auf diesem Weg an den Strand gelangt sind. Aber wir dürfen gar nichts als sicher voraussetzen. Was, wenn Poppy – wie auch immer – in die Lagune treibt, während ich nicht hier bin?

»Wir brauchen die Seenotrettung«, sage ich und bemühe mich, den Kopf klar zu bekommen, um vernünftig denken zu können. Eigentlich sollte ich in der Lage sein, eine Lösung zu finden; in solchen Dingen bin ich gut. Doch die Panik hat mein Gehirn vernebelt. Ich öffne den Reißverschluss meines Taillenbeutels.

»Haben wir ein Notfallhandy oder irgendetwas, womit wir Signale geben oder Nachrichten übermitteln können?«

Die Antwort darauf kenne ich bereits.

Callum schüttelt den Kopf und geht los, den Strand entlang. Beti und ich hasten ihm hinterher.

»Da draußen sind noch weitere Inseln, das habe ich gesehen, als wir durch die Öffnung im Riff geschwommen sind«, sagt er.

Ein paar Minuten später haben wir das linke Ende des Strands erreicht und klettern auf einen riesigen Hügel aus Geröllblöcken. Auf der anderen Seite liegt kein Sand, dort türmen sich bloß noch mehr Felsen.

Callum hat recht. In der Ferne erahne ich eine weitere Insel, vernebelt und unscharf.

»Vielleicht sind die Übrigen auf einer der anderen Inseln? Das Ganze hier ist anscheinend so eine Art Archi- ... wie nennt man das?«, fragt Beti.

Ich stelle mich auf den höchsten Stein und spähe an der untergehenden Sonne vorbei zur fernen Seite der Bucht hinüber, wo noch dichtere Dunstschleier eine noch fernere dritte Insel umwabern.

»Ein Archipel«, sage ich.

»Ja – oder einer dieser Inselringe«, meldet sich Callum zu Wort.

Ein Atoll.

Ich beiße mir auf die Lippe. Dann müssen wir also zunächst unsere Insel durchkämmen und anschließend überlegen, wie wir auf die anderen gelangen können. Mein Blick huscht über das dunkle Wasser in der Mitte des Atolls, aber ich darf mir nicht ausmalen, was sich dort unten womöglich befindet.

8. Kapitel

BETI, CALLUM UND ich kraxeln gemeinsam die Felsen wieder hinunter auf den Strand.

»Wildhaven war kein von der Uni organisiertes Forschungscamp, oder?«, frage ich.

Callum und Beti tauschen Blicke.

»Wir reden, aber zuerst müssen wir uns vor Sonnenuntergang einen Unterstand für die Nacht bauen«, sagt Beti.

Ich folge ihnen den Sand hinauf. Nach dem Schwimmen und Klettern zittern meine Oberschenkelmuskeln, und mein Kopf fühlt sich zu schwer für meinen Hals an. Weit auseinanderstehende Palmen begrenzen den Strand und schaffen so eine natürliche Lichtung für unser Lager. An Betis Gürtel hängt inzwischen eine Axt, und das Feuer, das sie aufgeschichtet hat, lodert mittlerweile hoch; ringsum hat sie glatte Steine ausgelegt. Hinter ihr entdecke ich einen Haufen dicker Bambusrohre mit blassen, sauber abgeschnittenen Enden. Sie deutet auf einen im Sand gezogenen Kreis, und Callum macht sich daran, einen der Stäbe mit einem flachen Stein in den Boden zu hämmern.

»Bitte erzählt mir, was hier vor sich geht. Ihr könnt ja unterdessen arbeiten, aber irgendetwas müsst ihr mir verraten.«

Beti holt tief Luft und dreht sich zu mir um.

»Das ist nicht leicht zu erklären. Iona hat uns alle kennengelernt, als sie in verschiedenen Flüchtlingslagern und Krankenhäusern Familienmitglieder von uns behandelt hat. Wir sind allesamt Waisen, oder so gut wie. Sie hat angeboten, uns zu testen, und so herausgefunden, dass wir Genmarker für Krebs in uns tragen. In Wildhaven wollte sie eine neuartige Therapiemethode erforschen – durch eine komplett abgeschiedene Lebensweise. Sie hat alles organisiert.« Während Beti spricht, spitzt sie die Enden der Bambusstangen mit einer Machete an und reicht sie anschließend Callum.

Ich blinzele sie an. »Wie alt seid ihr zwei eigentlich?«

»Wir sind beide siebzehn. Jeder von uns ist über sechzehn, das war nötig, weil wir der Therapie eigenverantwortlich zustimmen mussten.«

Gänsehaut kriecht über meine Arme. Was hat Iona getrieben?

»Und wie genau funktioniert diese Therapie?«, frage ich.

Beti zuckt mit den Schultern. »Man kriegt eine Impfung. Danach wird einem ein wenig schlecht, weil der Wirkstoff mithilfe eines Virus in die Zellen geschleust wird. Wir haben zwei Spritzen bekommen, einmal von Iona, dann eine Auffrischung von Dr. Jonathan. Im Anschluss hat Iona uns überwacht. Dr. Jonathan hat anfangs noch unser Blut getestet, aber selbst das ist jetzt nicht mehr nötig.«

Eine Impfung. Wie jene Impfung, die sie Poppy und mir

verabreicht hat – und die offenbar Ursache unseres Fieberschubs war. Tragen wir ebenfalls diesen genetischen Marker in uns? Etwas Derartiges hat uns gegenüber noch nie jemand erwähnt, aber Mum ist an Krebs gestorben, und ihre Mutter ebenfalls. Vielleicht hat Iona nicht unsere Einwilligung eingeholt, weil sie jetzt unsere Vormundin ist, als würde das die Zustimmung überflüssig machen. Wut staut sich in meiner Brust auf, heiß und eng.

»Dann könnte es also sein, dass dieser Dr. Jonathan weiß, wo wir stecken?«, hake ich nach. Und bezweifle es, noch bevor die Worte ganz aus meinem Mund sind. Poppy und ich haben einen unmissverständlichen Eindruck davon bekommen, was Iona von dem Arzt hält.

Callum schlägt einen weiteren Pfahl ein, und ich sehe, wie er sich auf den Daumen haut und rasch seine schmerzverzerrte Miene glättet, damit Beti nichts davon bemerkt. »Sie hat gemeint, wir würden irgendwann umsiedeln müssen. An einen noch abgelegeneren Ort. Darüber durften wir mit niemandem reden, nicht einmal mit dem Doc.«

Tränen brennen in meinen Augen. Ich atme tief durch und wackele im Sand mit meinen Zehen. Die Oberfläche der Lagune glitzert, makellos. *Wo bist du, Poppy?*

Ich schaue Beti dabei zu, wie sie Callum anweist, wo er die verbliebenen Stangen platzieren soll, und dann die Stäbe festhält, während er sie in den Sand hämmert. Einen Halbkreis haben die beiden bereits errichtet. Drei Palmen bilden einen Teil der Wände, und ich begreife, wie das die Hütte letztlich verstärken wird. Beti und Callum wissen, was sie tun.

Meine Tante hat sich also die Studenten nach Wildhaven geholt, um diese experimentelle Therapie an ihnen zu testen.

»Hättet ihr das Ökodorf verlassen dürfen? Wenn ihr gewollt hättet?«

»Wenn Leute dort ein und aus gegangen wären, hätte im Nu jemand das Camp entdeckt und wir hätten nicht länger dortbleiben können«, erklärt Beti.

Was hat Iona sich bloß gedacht? Sie war eine renommierte Onkologin. Was sie da aufgezogen hat, muss illegal gewesen sein, sonst hätte sie es nicht so sorgsam in Wildhaven versteckt. Sie muss beträchtliche Anstrengungen unternommen haben, um all ihre Probanden ins Land zu holen.

»Und Iona hat euch befohlen, uns anzulügen und zu erzählen, es ginge allein um eine Studie zu natürlichem Lebenswandel?«, vergewissere ich mich.

Beti nickt. »Zumindest, bis ihr bereit für die Wahrheit gewesen wärt. Tut mir leid«, sagt sie.

Mir fällt wieder ein, wie im Camp niemand wirklich mit uns sprechen wollte, wie sie allesamt unseren Fragen ausgewichen sind.

Callum räuspert sich und legt seinen Stein auf das obere Ende eines Bambusrohrs, sieht mir jedoch nicht in die Augen. »Pass auf, Aster, Iona hat uns alle aus miesen Verhältnissen herausgeholt. Mein Dad und meine Gran waren nur wenige Monate nacheinander im selben Krankenhaus gestorben. Iona hatte sie behandelt. Dann wurde unser Haus verkauft, um Schulden abzubezahlen, und mich wollten die Behörden in ein Kinderheim stecken, deshalb bin ich abgehauen und habe eine Weile auf der Straße gelebt. Iona hat davon gehört und mich aufgespürt. Wildhaven ist ...«

»Unsere Rettung gewesen – ein sicherer Zufluchtsort«, bringt Beti seinen Satz zu Ende. »Mich hat Iona in einem Flüchtlingslager in Frankreich gefunden. Ich war mit zehn Jahren aus Eritrea geflohen. Meine Mutter lag monatelang in einer Feldklinik, ich war allein und habe unter ihrem Bett geschlafen. Außer Iona hat sich niemand darum geschert, was aus mir wurde.«

Nach diesen Offenbarungen bin ich still. Die beiden haben niemanden, genau wie Poppy und ich. Niemand wird sich auf die Suche nach uns machen. Keiner von uns wird vermisst.

Callum rammt mit einem angestrengten Schnaufen einen weiteren Pfahl in den Boden. »Der Seetang, den ich in der Nähe des Riffs genauer unter die Lupe genommen habe, das waren Braunalgen. Wir haben gelernt, daraus Fischfallen und Austernkäfige zu fertigen. Ich bin mir sicher, Iona hatte geplant, dass wir hier landen.«

Ich denke zurück an das geschäftige Treiben am Strand von Wildhaven.

»Ja, und schaut«, sagt Beti und zeigt ins Inselinnere, »da sind Brotfruchtbäume und ein Bambushain. Gut möglich, dass Iona sie gepflanzt hat.«

Ich habe keine Ahnung, ob ich mich bei dieser Vorstellung besser oder schlechter fühle – oder ob ich überhaupt daran glaube, denn in meinen Ohren klingt es nach Wunschdenken. Trotzdem wäre es so erleichternd, anzunehmen, dass die beiden recht haben. Dass hinter alldem eine Art Plan steckt. Vielleicht sitzen Iona und Poppy und die Übrigen einfach am nächsten Strand, alle zusammen.

Die tief stehende Sonne färbt den Sand nun bernsteingolden, zieht unsere Schatten in die Länge, und das Feuer leckt am Holz und strahlt Wärme ab. Beti und Callum machen sich daran, die Stäbe mit Lianen zusammenzubinden.

Frust legt sich mir wie ein quetschendes Band um die Rippen. Wir haben uns zu alldem nicht freiwillig gemeldet. Iona hat uns getäuscht. Poppy und ich sind weder Flüchtlinge noch obdachlos, wir haben einander. Wir *hatten* einander. Meine Wut kippt, richtet sich nach innen. Ich hätte auf meine Intuition vertrauen sollen, als Iona zum ersten Mal behauptet hat, das Haus wäre noch nicht bezugsfertig. Ich hätte auf Poppy hören sollen, als sie gesagt hat, sie wolle weg aus dem Camp. Das alles ist meine Schuld.

Ich kann nicht einfach nur hier herumstehen; ich wende mich von Beti und Callum ab und haste durch die Bäume auf den Sand hinunter. Dort nehme ich Kurs auf das andere, noch unerforschte Ende des Strands – das östliche Ende, nehme ich an, da in gegenüberliegender Richtung die Sonne untergeht. Die Felsblöcke dort sehen aus wie ein von einem Riesen stümperhaft aufgestapelter Steinhaufen. Der Weg ist länger als zur westlichen Seite. Meiner Schätzung nach muss die gesamte Bucht einige Kilometer lang sein. Die Sonne sinkt nun schnell, und ich habe noch nicht gründlich genug gesucht. Bevor ich am Abschluss des Strands anlange, kreuze ich einen Wasserlauf, der zwischen den Bäumen hervorströmt, sich seinen Weg durch den Sand bahnt und in ein Delta kleinerer Bäche verzweigt, ehe er ins Meer mündet. Ich koste.

Süßwasser. Immerhin etwas.

Endlich erreiche ich die Steine und klettere eine niedrige Klippe hinauf, um mir von oben einen Überblick zu verschaffen. Jenseits der Felsen liegt auch hier kein Strand mehr; dort zieht sich lediglich eine Geröllllandschaft entlang, in die brechende Wellen steil hineinbranden. Hier hätte gewiss niemand an Land gespült werden können – zumindest darf man sich das besser nicht ausmalen. Ich drehe mich um und erspähe bei den Bäumen am Lagunenstrand Callum, der mich mit verschränkten Armen beobachtet.

Eine Brise frischt auf, während der rote Rand der Sonne hinter mir im Meer ertrinkt. Ich jogge zurück zu unserem Lager, und bis ich dort ankomme, steht der Mond bereits beinahe voll am Himmel, und zartrosa Wolkenfetzen huschen über sein Antlitz. Weitere violette Wolken türmen sich am Horizont. Ein unerträglich schönes Naturschauspiel – und doch wünsche ich mir nichts mehr, als wieder in unserer winzigen Wohnung in London zu sein, zusammen mit Poppy. Und Mum. Meine Verzweiflung schnürt mir die Brust ein.

Callum und Beti haben den Rundbau inzwischen vollendet: eine echte, solide Hütte aus Bambus. Sie ist beinahe mannshoch, mit Lianen verzurrt, und hat ein Dach aus Palmenblättern. Direkt daran ist ein nach allen Seiten offenes Vordach befestigt, ebenfalls aus Palmwedeln, die zwischen die Bäume gespannt sind. Callum sitzt am Feuer und stochert mit einem Stock darin herum, und Beti hat sich im Schneidersitz niedergelassen und webt mit flinken Fingern irgendetwas.

»Ich habe frisches Wasser gefunden, da hinten bei den Felsen«, sage ich.

Callum stößt triumphierend eine Faust in die Luft, und Beti schaut auf und grinst. Mir dagegen ist nicht nach Feiern zumute; ich will bloß weitersuchen. Mit einem Mal bemerke ich, dass Callum und Beti nun identische beigefarbene T-Shirts und Shorts sowie beide eine Machete am Gürtel tragen.

»Woher habt ihr die Klamotten und Waffen? Gibt es auch irgendwo eine Fackel?«, frage ich, ziehe dabei den Reißverschluss meines Taillenbeutels auf, nehme den Inhalt heraus und breite ihn im Sand aus. Ein Feuerstein, um Flammen zu entfachen, ein Messer in einer Scheide, und drei fest zusammengerollte Stoffbündel, die sich als T-Shirt, Shorts und eine Art Wickelrock oder Tuch entpuppen, alle im selben Ockerton.

»Eine Fackel ist nicht dabei«, sagt Beti. Ihr Blick wandert über mein Gesicht. »Wenn du einen geeigneten Stock findest, kann ich versuchen, dir eine zu bauen – die können wir dann am Feuer anstecken.«

Sie ist aufrichtig nett, und meine Augen brennen. Ich schüttele den Kopf und packe den Stein zusammen mit der Schwimmbrille, die mir noch immer um den Hals hängt, zurück in die Ausrüstungstasche. Die Kleider lasse ich draußen; das Messer binde ich mir um die Mitte.

Beti reicht mir die Schwimmweste, die ich getragen habe, als ich am Strand zu mir gekommen bin. Nach wie vor schlängeln sich die Schläuche aus der Schulterpartie hervor; ihre Enden schleifen im Sand wie tote Tentakel.

»Am Rücken ist eine Tasche – darin sind die Machete, eine Beilklinge, eine Hängematte und noch anderer Kram«, sagt Beti. »Als Grundausstattung ausreichend.«

Ich starre auf den schwarzen, segeltuchähnlichen Stoff, feinmaschig und mit leicht metallischem Schimmer. Am Nacken und unteren Rücken sind belüftete schwarze Kästchen eingewebt. Neben den Röhrchen sitzen Löcher, die Antennenbuchsen gleichen und in die einmal etwas angeschlossen gewesen sein muss.

Das alles zu verarbeiten ist zu viel.

Ich knirsche mit den Zähnen und fahre mir mit einer Hand über die Stirn, spüre getrocknete Meersalzkörnchen unter den Fingerkuppen.

Callum sieht zu mir hoch.

»Wir könnten gemeinsam die Insel absuchen, gleich als Erstes morgen früh?«, schlägt er vor. Ich schaue in seine braunen Augen. Er versteht es nicht; sie beide verstehen mich nicht. Ich kann mich nicht hinsetzen, nicht entspannen ohne Poppy.

»Aster. In den Schwimmwesten befindet sich ein Motor. So etwas hat Iona nie erwähnt, aber ich denke, so sind wir sicher hier hergelangt. Die anderen haben ganz bestimmt die gleiche Ausrüstung wie wir. Sie werden ebenfalls sicher sein, bloß anderswo. Auf einer anderen Insel, oder in einem anderen Teil dieser hier. So oder so: Iona wird uns aufspüren.«

Ich blicke Beti an, deren Hände beim Sprechen ununterbrochen weiter Gräser miteinander verwebt haben. Offenbar ist sie von ihren Worten tatsächlich überzeugt. Callum dagegen beißt sich auf die Lippe. Beti ist nicht ganz bewusst, in welchem Zustand sie war, als wir sie aus der Lagune gezogen haben. Nichts an dieser ganzen Geschichte ist sicher.

Ich wende mich von den zweien ab und stakse aufs Neue hinunter zum Strand, mit heißen, sandigen Augen und kurzem Atem. Der Mond ist mittlerweile von Wolken verdeckt, und es ist finster. Ich wiege mich in der Brise, lasse den Blick über die tiefschwarze Lagune schweifen und presse meine Fingerknöchel gegen die Zähne. Schließlich setze ich mich hin, bis Callums und Betis Unterhaltung hinter mir zu einem undeutlichen Gemurmel abklingt. Ich höre kurze Bewegungen am Feuer, dann wird es still.

Ein unnatürlicher Frieden. Das sanfte Schrappen des Meers über den Sand und das Rascheln der wogenden Palmwedel werden zu einem beinahe beruhigenden Hintergrundrauschen. Doch ebenso wie das leise Zischen von Mums Sauerstoffflasche bieten sie einen falschen Trost.

Ich weiß nicht, wie viel Zeit vergangen ist, als plötzlich jemand hinter mir steht. »Hey, hier ist deine Ablösung. Jetzt bin ich mit Wachehalten dran.«

Callum.

Ich schüttele den Kopf. Ich kann nicht schlafen. Das wäre wie Aufgeben, als würde ich Poppy da draußen alleinlassen, akzeptieren, dass niemand mehr kommt.

Ein paar Tropfen treffen uns, dann hört der leichte Nieselregen schon wieder auf. Wolken jagen über den vollen Mond.

Callum reicht mir ein gefaltetes Blatt, und im selben Moment verziehen sich die Wolkenfetzen, und das helle Mondlicht hebt Narben auf seinen Armen hervor: höckerige silberne Kreise in seiner Armbeuge, knapp unterhalb des T-Shirt-Ärmels. Mein Blick huscht zu seinem anderen Ellenbogen. Dort bietet sich mir das gleiche Bild. Nadeleinstiche?

Callum ertappt mich, und ich schaue schnell weg und merke dabei, wie meine Stirn sich furcht.

»Da siehst du, weshalb ich nicht bleiben wollte, wo ich war. Grans und Dads Tod – ich wollte nie wieder miterleben müssen, wie jemand so etwas durchmacht.« Seine Stimme ist barsch, abweisend, und das kann ich nachvollziehen.

»Das tut mir leid«, sage ich. *Das kenne ich.*

»Nicht deine Schuld«, meint er, reibt seinen Daumen über die Narben und kaut dann auf der Nagelhaut herum. »Ich weiß, du glaubst, deine Tante ist übergeschnappt, Aster. Aber ich war einer der Ersten in Wildhaven. Sie hat mich aufgenommen; sie hat mich von den Drogen weggeholt. Und dann hat sie dafür gesorgt, dass ich nicht genauso ende wie meine Familie. Oder wie andere von meiner Sorte, die niemanden haben.«

Darauf erwidere ich nichts. Ich nehme das Blatt von ihm entgegen, und darin eingeschlagen finde ich Essen: Ananas, gegarte Bambussprossen und Kokosnussfleisch. Ich kaue und schlucke, ohne etwas zu schmecken.

»Lass mich Wache halten«, sagt er leise. Dabei bearbeitet er wieder seinen Daumen mit den Zähnen, und obwohl er älter ist als ich, wirkt er ganz und gar nicht so.

Ich würge mühsam einen Bissen hinunter. Mir ist klar, dass ich mich ausruhen muss, andernfalls wird meine Angst mich überrollen und mitreißen, bis ich vollkommen nutzlos bin. Der Mond lugt durch die Wolken und wirft einen glitzrigen Schimmer auf die Lagune. Die Schönheit der Szene scheint meiner Verzweiflung zu spotten.

»Wenn du auch nur irgendwas siehst –«

»Gebe ich Bescheid. Sofort«, bringt Callum meinen Satz zu Ende.

Er schlingt sich das dünne Stofftuch um die Schultern und richtet sich in der Mulde ein, die ich in den Sand gedrückt habe; ich lasse ihn dort zurück und stapfe hinauf zu unserer provisorischen Unterkunft. Im Innern ist es warm und düster, doch ich erkenne drei blasse Hängematten, befestigt an dem Palmentrio, um das die Hütte herumgebaut ist. Sie hängen tief über dem Boden, mit gekreuzten Schnüren. Eine ist belegt.

Ich ziehe den Reißverschluss meines grauen Neoprenanzugs auf und schäle mich heraus, und Beti kippt aus ihrer Hängematte, um mir dabei zu helfen, ihn komplett abzustreifen. Eine Erinnerung an Poppy trifft mich mit Wucht. *Wir sind im Urlaub, ich rieche Sonnencreme und Pommes, und Poppy hat eine große Lücke zwischen den Schneidezähnen. Sie liegt auf dem Rücken und kichert wie verrückt, während ich ihr einen ganz ähnlichen Anzug über die Füße zerre und sie dabei durch den Sand schleife …* Das Bild lässt mich nach Luft schnappen, und ich spüre stechende Tränen in den Augen.

Den Badeanzug behalte ich an, und Beti gibt mir das weiche T-Shirt, das ich vorhin aus meinem Taillenbeutel genommen habe. Ich hole stockend Luft und trockne mein Gesicht an dem Tuch, das sie mir hinhält. Ich fühle mich vollkommen leer und ausgehöhlt. Und kann nach wie vor nicht fassen, dass all das wirklich passiert.

»Kletter rein«, murmelt Beti und spreizt den Stoff einer Hängematte auseinander.

Ich sinke hinein, und die Falten schlagen über mir zusammen; ich wiege mich hin und her. Beti kriecht in ihre eigene Konstruktion, und ich ruckele mich unbeholfen in meiner Stoffbahn zurecht, sodass ich schließlich mit dem Gesicht zur Hüttenwand liege.

Wo mag Poppy jetzt wohl sein? Ich stelle sie mir in einer Hängematte wie meiner vor, in der Nähe von Iona, die alles unter Kontrolle hat. An diesen Glauben muss ich mich klammern.

Tonlos hauche ich die Worte »Gute Nacht, Popstar« in die Stille.

Im Kopf höre ich ihre Stimme: »Nacht, Astronomer.« Dann presse ich mein Gesicht ins Tuch und kneife die Augen fest zu.

Ich spinne mir zusammen, dass alles hier bloß ein raffinierter Trick oder ein Witz ist. Morgen wird das Boot hinter dem Riff aufkreuzen und Poppy wird mir von Deck aus zuwinken und dann entsetzt den Kopf darüber schütteln, wie ich vor Erleichterung Rotz und Wasser heulen werde.

Mein Geist kämpft gegen den Schlaf an, muss sich jedoch geschlagen geben. Schon halb im Traum rausche ich quer durch die Lagune, durch die Lücke im Riff und hinein ins dahinterliegende tiefe Blau. Wieder erspähe ich die dunkle Gestalt, die unverkennbare Sternform eines Menschen, der sich im Wasser umdreht und mit schnellen Beinschlägen davonjagt. Unmöglich. Und doch bin ich mir absolut sicher, dass ich genau das gesehen habe.

9. Kapitel

DER TEPPICHBODEN DES *Hospizkorridors dämpft meine joggenden Schritte, ganz ähnlich wie die fliederfarbenen Wände mit den Aquarellbildern vermutlich meine Trauer und Furcht dämpfen sollen. Die Tür zu Mums Zimmer ist nur angelehnt, und ich schlüpfe hinein. Meine Augen suchen sofort den Herzmonitor, der winzige, bewegte Berggipfel auf seinen Bildschirm zeichnet. Sie lebt. Die Sauerstoffflasche zischt, übertönt beinahe ihre rasselnden Atemzüge, und ein dünner Schlauch schlängelt sich aus der Sonde in ihrer Nase über ihre Schulter.*

Ich beschwöre mein Herz, sich zu beruhigen. Mum ist hochgelagert, ihr Mund steht leicht offen. An ihr eingesunkenes Gesicht habe ich mich inzwischen gewöhnt; die natürliche Schönheit ihrer Züge ist trotzdem noch da, immer, und kommt durch den kahlen Schädel bloß mehr zur Geltung. Ihr Teint ist blass für ihre Verhältnisse, beinahe khakifarben gegen das Weiß des Kopfkissenbezugs. Auf jedem der hervorstehenden Wangenknochen ein glänzender Fleck. Sind ihre Atemzüge flacher als sonst? Ist das noch möglich?

Die Nachricht lautete, ich solle direkt ins Hospiz kommen. Poppy übernachtet heute bei einer Freundin, um sie muss ich mir also keine Sorgen machen.

»Hey – alles ist gut«, sagt Suzie, Mums Bezugsschwester. »Tut mir leid, falls ich dir Angst eingejagt habe. Sie hat Fieber, und vorhin schien ihr Zustand ein wenig kritisch; ihre Sauerstoffsättigung war abgefallen. Jetzt ist sie wieder stabil und spricht auf die Antibiotika an.«

Eine Faust quetscht mein Herz. Wieder eine Infektion. Die Chemotherapie war wirkungslos, und der Lungenkrebs hat sich inzwischen in Mums gesamtem Körper ausgebreitet. Viel können die Ärzte nicht mehr für sie tun.

Mums Augenlider zucken. Ich eile an ihr Bett und nehme ihre Hand. Diese starke Hand, die einst andere gepflegt hat, nun gleicht sie beinahe der eines Skeletts und ist trotz ihres Fiebers eiskalt. Mum verzieht das Gesicht, und ihre Brust hebt sich zaghaft, während sie winzige Atemzüge nimmt. Sie ertrinkt, ganz langsam. Es ist eine Qual für sie, überhaupt am Leben zu bleiben – selbst mit mir zu kommunizieren wird inzwischen zur Tortur, weil sie das Morphium dafür weit abklingen lassen muss. Doch sie lächelt, hebt meine Hand an ihre Lippen und küsst meine Knöchel. Ich beuge mich über sie und schließe sie vorsichtig in die Arme, gebe ihr einen zarten Kuss auf die Wange. Sie riecht noch immer wie meine Mum, selbst durch die Krankheit und den medizinischen Bleichmittelgestank hindurch, und der Schmerz ballt sich in meiner Kehle zu einem festen Kloß zusammen.

»Alles klar, Mum?«, frage ich, und die Worte fühlen sich staubig in meinem Mund an.

Aber was soll ich sonst sagen?

Ich weiß, dass sie sich quält, und das hasse ich mehr als alles andere. Doch wie immer gelingt es mir kaum, mich davon abzuhalten, loszuschluchzen und sie anzubetteln, uns nicht zu verlassen.

Mum nickt zu dem Schreibblock auf ihrem Nachtschränkchen hinüber, und ich klemme ihn für sie auf die spezielle, geneigte Unterlage und lege ihr den Stift in die Hand. Sie setzt ihn auf, schließt für einen Moment die Augen – sammelt ihre Kräfte – und kritzelt:

Mathearbeit?

Habe ich heute Morgen zurückbekommen. Es ist mir ein Rätsel, wie Mum das immer behalten kann. Ich verdrehe die Augen, weil ich weiß, dass es sie tröstet und beruhigt, wenn ich mich benehme, wie ich es zu Hause auch tun würde.

»Ziemlich gut«, sage ich.

Vorher gelernt?

Nein, ich hatte nicht gelernt, und kurz erwäge ich, sie anzulügen, doch sie würde mich durchschauen. Also zucke ich mit den Schultern. Meine Note ist wirklich recht gut, allerdings nicht für mich. Normalerweise bin ich Klassenbeste in Mathe und Physik, und Mum bläut Poppy und mir immerzu ein, wir sollen unser »Talent nicht verschwenden«.

Sie unterstreicht »lern« – eine wackelige Linie – und deutet mit dem Stift auf mich.

»Ja, Mum«, sage ich. Und ich meine es ehrlich. Ich darf sie nicht enttäuschen.

Sie schreibt schon wieder.

Schwimmen 7 Uhr

Beinahe muss ich lachen, schüttele dann den Kopf. Mum hat darauf bestanden, dass wir weiterhin zur Schule gehen, unser Leben weiterleben. Aber ich kann bei keinem Wettkampf starten, nicht heute Abend. Die Veranstaltung ist Teil der Meisterschaft, auf die ich so lange hintrainiert habe, aber jetzt könnte mir das nicht gleichgültiger sein. Mum ist viel zu krank; so kann ich sie nicht alleinlassen.

»Nein, Mum. Ich bleibe hier. Und lese dir etwas vor.«

Mum runzelt die Stirn. Drückt sich eine Hand auf die Brust, als wäre schon diese leichte Verärgerung zu viel für ihre zerfallende Lunge. Meine eigenen kurzen Atemzüge klingen schwer und laut: ein fürchterlicher Luxus. Sie tippt auf ihre Nase, die Augen voller Sorge, und ich verstehe, was sie meint. Ich atme tief und bewusst langsam durch die Nase ein und hasse es, dass Mum sich um meine Panik Gedanken machen muss, während sie selbst all das durchmacht.

Wieder hebt sie den Stift und krakelt.

Bus. Los.

Ihr Blick hat mich fest im Griff. Sie ist noch immer meine Mum und der Reflex, zu gehorchen, stark – besonders wenn es ums Schwimmen geht.

Ich zögere. »Ich bespreche mich kurz mit Suzie, okay?«

Mum nickt kaum wahrnehmbar.

Suzie versichert mir, dass der Zustand meiner Mutter im Augenblick stabil ist, aber wir wissen beide, wie rasch sich das ändern kann.

Ich gebe Mum einen Kuss, und als ich mich an der Tür noch einmal umdrehe, hat sie noch etwas geschrieben und hält den Zettel mit vor Anstrengung zitternder Hand in die Höhe. Die Buchstaben sind wackelig, aber die Botschaft eindeutig.

Armzug. Beinschlag. Atmen.

Jene Worte, die sie benutzt hat, als sie mir vor Jahren das Schwimmen beigebracht hat. Jene Worte, mit denen sie mich vom Beckenrand aus bei jedem Turnier angefeuert hat. »Mehr ist es nicht, Süße. Wirf die Arme nach vorn, schlag mit den Beinen, und vergiss nicht zu –«

Ich wache keuchend auf, bin verschwitzt und schwindelig. Mein Körper kämpft gegen die Wahrheit an. Wieso kann ich keine gewöhnlichen Albträume bekommen? Alles – ganz gleich, wie gruselig – wäre besser, als meine letzten Minuten mit Mum noch einmal zu durchleben.

Blaues Licht durch Ritzen. Hängematte. Hütte. Die Insel.

Das zischende Geräusch von Mums Sauerstoffflasche füllt noch immer meinen Kopf. Ich setze mich auf und kippe aus der Hängematte. Poppy ist nicht hier, und ich weiß nicht einmal, wo *hier* überhaupt ist.

Ich zwinge mich, tiefe Atemzüge zu nehmen. Poppy ist bei Iona. Sie ist in Sicherheit; so muss es einfach sein.

Beti und Callum schnarchen leise in ihren Tüchern. Die Sonne ist noch nicht aufgegangen, doch nachdem ich jahrelang schon vor der Schule zum Schwimmtraining musste, werde ich immer früh wach. Ich öffne meinen Taillenbeutel und binde mir das Messer in seiner Scheide an den Gürtel, was sich ein wenig albern anfühlt – beinahe so, als wollte ich eine Figur in einem Survival-Rollenspiel verkörpern. Dann ziehe ich meine Schwimmbrille über den Kopf, sodass sie mir um den Hals hängt. Der sandige Hüttenboden fühlt sich kalt unter meinen nackten Füßen an, und der kühl auf meiner Haut trocknende Albtraumschweiß jagt mir eine Gänsehaut die Arme hinauf.

Mein Geist klammert sich an die Traumerinnerung: Mums letzte Worte in schwächlichen, krakeligen Buchstaben. Die Nachricht, dass sie ins Koma gefallen war, hat mich weniger als zwei Stunden später am Beckenrand erreicht. Ich hatte meine Läufe bereits hinter mich gebracht und war in ein Handtuch eingehüllt, wartete umgeben vom Rest meiner Mannschaft auf unsere Zeiten.

Armzug. Beinschlag. Atmen.

Ich höre das Mantra in ihrer Stimme, und Trauer schwillt in meinem Hals an, drückt hinter meinen Augen. Mum hat es nie explizit ausgesprochen, aber ich glaube, dass ich schwimmen sollte, hatte etwas mit dem Tod ihrer eigenen Mutter – ebenfalls an Lungenkrebs – zu tun. Es war ihr wichtig, meine und Poppys Lungen so gut wie nur möglich zu stärken, und zufällig lag mir der Sport auch noch.

Meine Mutter war zwiegespalten: Sie wollte, dass ich zum Schwimmen ging und daran Spaß hatte, doch zugleich sollte mir auch Zeit für Freunde und zum Lernen bleiben. Kann Mum irgendwie gewusst haben, dass wir eines Tages mitten im Ozean stranden würden? Hatte Iona ihr womöglich von Wildhaven erzählt?

Ich schleiche mich aus der Hütte, ohne die anderen zu wecken, und jogge am Strand hin und her, damit ich rasch warm werde. Dann erklimme ich die Felsen am östlichen Ende und beschließe, ein wenig weiter zu klettern und herauszufinden, ob ich bis zur gegenüberliegenden Seite der Insel komme. Die Sonne geht langsam auf, hat sich jedoch noch nicht über den Horizont gekämpft, sondern schickt lediglich ein erstes fahles Tagesblau voraus, das ins Nachtdunkel zu bluten scheint. Ich bewege mich zügig, springe barfuß von Stein zu Stein. Endlich gelange ich an den Abschluss der Bucht und stehe vor einer Klippe. Ich kraxele hinauf und lasse von oben den Blick über das Meer schweifen; vor dem Blau des Dämmerungshimmels fällt mir ein dunkler Fleck ins Auge. Noch eine Insel, näher als die anderen, die wir gestern entdeckt haben und die nur verschwommen in der Ferne zu erkennen sind. Diese neue scheint kaum mehr als ein Dickicht dichter Vegetation zu sein und war von meinem gestrigen Aussichtspunkt nicht auszumachen, ebenso wenig wie vom Meer an der Lagunenöffnung. Das Wasser entlang einer direkten Linie dorthin hat einen helleren Türkiston. Beinahe wirkt es, als liege das kleine Eiland als Etappenposten zwischen der Insel, auf der ich mich befinde, und der nächstgrößeren dahinter, verbunden mit beiden durch einen Unterwasserpfad. Ich verenge die Augen zu Schlitzen und versuche, die Entfernung abzuschätzen. Vermutlich könnte ich hinüberschwimmen. Vielleicht kann man von dort aus mehr sehen.

Fest steht jedenfalls, wir befinden uns in den Tropen. Bei Atollen handelt es sich um Korallenriffe, die um den Saum gesunkener Vulkane entstanden sind – aber das bringt mich nicht sonderlich weiter, denn soweit ich weiß, kommen Atolle im Pazifik ebenso wie im Indischen Ozean und in der Karibik vor. Diese Erkenntnis macht mich ein wenig mutlos; selbst heutzutage werden Flugzeuge, die über dem Pazifik abstürzen, mitunter niemals gefunden, trotz Satelliten und Radar und anderer moderner technischer Errungenschaften. So riesig ist der Ozean.

Ich steige wieder nach unten und setze mich auf die Felsen, lasse die Füße ins warme Wasser baumeln. Allein sollte ich keinen Schwimmversuch wagen.

Die Sonne geht endgültig auf, hebt sich viel schneller über den Horizont als zu Hause, und während sich das goldene Licht über mich ergießt, kribbelt in meinen Armen und Beinen der Drang, etwas zu unternehmen. Ich sollte die anderen holen, wir sollten uns zusammen daranmachen, das Inselinnere zu erkunden, aber mein Gehirn ist von dem verzweifelten Wunsch, Poppy zu finden, völlig vernebelt. Wir sind aus dem Meer gekommen – also muss ich wieder hinein.

Ich trage noch immer den Badeanzug, in dem ich hier angespült worden bin; ich ziehe mein T-Shirt über den Kopf und stopfe es in eine Nische der Geröllblöcke, werfe einen letzten Blick hinüber zu der kleinen Insel und springe ungelenk mit dem Kopf voran in die Wellen, ehe ich es mir anders überlegen kann.

Zuerst genieße ich es, wieder im Wasser zu sein. Ich folge dem Kamm etwa vier Meter unter mir; er gleicht einer Sandbank, die unsere Insel mit der kleineren verbindet, während zu beiden Seiten ein Abgrund in den tiefen Ozean klafft. Entlang dieses flacheren Korridors, wo ich den Grund klar erkennen kann, fühle ich mich sicherer, und ich gebe mir alle Mühe, meinen Blick nicht ins undurchdringliche Blau rechts und links davon abgleiten zu lassen. Der Pfad ist mit spärlichem Geröll, Kalkskeletten und einigen kleineren Ansammlungen lebender Korallen gespickt – nicht vergleichbar mit einem echten Riff. Ich kraule zur einen Seite vorbei an einem Teppich dorniger Seeigel, die ihre schwarzen Stacheln in die Höhe recken wie eine gigantische Stachelschweinherde, und tauche dann hinunter, um einen Schwarm Clownfische, die zwischen den Tentakeln einer violetten Seeanemone hin und her schießen, näher in Augenschein zu nehmen. Als ein Stein neben ihnen sich bewegt, schlucke ich vor Schreck beinahe einen Mundvoll Wasser. Farben flimmern über seine Oberfläche, und schließlich entfaltet sich ein Fangarm und ich erkenne, dass es sich um einen kleinen Kraken handelt, mit knolligem Kopf von etwa der Größe eines Tennisballs. Rote, weiße und terrakottafarbene Wirbel pulsieren auf seiner Haut. Nie zuvor habe ich etwas gesehen, das mich so sehr an einen Außerirdischen hat denken lassen. Der winzige Tintenfisch spreizt alle acht Arme und kriecht unter mir am Meeresboden entlang, ehe er ohne Vorwarnung eine pfeilförmige Gestalt annimmt und ins tiefe blaue Nichts hinein davonschießt.

Einen Moment lang halte ich im Wasser inne, um mich zu orientieren. Das Treiben hier unten hat mich derart in seinen Bann gezogen, dass ich gar nicht gemerkt habe, wie weit ich bereits geschwommen bin. Und, viel wichtiger: welche Strecke noch vor mir liegt.

Die kleine Insel ist weiter entfernt, als sie vom Ufer aus gewirkt hat. Ich bin nicht allzu geübt im Freiwasserschwimmen, und auch wenn das Meer ruhig ist, zehren selbst die sanften Wogen meine Kraftreserven viel schneller auf, als es im Becken der Fall wäre. Meine anfängliche Zuversicht schrumpft, bis ich bei jedem Zug beinahe dem Drang nachgebe, umzukehren. Was ich hier tue, ist leichtsinnig, unverantwortlich. Meine Panik hat mein Urteilsvermögen vollkommen getrübt. Dennoch schwimme ich weiter, nehme unter mir bloß noch gelegentlich einen Fischschwarm wahr.

Die Sonne wandert am Himmel höher. Meine Muskeln brennen und meine Beklemmung wächst, doch inzwischen ist mein Ziel näher als der Strand, von dem ich aufgebrochen bin. Ich könnte eine Pause gebrauchen, bevor ich mich auf den Rückweg mache; außerdem möchte ich mir die neue Insel und alles, was dahinterliegt, wirklich genauer ansehen. Die Sonnenstrahlen verbrennen meinen Scheitel, und alle paar Schwimmzüge tauche ich unter, um der Hitze zu entfliehen. Die Strecke erweist sich als mindestens doppelt so lang, wie ich geschätzt hatte. Mittlerweile muss ich bereits gute zwei Kilometer geschwommen sein.

Schließlich ziehe ich mich auf dicke Wurzeln, die die Felsen am Ufer der Insel bedecken – sie scheint nichts weiter als ein gigantisches Dickicht aus Mangroven zu sein, die auf einem Haufen Geröll wachsen. Ich klettere hinüber zu einem Stein mitten im Unterholz, setze mich und lasse die Schultern kreisen, zucke dabei schmerzhaft zusammen und betrachte meine Umgebung eingehender. In der Mitte des kleinen Wäldchens erheben sich ein paar junge Kokospalmen, doch ein dichter Baldachin aus Mangroven umringt und überschattet sie wie ein Schirm. Gestern habe ich Callum dabei beobachtet, wie er die drei Punkte in der Schale einer Kokosnuss mit seiner Klinge angebohrt hat; das könnte ich ebenfalls versuchen, um an etwas zu trinken und neue Energie zu kommen. Die Mangrovenwurzeln sind überall, ein knorriges, überlappendes Gitternetz, aus dem einige Strünke wie riesige Klauen hervorstehen. Um zu den Kokospalmen zu gelangen, muss ich mich entweder zwischen den Wurzeln hindurchwinden oder darüber hinwegturnen, und ich ahne, dass beides enorm anstrengend sein wird. Doch bei dem Gedanken an die Kokosnüsse läuft mir das Wasser im Mund zusammen. Ich halte kurz inne, tippe mir einen Finger gegen die Lippen. Die Versuchung, mich rasch zu stärken und dann direkt zurückzuschwimmen, ist groß. Andererseits habe ich es nun so weit geschafft – da sollte ich mich zumindest ein wenig umschauen.

Ich kraxele über die Wurzeln und komme trotz enormen Kraftaufwands kaum voran, während die raue Rinde meine nackten Füße aufreißt und wund scheuert. Ebenso gut kann ich meinen Versuch, eine Kokosnuss zu finden, aufgeben. Völlig außer Puste mache ich kurz Pause. Schweißflecken wachsen in den Achselhöhlen meines längst getrockneten Badeanzugs, und Salz kristallisiert in meinen Augenbrauen. Ich fahre mir mit der Zunge über die spröden Lippen. Es ist viel zu schnell heiß geworden.

Meine kleine Unternehmung könnte sich leicht als das Dümmste herausstellen, das ich je getan habe. Was, wenn ein Sturm aufzieht? Oder ich mir den Knöchel verstauche? Niemand wird je erfahren, was aus mir geworden ist, ich werde hier sterben. Ich werfe einen Blick über die Schulter; nicht einmal die restliche Insel kann ich erforschen, da mich das bloß noch mehr ausdörren würde.

Ich hieve mich in eine große Lücke zwischen den Felsen und verschnaufe einen Moment mit dem Rücken gegen einen Steinbrocken, halb beschattet von einem Gewirr aus Baumwurzeln über mir. Aus dem Augenwinkel nehme ich in einer Ecke des Spalts etwas wahr.

Eine Form, die ich wiedererkenne. Blass, missgestaltet. Eine Hand.

Das Herz springt mir in den Hals. Ich schnappe nach Luft und drücke mich an den Stein, mein Puls rast – auch dann noch, als ich bemerke, dass es sich nicht um eine Hand, sondern die Überreste eines Handschuhs handelt.

Ich presse mir meine eigene Hand auf die Brust, bis mein Atem sich wieder beruhigt, halte den Blick fest auf das zerfetzte Kleidungsstück geheftet. Dann krabbele ich hinüber und zerre es zwischen den beiden muschelverkrusteten Felsen hervor, wo es verklemmt ist. Die scharfen Schalen reißen den Stoff noch ein wenig mehr ein, doch ich bekomme ihn frei und halte ihn ins Sonnenlicht. Eindeutig ein Handschuh – dem jedoch die komplette Innenfläche und zwei Finger fehlen. Der Rest ist kaum mehr als ein Lumpen: verrottet und gammelig, stellenweise grün und schleimig. Vereinzelt jedoch lassen sich noch graue Stellen erkennen, vielleicht Überbleibsel der ursprünglichen Farbe. Er besteht aus einem dünnen, dehnbaren Material, ganz ähnlich wie unsere Neoprensachen, und ich halte ihn an meinen Badeanzug, dessen Grau deutlich heller ist.

Bloß ein alter, im Meer verloren gegangener Handschuh, der mit uns nichts zu tun hat. Ich schiebe ihn unter meinen Gürtel, da ich ihn nirgendwo sonst verstauen kann; ich gebe mir alle Mühe, das Gefühl abzuschütteln, aber immer wieder stelle ich mir vor, dass da *doch* eine Hand war und all das auf furchtbare Weise mit Poppy zusammenhängt. Nein. Ich werde jetzt nicht anfangen, Gespenster zu sehen und die Nerven zu verlieren. Das kann ich mir nicht erlauben.

Ich muss hier weg, sofort.

Viel zu schnell kraxele ich aus der Vertiefung, mit dem unerklärlichen Gefühl, verfolgt zu werden. Ich stolpere und mache einen riesigen Schritt, um mein Gleichgewicht wiederzufinden, verpasse damit allerdings den nächsten Felsen und knalle hart auf die Knie.

Als ich mich wieder hochrappele, schießt ein heißer Schmerz so heftig durch meinen Körper, dass ich aufschreie. Eine scharfkantige Furche im Stein ist mit meinem Blut verschmiert. Ich schaudere, richte mich auf, wage einen Blick auf mein Knie und zucke zusammen.

Oh Gott.

Der Schnitt ist ungefähr so lang wie mein Daumen. Ich

beuge das Knie ein wenig, um eine bessere Sicht darauf zu bekommen, und schrecke zurück, als die Wunde sich öffnet und das Rosa der tiefer liegenden Hautschichten preisgibt, wie ein aufklappender Mund, der Blut geifert. Das ist schlecht. Sehr schlecht. Ein entschlossener roter Strom läuft bereits mein Schienbein hinab. Ich suche hastig nach etwas, um die Blutung zu stillen, finde jedoch nichts. Ich bin so eine Idiotin.

Von der Stelle, wo ich aus dem Wasser gekommen bin, habe ich mich inzwischen ein gutes Stück entfernt – hier besteht der Untergrund ausschließlich aus Wurzelwerk. Ich taumele über das knorrige Geflecht und ziehe dabei eine Spur schmieriger Blutspritzer auf der Borke hinter mir her. Die Wurzeln federn und schwanken über dem Wasser, und endlich erreiche ich eine Lücke, die mir genug Platz bietet, wieder einzutauchen. Ich hole so tief wie möglich Luft und kauere mich an den Rand. Ein dunkler Blutstropfen fällt ins Wasser und bildet bräunliche Schlieren im Blau.

Ich atme durch die Nase ein, durch den Mund aus. *Dreimal ein, sechsmal aus.* Sobald ich wieder genügend Luft bekomme, schwimme ich zurück. Ich bin bloß durch den Wind, das ist alles. Es war nur ein Handschuh, zu alt, um irgendeine Verbindung zu uns zu haben.

Nicht mehr darüber nachdenken.

Armzug. Beinschlag. Atmen.

Ich blende Mums Stimme aus, schiele noch einmal auf die Wunde hinunter und komme zu dem Schluss, dass ich nicht allzu schlimm verletzt bin. Der Riss pocht lediglich ein wenig. Noch einige Runden lang zähle ich meine Atemzüge und fühle mich schon bald ruhiger. Ich strecke mich, kreise die Arme; meine Muskeln sind weniger müde, als ich gedacht habe. Unsere Insel umgibt mittlerweile ein undurchsichtiger Seenebel, was sie erschreckend weit weg erscheinen lässt.

Tja, nicht mehr lange. Ich gehe in Position, mache mich zum Eintauchen bereit, berühre mit den Zehen schon das Wasser.

Und blinzele ungläubig.

Eine dreieckige Flosse blitzt schwarz auf, während sie direkt auf mich zuhält.

Ich krabbele überstürzt wieder hinauf ins Gestrüpp, schnappe nach Luft. Unter mir hat sich das Blut aus meinem Schnitt inzwischen zu einer wabernden Wolke ausgefächert. Die Finne schießt hin und her, spritzt schäumende Wirbel auf.

Ein Hai.

10. Kapitel

LICHTSTRAHLEN DURCHSCHNEIDEN DIE senkrechten Jalousien und leuchten die Staubpartikel aus, die Sam beobachtet, während er darauf wartet, dass Grandpa aufwacht. Die Luft im Krankenhauszimmer ist abgestanden und stickig, aber das Fenster klemmt; zweimal hat er bereits versucht, es zu öffnen. Nun wirft er abermals einen Blick auf seine Armbanduhr und seufzt. Er möchte seinen Großvater ungern wecken, aber die Besuchszeit ist bald vorbei, und obwohl Grandpa ein Einzelzimmer hat, ist das Personal ziemlich streng. Der Herzmonitor zeichnet einen gleichmäßigen Rhythmus auf, und die Atemmaske ist um den Ständer der Sauerstoffflasche gewickelt, unbenutzt. Gute Anzeichen dafür, dass Grandpas Körper die Infektion zurückschlägt. Er sieht schon viel besser aus als bei Sams letztem Besuch. Weniger eingefallen.

Ein Klopfen an der Tür, und ein Mann tritt ein, ohne Antwort abzuwarten. Er trägt ein weit aufgeknöpftes blaues Polohemd und um den Hals ein Stethoskop.

»Oh, tut mir leid«, sagt er. »Ich komme später wieder.«

Er wendet sich zum Gehen, aber Sam springt auf die Füße, wobei der Krankenhausstuhl quietschend über das Linoleum schrammt.

»Alles gut. Ich bin sein Enkel. Sie können schon anfangen, ihn zu untersuchen, solange ich noch hier bin. Grandpa hat sicher nichts dagegen«, sagt er.

»Es hat keine Eile; nimm dir alle Zeit, die du brauchst«, sagt der Arzt. Er spricht mit leichtem Akzent, abgehackt und steif, und ist etwa so alt wie Sams Vater, mit dunklem Haar, das an den Schläfen bereits silbrig wird. Doch es sind seine Augen, die Sams Aufmerksamkeit auf sich ziehen. Ein blasses Blaugrün. Er wirft Sam ein Lächeln zu, ehe er geht, und sofort fühlt sich Sam an die Brandstelle im Busch zurückversetzt. Derselbe Typ …

Ein rasselndes Husten. Sam dreht sich wieder zum Bett um. Grandpa ist aufgewacht und versucht unbeholfen, sich aufzurichten.

»Was tust du hier, Junge?«, fragt er. »Ist doch schlimm genug, wenn einer von uns hier sein muss.«

Sam stützt Grandpas Rücken und schiebt sein Kissen zurecht.

»Ich freu mich auch, dich zu sehen, Grandpa«, meint er lächelnd. »Geht's dir besser?«

»Mies wie eh und je, aber die Schwestern sind zufrieden mit mir.«

»Das ist doch immerhin etwas.« Sam zögert, deutet dann zur Tür. »Dieser Arzt –?«

»Oh, der?«, sagt Grandpa und schließt für eine Sekunde die Augen. »Ich schätze, jetzt ist es sowieso egal.«

Er räuspert sich, und sein Blick ist klar und durchdringend, als er Sam anschaut.

»Er hat die klinische Studie geleitet, an der ich teilgenommen habe – mit Marisogen. Aber das Mittel ist nie zugelassen worden. Er … besucht mich jedes Mal, wenn ich in der Klinik bin, stellt ein paar Fragen, untersucht mich.«

»Dann besteht also die Möglichkeit, dass du weiter mit diesem Medikament behandelt werden könntest?«, hakt Sam nach. Übersüße Hoffnung steigt in seiner Brust auf.

Grandpa schüttelt den Kopf.

»Schön wär's. Marisogen war die einzige Therapie, die tatsächlich angeschlagen hat, und das sogar ohne Nebenwirkungen. Bloß eine Spritze alle zwei Wochen.«

»Wie heißt dieser Arzt?«

»Nygard.« Grandpa unterbricht sich, bekommt einen Hustenanfall und deutet zum Sauerstoff. Sam befestigt die Maske über seinem Gesicht und dreht am Ventil, und Grandpa rollt mit den Augen, als seine Atmung allmählich wieder leichter geht. Sam erinnert sich noch lebhaft, wie gut Grandpa sich unter der Behandlung mit Marisogen erholt hat. Seither hält die Chemotherapie den Krebs in Schach, aber Grandpas Lunge ist beschädigt, und er fängt sich ständig Infektionen ein. Diese letzte ist besonders übel gewesen.

Die Krankenschwester kommt ins Zimmer und mahnt Sam freundlich, dass die Besuchszeit sich dem Ende zuneigt. Sam drückt die Hand seines Großvaters und verabschiedet sich, bleibt an der Tür noch einmal stehen, bis Grandpa ihn hinauswinkt.

Als er sein Fahrrad losschließt, kehren Sams Gedanken

aufs Neue zu der Brandstätte im Busch zurück. Kann es sich bei diesem Dr. Nygard wirklich um jenen Mann handeln, den er dort getroffen hat? Sams Blick schweift über den Parkplatz, und er grübelt, ob er noch einmal ins Gebäude laufen und versuchen soll, den Arzt zu finden. Aber was würde er zu ihm sagen?

Auf dem Heimweg überkommen ihn die Erinnerungen. Die Mädchen aus dem Flugzeug. Poppy und Aster.

Sam tritt zügiger in die Pedale. Er will mehr über diesen Doktor herausfinden.

Zu Hause angelangt, ruft er seinen Eltern, einen Gruß zu und hastet schnurstracks in sein Zimmer. Er verspürt wieder dieses seltsame, unbehagliche Gefühl, das ihn häufig nach Besuchen bei Grandpa überfällt – ein dumpfes Pochen in den Schläfen, Krämpfe in der Magengegend. Diesmal jedoch steckt mehr dahinter. Wieso ist Marisogen nicht zugelassen worden, wenn es doch so gut gewirkt hat?

Sam fragt sich, ob er seine Eltern ins Vertrauen ziehen sollte. Mum hat die ganze Geheimniskrämerei rund um diese klinische Studie nie gefallen. Aber was, wenn dieser Arzt eine neue Behandlungsrunde oder dergleichen plant – und seine Plauderei vor Mum das vereiteln könnte? Er blickt bei dieser ganzen Geschichte einfach nicht durch. Schließlich ruft er im Krankenhaus an und erhält die Auskunft, dass Dr. Nygard nicht zu dem Team von Onkologen gehört, die Grandpa betreuen, aber sehr wohl als Berater für Erbkrankheiten einige Male im Monat eine Sprechstunde im Krankenhaus abhält. Sam bittet darum, mit seinem Großvater sprechen zu dürfen, doch Grandpa schläft.

Das Handy des Mädchens. Wie hat er das vergessen können? Die Polizei hat es ihm zurückgeschickt. Das ist das gängige Prozedere bei Fundsachen, die nicht abgeholt werden.

Sam öffnet seinen Kleiderschrank. Er schiebt zwei alte Paar Turnschuhe zur Seite; darunter befindet sich ein Schuhkarton, auf den er mit Edding *Krimskrams* gekritzelt hat. Im Innern, unter Konzerttickets, Kassenbelegen und einer kaputten Armbanduhr, liegt ein brauner Luftpolsterumschlag. Sam holt tief Luft und schüttelt das Handy und ein zusammengeballtes Taschentuch in seine Handfläche.

Das Telefon lässt sich problemlos laden, doch Sam hat noch immer keine Möglichkeit ausgetüftelt, es zu entsperren – in dieser Hinsicht ist er seit dem Tag seines Funds nicht weitergekommen. Es fühlt sich schwer in seiner Hand an. Er probiert es erneut, doch auf jeder Internetseite liest er nur wieder, dass für die Aufhebung der Sperre die hinterlegte E-Mail-Adresse erforderlich ist. Schließlich gibt er auf, Smartphone-Foren im Netz zu durchkämmen, und kreiselt mit theatralischem Stöhnen auf seinem Schreibtischstuhl. Er tippt auf das Handydisplay, und ein Hintergrundbild – türkisblaues Wasser – erscheint, darüber das Punktegitter für den Sicherheitscode. Wasser. Ihm fällt wieder ein, dass Aster zum ersten Mal, zwar ein wenig verlegen, gelächelt hat, als Poppy mit dem Schwimmtalent ihrer älteren Schwester geprahlt hat. Sam starrt den Bildschirm an, als könnte dieser ihm jeden Moment ein Geheimnis preisgeben.

Eine weiche Schutzhülle mit verblasstem Regenbogenmuster umschließt das Gehäuse des Telefons. Sam dreht es um und schält das Gummi ab. Darunter befindet sich nur der glatte Metallrücken. Er hakt seinen Daumennagel unter die Verkleidung und öffnet sie, um an den Akku zu kommen. Sam stößt die Luft aus. Das ist alles so sinnlos. Es ist spät. Er muss morgen arbeiten …

Sein Herz setzt einen Schlag aus. Ja! Im Handy steckt eine SD-Karte, sie liegt über dem Akku. Sein allererstes Smartphone hatte eine dieser kleinen Speicherkarten, auf denen Fotos gesichert wurden, ehe es die Cloud gab. Er schiebt die Karte mit der Kante seines stummeligen Daumennagels heraus. Sein Laptop ist schon ein paar Jahre alt und besitzt an der Seite eine Reihe unterschiedlicher Slots.

In einen davon passt die SD-Karte. Sehr schön. Sam klickt auf den Ordner, und tatsächlich: Zwei Unterordner ploppen auf, einer für Fotos, der andere mit Kamera-Uploads. Er lässt den Cursor über einem der gelben Ordnersymbole schweben, und in seinem Magen rumort es. Was er hier vor sich hat, sind Poppys private Dateien – aber sicher wird sie nichts dagegen haben, sofern es ihm dabei hilft, ihr das Handy zurückzubringen? Vielleicht findet er Fotos, die nicht auf dem Handy gesichert sind. Er öffnet den Ordner und fängt an, durch die Bilder zu scrollen. Die ältere Schwester wiederzusehen, ist ein Schock. Aster mit der tiefbronzefarbenen Haut und den Locken in identischem Farbton. Sie wirkt noch trauriger, als er sie in Erinnerung hat.

Sam überfliegt die Fotos. Ein paar Selfies. Aster mit zwei anderen Mädchen vor einem Kino, ein dünnes Lächeln auf den Lippen, während ihre Freundinnen lachen und sie umarmen. Er grübelt, ob ihre Mutter wohl noch am Leben war, als das Bild aufgenommen worden ist. Auf einigen der älteren Fotos ist eindeutig ihre Mum zu erkennen – manchmal im Krankenhaus, mit einem Tuch um den Kopf und einem Sauerstoffschlauch in der Nase. Sie wirkt zu jung, um so krank zu sein. Sam kann sich nicht einmal ausmalen, wie grauenvoll es wäre, seine eigene Mum so zu sehen. Schon bei Grandpa ist es schlimm genug. Er scrollt nicht noch weiter zurück, sondern schließt den Ordner. Und wechselt stattdessen zu den Kamera-Uploads.

Sein eigenes Gesicht überrumpelt ihn. Es ist das Selfie, für das er sich im Flugzeug über die Kopfstützen der Mädchen gelehnt und gerade sein zerzaustes blondes Haar hinter die Ohren geschoben hat. Poppy zieht einen Flunsch, während sie sich müht, Aster ins Bild zu zerren.

Das nächste Foto zeigt das Straßenschild zur Tokomaru Bay, das Poppy ihm geschickt hat.

Bei dem darauffolgenden Bild fährt Sam entgeistert vom Bildschirm zurück. Die Aufnahme ist nicht ganz scharf.

Das Ökodorf hat es *tatsächlich* gegeben.

Eine Gruppe Jugendlicher, die im Schneidersitz auf Matten Platz genommen haben. Sie scheinen Dinge zu fertigen – sie schnitzen und weben. Der Hinterkopf eines Mädchens nimmt das halbe Bild ein; sie hat Blumen im Haar. Hinter ihr steht eine große Hütte aus Holzbalken. Noch weiter weg erkennt man die Ecke einer weiteren Holzhütte, dazu einige Bäume.

Auch das folgende Foto ist verschwommen, und er nimmt an, dass es sehr hastig aufgenommen worden sein muss. Ein Mädchen und ein Junge halten darauf einen einhändigen Unterarmstütz. Noch ein Bild: das Innere einer Hütte, in der jedoch bloß ein Fenster zu erahnen ist. Alles Übrige liegt im Dunkeln. Die letzte Aufnahme zeigt einen Mann im Gespräch mit einer Frau, die der Kamera den Rücken zugewandt hat; der Fokus ist auf das Gesicht des Mannes gerichtet. Sams Augen werden groß.

Das ist er.

Dr. Nygard *ist* der Mann von der Brandstätte, und er war im Ökodorf. Wieso also hat er getan, als wisse er nichts davon, und in der Asche herumgescharrt?

Sam wirft sich in seinem Schreibtischstuhl zurück, rauft sich mit den Fingern durch die Haare und glättet sie wieder.

Er öffnet sein Mailprogramm und kopiert die E-Mail-Adresse des Krankenhauses, in dem Grandpa behandelt wird, in eine neue Nachricht. Dann tippt er eine Betreffzeile: z. Hd. Dr. Nygard, Genklinik. Was soll er schreiben?

Sehr geehrter Dr. Nygard,

ich habe Sie heute in der Klinik gesehen und würde Sie gern um Ihre Hilfe bitten. Fraser Banks ist mein Großvater und

Sam hält kurz inne, unsicher, wie er fortfahren soll. Am besten knapp und auf den Punkt.

spricht in den höchsten Tönen von Ihnen. Hätten Sie eventuell Zeit für ein Gespräch?

Vielen Dank im Voraus

Sam Banks

Sam liest die Nachricht noch einmal durch, lässt den Cursor über dem Absendebutton schweben. Ihm kommt wieder in den Sinn, wie er den Blick des älteren Mädchens aufgefangen hat, als er den Schwestern am Flughafen zum Abschied gewinkt hat. Später hat er ihre Namen nachgeschlagen und herausgefunden, dass Aster die Bezeichnung für eine Art violettes Gänseblümchen ist. Sie ist nach einer Blume benannt, genau wie Poppy.

Aster hat erzählt, dass ihre Mutter an Lungenkrebs gestorben ist. Grandpas Husten erfüllt Sams Kopf.

Wieso war ein Genmediziner an einer Brandstelle ganz in der Nähe des Ortes zugange, an dem Poppy ihr Handy zurückgelassen hat?

Sam schüttelt den Kopf; das ist alles so … merkwürdig. Möglich, dass er sich Zusammenhänge einbildet, wo in Wirklichkeit nur Zufälle sind. Er wickelt das Glasstückchen aus dem Taschentuch. Zuvor wusste er nicht, was es sein mochte, doch jetzt erkennt er es aus dem Chemieunterricht wieder: In seiner Hand liegt der abgebrochene Boden eines Reagenzröhrchens. Die Außenseite des Glases ist vom Feuer geschwärzt, aber auf der Innenseite befinden sich dunkelbraune Rückstände. Sie blättern ab, sobald er mit der Fingerspitze daran kratzt.

Könnte es Blut sein?

Rasch und ein wenig angewidert wischt er seinen Finger ab und lässt die Scherbe zurück in das Taschentuch fallen. Er starrt sie an, dann wieder auf die Mail am Bildschirm, und drückt auf *Senden*.

11. Kapitel

ICH KRABBELE HASTIG rückwärts über das Wurzelgeflecht und finde eine schattige Einbuchtung, in die ich mich kauere. Von dort aus beobachte ich, wie die Haiflosse die Wasseroberfläche durchschneidet, vor und zurück, immer wieder. Es ist bereits früher Nachmittag. Inzwischen bin ich wirklich durstig, und ich schwitze, selbst im Schatten. Wie übel meine Lage tatsächlich ist, wage ich mir nicht einmal genau zu überlegen – eine Panikattacke kann ich mir jetzt nicht leisten.

Das dunkle Dreieck taucht ab und verschwindet, und ich halte die Luft an und bete, dass es sich ganz verzieht. Doch schon ein paar Sekunden später kommt es wieder zum Vorschein, kreist jetzt langsamer, als wüsste es, dass es nur eine Frage der Zeit ist, bis ich zwangsläufig wieder ins Wasser muss.

Ich werde keine Energie darauf verschwenden, um Hilfe zu rufen, da die Insel viel zu abgelegen ist, lasse meinen Blick aber dennoch über den Horizont schweifen und bleibe an einem winzigen, dunklen Fleck hängen, der sich bewegt.

Ich blinzele – und sehe bloß noch Meer. Niemand kommt zu meiner Rettung, niemand weiß, wo ich bin. Die Sonne brennt grell vom Himmel, und vor meinen tränenden Augen verschwimmt alles ringsum. Ich muss mir eingebildet haben, dass dort etwas war.

Ich habe keine Ahnung, was ich tun soll. Ich kann nicht schwimmen, solange ich Blut verliere, denn dann ist der Hai – oder ein anderer Raubfisch – sofort zur Stelle.

Nachdenken. Problem lösen. Mein Blut hat ihn angelockt.

Also muss ich dafür sorgen, dass er mein Blut nicht mehr riecht. Die Wunde abdecken. Ich sammele einige heruntergefallene Palmwedel, die zwischen den Mangrovenwurzeln verstreut liegen, und gebe mir Mühe, nur solche auszuwählen, die nicht allzu verrottet sind. Ich könnte sie über die Wunde legen, dann alles abbinden? Die Vorstellung lässt mich schaudern, doch etwas Besseres fällt mir nicht ein.

Zum Verschnüren muss ich mit dem auskommen, was ich habe. Mein Blick fällt auf den modrigen Handschuh, der an meinen Gürtel geknotet ist, und ich verziehe das Gesicht. Mein Messer. Ansonsten habe ich nur meinen Badeanzug. Damit muss es funktionieren. Ich richte mich an einer Stelle auf, die vom Strand aus nicht einsehbar ist, hinter einem Baum, und vergewissere mich, dass ich allein bin – unsinnigerweise, denn einsamer habe ich mich in meinem ganzen Leben noch nie gefühlt. Dann schäle ich die Oberkörperpartie des hochgeschlossenen Badeanzugs herunter und säbele Stoffstreifen aus dem Rücken. Die untere Hälfte gleicht Radlerhosen, und ich trenne den Saum beider Beine grob ab, sodass ich zwei dehnbare Schlingen bekomme. Dann ziehe ich den Anzug wieder hoch. Nun klafft am Rücken ein breites Loch, doch er verhüllt mich gerade noch ausreichend.

Das Blut in dem klaffenden Schnitt gerinnt bereits. Ich knülle eines der weicheren Blätter zu einem behelfsmäßigen Tupfer zusammen und hole tief Luft. *Also los.* Ich stopfe es direkt in den Riss, beiße stöhnend die Zähne zusammen. Anschließend umwickele ich mein Knie mit den Stoffstreifen, um den Bausch in Position zu halten, und nach ein paar Versuchen ist es tatsächlich fest in das graue Synthetik bandagiert. Ein Hoffnungsschub durchfährt mich. Die Wunde pocht, aber das Gewebe des Badeanzugs ist dick und elastisch; mein Plan könnte funktionieren.

Ich folge den getrockneten Blutstropfen zurück zu der Stelle, an der ich den Hai zuletzt gesehen habe, und spähe hinunter ins Wasser. Keine Spur von ihm. Aber wie soll ich sichergehen, dass er wirklich fort ist? Ich harre in der gleißenden Sonne aus, wische mir den Schweiß vom Haaransatz und spüre, wie mehr davon mir den Rücken hinunterperlt. Wenn ich doch bloß mehr über Haie wüsste – etwa, wie hartnäckig und ausdauernd sie sind.

Vielleicht sollte ich ein wenig mit den Füßen das Wasser aufwühlen und abwarten, ob er sich wieder blicken lässt. Wenn ich in der Nähe des Wurzelgeflechts bleibe, kann ich mich ganz flink in Sicherheit bringen, falls er auftaucht. Sollte er noch in der Nähe sein, wird mir nichts anderes übrig bleiben, als meinen Versuch, zurückzuschwimmen, bis morgen früh aufzuschieben.

Die Nacht auf der Mangroveninsel zu verbringen erscheint mir wie ein furchtbar schlechter Plan.

Ich muss es wagen, es ausprobieren.

Auf einer robust wirkenden Wurzel, die direkt ins Wasser ragt, taste ich mich voran, setze meine Schwimmbrille auf und tauche die Zehen ins Meer. Nichts rührt sich. Ich nehme auf dem Ast Platz, schwinge die Beine im Wasser hin und her, lasse mich tiefer hinab, bis meine Wunde nass wird. Mein Herz schlägt bis zum Hals. Ans Wurzelwerk geklammert, hänge ich bald bis zu den Achselhöhlen im Ozean. Ich japse keuchend nach Luft, fange an, meine Atemzüge zu zählen.

Eins zwei drei ein …

Ich habe keinen blassen Schimmer, wie groß dieses Vieh ist, und auch nicht, wie schnell.

Eins zwei drei vier fünf sechs aus …

Es könnte mich in der Mitte durchbeißen, bevor ich es auch nur wahrgenommen habe.

Na komm. Atmen.

Armzug. Beinschlag. Atmen.

Ich hole tief Luft und tauche unter.

Eine dunkle Gestalt schießt aus dem Blau auf mich zu.

Ich wuchte mich hoch, die Wurzel federt. Meine Arme schreien vor Anstrengung, als ich mich aus dem Wasser schwinge und nach vorn werfe, meinen Körper über die Äste krümme. Ich ziehe erst ein Bein an, dann das andere – ich bin draußen. Auf dem Bauch liege ich im Astgeflecht, keuche, tropfe, huste und japse. Draußen. Am Leben. Ich wage nicht, mich zu bewegen, presse die Wange auf die Rinde und warte, dass mein Herzschlag sich beruhigt. Hier kann der Hai mich nicht erreichen. Ich bin in Sicherheit. Ich bin sicher. Das war kein guter Plan. Ganz, ganz dumme Idee.

Ich hebe den Kopf, suche das Wasser ab. Runzele die Stirn. Keine Finne.

Als ich direkt nach unten schiele, erhasche ich aus dem Augenwinkel eine Bewegung im tiefen Blau – etwas, das ich nicht recht ausmachen kann. Ich schaue genauer.

Was auch immer es war, es ist verschwunden. Aber es sah aus wie ein … Gesicht. Unmöglich. Es muss ein Fisch oder dergleichen gewesen sein.

Ich kneife die Augen fest zusammen, öffne sie wieder und suche erneut das Wasser ab. Diesmal kann ich mich nicht von dem Anblick losreißen, der sich mir bietet.

Das Gesicht eines Jungen, unter Wasser. Große Augen starren zu mir herauf. Dunkles Haar wogt unter der Oberfläche. Ein violettes Mal zieht sich durch seine Augenbraue und die Wange hinunter.

Kein Fisch.

Ich umkralle die Wurzel, blinzele. Sein Gesicht schwebt Zentimeter unter dem Wasserspiegel. Er ist tatsächlich da, aber wo zur Hölle kommt er her? Ebenfalls aus dem Camp?

Er schwebt so reglos dort unten im Wasser, und seine Augen wirken so sonderbar blass. Ein schrecklicher Gedanke überfällt mich. Ist er … *tot*?

Ich stemme mich auf Hände und Knie, und mein ganzer Körper zittert.

Seine Hand bricht aus dem Wasser hervor. Beinahe kippe ich seitlich vom Astgeflecht. Seine Finger gestikulieren, als wolle er mich verscheuchen oder zurückwinken, und ich verdrehe mich, bis ich in der Hocke kauere, und hüpfe dann ungelenk rückwärts.

Die Hand des Jungen sinkt wieder unter die Oberfläche.

Ich fixiere die Stelle, wo er noch eben gewesen ist. Stille, von meinen abgehackten Atemzügen abgesehen. Die Kräuselungen verflüchtigen sich.

Wo ist er jetzt? Ich suche das Wasser ringsum ab. Er hat keine Taucherausrüstung getragen und auch keinen Schnorchel. Das Meer liegt glatt und ruhig da. Mein Herz hämmert so wild, dass mir mit Sicherheit jedes Zeitgefühl abhandengekommen ist, aber er befindet sich ohne jeden Zweifel schon länger dort unten, als es mit einem Atemzug möglich sein sollte.

Ich kann mir absolut keinen Reim darauf machen und zerbreche mir den Kopf nach einer vernünftigen Erklärung.

Der Hai. Der Hai muss ... oh Gott. Ich hätte ihn vor dem Hai warnen sollen.

Ich lehne mich wieder nach vorn, spähe hinab, voller Angst vor dem, was ich dort entdecken könnte, und stolpere dann aufs Neue zurück, als Kopf und Schultern des Jungen die Oberfläche durchstoßen. Er schüttelt den Kopf wie ein Hund mit Wasser in den Ohren, und eine tiefe, steile Falte formt sich zwischen seinen Augenbrauen. Er blinzelt mehrmals und scheint Mühe zu haben, seine Sicht auf mich scharf zu stellen.

»Du musst raus aus dem Wasser, da ist ein H-Hai«, sage ich.

Die Wurzel, auf der ich balanciere, schwankt leicht. Der Junge mustert mich mit schief gelegtem Kopf, lässt seinen Blick über mein Gesicht und meinen Körper wandern, während ich ihn gleichfalls mit offenem Mund anstaune. Seine

Haut hat einen noch dunkleren Braunton als meine, wirkt jedoch matt und kühl.

Als meine Augen seine grauen finden, senkt er das Kinn. Seine Brauen sind dicht und schwarz wie sein Haar, und sie heben sich erwartungsvoll, aber sein Mund ist geschlossen, stumm.

Ich schiebe mich vorwärts. Er schüttelt den Kopf.

Duckt sich unter die Oberfläche und verschwindet.

Ich warte. Wieder ist er fort.

Es gibt nur eine Erklärung: Dieser Junge ist ein Trugbild.

Ich bin auf einem Boot betäubt und anschließend auf einer von der Außenwelt abgeschnittenen Insel im Stich gelassen worden, viel zu weit geschwommen und beinahe einem Hai zum Opfer gefallen. Vermutlich leide ich an einem Sonnenstich; ich bin definitiv dehydriert und habe womöglich eine Menge Blut verloren. Oh – und ich trauere um meine Mum, kämpfe mit einer Angststörung und habe mich gerade erst von einem Fieber erholt. Es wäre seltsamer, wenn ich *nicht* halluzinieren würde.

Trotzdem warte ich. Die Sonne ist inzwischen über die Insel gewandert, sodass ich im Schatten kauere. Vom Nachmittag ist beinahe nichts übrig. Ich beobachte das Wasser.

Kein Hai. Kein Junge.

Blödes Hirn. Mittlerweile ist es lange her, dass ich den Hai gesehen habe, und die Sonne ist gestern Abend rasch untergegangen – für eingebildete Meerjungen habe ich keine Zeit. Ich begutachte noch einmal mein Knie, finde keinerlei Anzeichen für eine neuerliche Blutung und befehle mir selbst, den Tagtraum zu vergessen und zu meinem Plan zurückzukehren. Ich lasse meine Schwimmbrille wieder festschnallen, gleite ins Wasser, schneller diesmal, und inspiziere die Tiefe.

Der Junge schnellt aus dem Blau zu mir herauf und bleibt bewegungslos etwa zwei Meter unter meinen Füßen schweben.

Ich unterdrücke den Impuls, mein Messer zu zücken, und schaukele stattdessen an der Oberfläche auf der Stelle. Starre zu ihm hinunter.

Vorhin, als ich nur seinen Kopf über dem Wasser gesehen habe, hat er jünger gewirkt, doch nun erkenne ich deutlich, wie muskulös er ist – und dass seine Miene nicht gerade freundlich wirkt. Etwas an ihm, die Art und Weise, wie er den Kopf zur Seite legt und meinen Blick hält, kommt mir vertraut vor, aber ich kann ihn unmöglich schon einmal gesehen haben. *Er* ist unmöglich.

Er trägt keine Schwimmbrille.

Und ist wesentlich besser bewaffnet als ich.

In einer Hand hält er eine dunkle, gezackte Klinge, ein noch längeres Messer ist an seinem Oberschenkel befestigt, und ein Speer ragt hinter einer Schulter empor. Über seiner Brust kreuzen sich geflochtene Riemen, und auf jeder Schulter sitzt festgebunden eine etwa tennisballgroße, durchscheinende Kugel, die sich blassviolett schimmernd gegen das finsterere Wasser in der Tiefe abhebt.

Sein Oberkörper ist nackt, die Brust mit feinen Linien gezeichnet. Ich runzele verwirrt die Stirn. Drei auf jeder Seite, die von der Mitte aus schräg nach oben laufen, zwischen wohldefinierten Brustmuskeln. Sind das Tattoos? Während ich sie betrachte, klaffen sie ganz sacht einen Spaltbreit auf, schließen sich dann wieder. Rhythmisch.

Ich kann den Blick nicht abwenden.

Dieser Rhythmus, diese kräuselnde Bewegung in seiner Brust, ist das Atmen des Jungen.

Er atmet … Wasser.

Kiemen. Das Wort springt mir in den Kopf. Er atmet Wasser. Durch *Kiemen.*

Der Junge reckt den Kopf und lässt sich nach oben treiben, auf mich zu, und ich weiß, dass ich mit meiner Erkenntnis richtigliege, auch wenn die Erklärung an sich so falsch ist. Aber anders könnte er niemals derart lange unter Wasser bleiben.

Ich zücke nun das Messer, fuchtele damit herum, wobei ich mir nur allzu bewusst bin, dass ich in Wirklichkeit keine Ahnung habe, was ich damit anstellen sollte. Ich wippe in der sanften Dünung, Blasen blubbern mir aus dem Mundwinkel, und die Metallklinge blitzt. Sie ist scharf, die Waffe selbst allerdings lächerlich klein, gerade so lang wie meine Handfläche. Der Blick des Jungen beschreibt ein Dreieck zwischen meinem Messer, meinen Augen und meinem Dekolleté. Unter der Oberfläche erscheinen seine grauen Augen heller, die Pupillen jedoch sind winzig und pechschwarz. Meine Schwimmbrille beschlägt. Ich will aus dem Wasser klettern, ihm aber nicht den Rücken zuwenden.

Ich lege den Kopf in den Nacken und schnappe nach Luft, halte das Messer dabei weiter vor mir ausgestreckt. Als ich wieder hinabschaue, schwebt der Junge noch immer in identischer Position etwa einen Meter unter mir. Seine Augen ruhen auf der Klinge, wandern schließlich wieder zurück zu meinem Gesicht, und er zieht die Brauen hoch.

Dann steigt er auf, mir entgegen, mit erhobenen Händen – ganz so, wie man sich einem verletzten Tier nähern würde, bei dem man befürchten muss, dass es zubeißen könnte. Er deutet auf mein verletztes Knie, fletscht die Zähne, reißt die Augen auf und ballt eine Faust, die er in Richtung des offenen Meers stößt. Dann gestikuliert er wieder zu meinem Bein, schüttelt den Kopf und deutet an die Oberfläche.

Seltsamerweise verstehe ich genau, was er mir sagen will. Gefahr, meine Wunde, ich soll aus dem Wasser. Und weiter?

Ich schiele auf mein Bein hinunter und schüttele nun meinerseits den Kopf. Tippe mir an die Brust und zeige dorthin, wo ich die Insel vermute, auf der wir angespült worden sind.

Erneut entblößt er die Zähne. Ich rudere rückwärts. Vielleicht will er mir bedeuten, dass ich mich in seinem Territorium befinde oder dergleichen, und dass ich verschwinden soll. Womöglich stellt *er* die Gefahr dar. Mit dem Camp kann er nichts zu tun haben. Er ist … ich bin völlig ratlos, *was* er ist.

Als er davonschießt, gerate ich in seinem Sog ins Trudeln und folge fasziniert seinen Tauchzügen mit den Augen. Die Hände hält er mit nach oben gedrehten Handflächen auf dem unteren Rücken, die Beine eng zusammen; mit ihnen schlägt er immer gleichzeitig kraftvoll auf und ab und katapultiert seinen Körper so in schlängelnden Bewegungen stromlinienförmig durch das Wasser – schneller und flüssiger, als ich je einen Menschen unter Wasser habe schwimmen sehen.

Selbst mein Schwimmtrainer wäre beeindruckt. Der Junge verschwindet ins Türkisblau vor mir. Weg.

Während ich noch grübele, was ich als Nächstes tun soll, fliegt er wie ein Pfeil wieder heran, bis knapp vor meine Nase. Er hält mir ein Bündel grüner Algen hin, durchscheinend wie Seidenpapier, das in der Strömung wogt. Dabei kommt er mir so nahe, dass ich mit den Beinen schere, um mehr Abstand zwischen uns zu bringen. Er weist mit einem Finger entschieden auf mein Knie, zeigt dann auf den Tang und erneut zur Oberfläche.

Zittrig schiebe ich mein Messer zurück in die Scheide an meinem Gürtel, ohne ihn dabei auch nur eine Sekunde aus den Augen zu lassen. Noch einmal will ich eine Handbewegung in Richtung unserer Insel machen, doch plötzlich wird er ganz still; sein Kopf ruckt herum, dann schießt er auf mich zu, packt meine Oberarme und stößt mich nach oben. Ich durchbreche die Oberfläche – empört darüber, dass er mich so unvermittelt berührt hat, und zugleich erschrocken über seine Kraft.

Ich hieve mich wieder auf das Astwerk, krabbele rückwärts, und der Junge streckt einen starken Arm aus dem Wasser und greift nach der Wurzel über seinem Kopf. Nun habe ich zum ersten Mal ungehinderte Sicht auf seine Kiemen: dunkle Schlitze quer über den Brustmuskeln, aus denen ein paar Sekunden lang noch Wasser strömt, ehe sie sich schließen. Dann wuchtet er seinen muskulösen Körper aus dem Meer, umklammert einen Ast mit den Beinen, lässt sich kopfüber davon herabbaumeln. Die Wurzel biegt sich unter seinem Gewicht und schlingert wild hin und her.

Die Szene könnte lustig sein – unter völlig anderen Umständen.

Ich suche die Wellen ab. Eine Finne entdecke ich nicht, was aber natürlich nicht bedeutet, dass auch kein Hai da ist.

Mit einigen Schwierigkeiten zieht der Junge sich gänzlich hoch, kauert dann mit eingenickten Beinen und rundem Rücken wankend da, den Kopf weit eingezogen. So graziös er im Wasser gewirkt hat, so ungelenk bewegt er sich an Land. Einige Augenblicke lang bleibt er vornübergebeugt, hält die Augen fest zugekniffen und presst sich beide Hände auf die Furchen in seiner Brust.

Schließlich richtet er sich etwas gerader auf, drückt den Rücken durch und nimmt eine Hand von seinem Oberkörper, um sein Gewicht auf der Mangrovenwurzel auszubalancieren. Er schielt auf seine Brust – seine Kiemen – hinunter, und sein Kiefer krampft und zuckt dabei. Geschlossen fallen die Schlitze viel weniger auf, erscheinen lediglich wie schmale Einkerbungen in seiner Haut. Der Junge fährt mit einem Finger darüber, und Angst steht ihm ins Gesicht geschrieben.

Ich räuspere mich.

»Alles … in Ordnung mit dir?«, frage ich.

Er nimmt das Kinn von der Brust und blinzelt sehr schnell.

Dann späht er zur Sonne hinüber, verliert das Gleichgewicht und kippt hintenüber. Ohne nachzudenken, lange ich nach vorn und erwische seine Hand. Er packt fest zu, und seine Haut fühlt sich erstaunlich warm an. Mit der freien Hand wedelt er zum Himmel hinauf und schirmt dann seine Augen ab. Die Sonne blendet ihn. Wie lange ist er unter Wasser gewesen?

Seine große Hand umschließt noch immer meine, ganz so, als wäre ich sein rettender Anker in einem tosenden Sturm.

Das ist so surreal. Mehr als surreal.

Mein Blick huscht über seine Hände und Füße. Keine Schwimmhäute. Sein Körper ist ganz normal.

Bis auf die Kiemen. Ein Tropfen entwischt aus dem Winkel einer der Einkerbungen in seiner Brust und läuft seinen Bauch hinunter, und mir wird klar, dass er offenbar das Wasser in seiner Lunge zu halten versucht – so wie ich beim Abtauchen die Luft anhalte. Bloß bin ich mir nicht sicher, ob er überhaupt eine Lunge *besitzt*.

Ein Mensch. Der an Land nicht atmen kann. Vielleicht hat er das Wasser noch nie verlassen.

Sein Griff lockert sich nicht im Mindesten, während er sich umschaut und dann wieder prüfend seine Brust mustert.

Seine Kleidung hilft mir ebenfalls nicht, dahinterzukommen, was es mit ihm auf sich hat. Er trägt etwas, das an abgeschnittene Cargohosen in ausgeblichenem Blau erinnert; ein Hosenbein ist mit dickem, dunklem Zwirn geflickt und endet auf halber Höhe seines Oberschenkels. Ein Jagdmesser mit rotem Griff hat er mit der gleichen Schnur über seinem Knie festgezurrt. Das andere Hosenbein reicht bis zum Kniegelenk und hat an der Seite noch zwei intakte, ausgebeulte Taschen, deren Knöpfe durch Muschelschalen mit Loch ersetzt worden sind. Das Band, das er als Gürtel benutzt, scheint ein violetter Koffergurt zu sein, auf dem sich blasse Buchstaben eines Schriftzugs abzeichnen; er hat ihn auf Höhe der Taille verknotet. Ein paar schwarze Beutel hängen von den geflochtenen Lederriemen, die sich über seiner Brust kreuzen. Die leuchtenden Kugeln, die unter Wasser auf seinen Schultern geschwebt haben, hängen nun schlaff nach vorn, wie eingeschrumpelte Luftballons, und ich kann erkennen, wo sie festgemacht sind. Sie müssen mit biolumineszierenden Algen oder Plankton oder dergleichen gefüllt sein. Wieder kommt mir Ionas Lüge, mit der sie uns an Bord ihres präparierten Boots gelockt hat, in den Sinn, und ich schüttele den Kopf, um die Erinnerung zu verscheuchen.

Endlich sieht der Junge mich wieder an. Er streckt die Hand aus, und obwohl ich zurückschrecke, berührt er den Stoff meines Badeanzugs an der Schulter. Er deutet auf mich, auf sich, dann zur Insel, und verengt die Augen, als müsse er scharf nachdenken.

Ich habe keinen blassen Schimmer, was er mir zu vermitteln versucht, also zucke ich mit den Schultern.

Mit noch immer beinahe schmerzlich verzogenem Gesicht, als quäle ihn das Licht, hält er den Tang in die Höhe und gestikuliert aufs Neue in Richtung meiner Wunde. Ich nehme an, dass er mir helfen will, und da ich keine bessere Idee habe, rutsche ich rückwärts über das Geäst bis zu den Felsen, und er folgt mir, den Kopf nach wie vor zur Seite geneigt und nun gerade so weit aufgerichtet, dass er wankende Schritte machen kann.

Mein Herz hämmert. Ich sollte mit ihm reden, statt ihn anzuglotzen wie eine Idiotin.

»Ich heiße Aster.«

Sein Mund ist ein schmaler Strich, aber sein Kopf ragt

nach vorn. Er nimmt das Kinn zurück, mustert mich eingehend.

»Kannst du mich hören? Sprichst du Englisch?«

Er nickt, für jede Frage einmal.

Ich blinzele. »Kannst du sprechen?«

Ein Nicken für Ja, ein Kopfschütteln für Nein. Er weist auf mich, dann wieder auf sich selbst, presst die Lippen so fest aufeinander, dass sie weiß werden. Mit hochgezogenen Augenbrauen schüttelt er noch einmal den Kopf, als sei er die vergeblichen Erklärungsversuche leid, kraxelt dann zurück über die Wurzeln und taucht ins Meer.

12. Kapitel

WÄHREND DER JUNGE wieder unter Wasser ist, wohl um zu atmen, kauere ich mich für einen kurzen Moment hin und gebe mir alle Mühe, zu verarbeiten, was ich gerade erlebt habe. Er versteht mich, spricht aber nicht. Seine Lunge ist mit Wasser gefüllt, und um Geräusche zu erzeugen, muss Luft zwischen den Stimmbändern hindurchströmen – also *kann* er nicht sprechen. Die schemenhafte Gestalt, die ich gestern unter den Wellen jenseits des Riffs gesehen habe, ist womöglich dieser Junge gewesen.

Erneut kriecht ein kalter Schauder über meine Haut. Was, wenn er der Grund dafür ist, dass keiner der anderen Camper die Insel erreicht hat?

Ich sollte nicht gutgläubig darauf vertrauen, dass er mir helfen will. Bloß weil er mich bisher nicht verletzt hat, darf ich noch lange nicht davon ausgehen, dass er es nicht doch noch tun wird. Daher zücke ich erneut mein Messer und betrachte, wie meine Fingerknöchel am Griff blass werden. Sobald ich höre, wie er sich spritzend wieder aus dem Wasser katapultiert, pocht mein Herz lauter. Er stolpert über die

Wurzeln auf mich zu wie ein Betrunkener, und ich schlittere eilig ein wenig zurück, als er tropfnass neben mir in die Hocke geht. Er rutscht mit den Füßen umher, bis er sein Gleichgewicht halten kann; seine Augen liegen im Schatten, die Lippen sind wieder fest aufeinandergepresst.

Ich rede langsam und deutlich: »Hast du andere wie mich getroffen? Ohne … deine …« Ich gestikuliere in Richtung der Kiemen, zeige anschließend auf meine eigene Brust. Ein Rauschen erfüllt meine Ohren, während ich mich gegen erschütternde Neuigkeiten zu Poppy wappne.

Seine Augen werden groß und die Nasenlöcher flattern, als sein Kopf nach vorn schnellt. Ich hebe beide Hände, Handflächen nach vorne. Offenbar habe ich etwas Falsches gesagt. Er schüttelt den Kopf, hält dann zwei Finger in die Höhe und zeigt zu unserer Insel, nimmt einen weiteren Finger hinzu und stößt ihn vor meine Brust.

»Nur die beiden auf der Insel, plus mich? Bist du sicher? Ich suche meine Schwester.«

Wieder ein Kopfschütteln, Stirnrunzeln. Mit der Hand macht er eine abhackende Geste, und ich bekomme den starken Eindruck, dass er keine weiteren Fragen mehr beantworten will. Zumindest hoffe ich, dass es das ist, was er mir mitzuteilen versucht. Ich ziehe meinerseits die Brauen zusammen und straffe die Schultern.

»Meine Schwester ist erst elf. Ich muss sie finden.«

Er wendet den Blick ab, ruckt noch einmal – diesmal weniger heftig – mit dem Kopf hin und her und bedeutet mir schließlich abrupt, mich zu setzen. Seine Hand weist auf mein Knie, sein Kiefer verspannt sich abermals.

Schlimmer kann er die Sache nicht machen. Die Wunde pocht nach wie vor. Er holt den Tangklumpen, der ein Stück weit abseits auf den Felsen liegt, und zieht beide Brauen hoch.

»Hilft das, bei einer solchen Verletzung? Kann der Hai mich dann nicht mehr riechen?«, frage ich.

Ein Nicken.

Wenn ich von Haien gejagt werde, schaffe ich es niemals zurück auf die Insel. Gleichzeitig kann ich mir aber auch nicht vorstellen, welchen Unterschied dieses Bündel Algen machen soll. Trotzdem: Er wirkt im Wasser derart zu Hause und ist selbst von keinem Hai gefressen worden; also verkörpert er wohl meine beste Chance. Ich nehme Platz und wickele auf Anweisung des Jungen den Synthetikstreifen ab, zucke dann zusammen, als ich das geballte Füllmaterial aus dem Riss pule und frisches Blut austritt. Der Junge klappt seinen Körper regelrecht in der Mitte zusammen, um den Schnitt genau zu untersuchen, und rümpft dann die Nase, als gefalle ihm das, was er vor Augen hat, ganz und gar nicht.

Am liebsten würde ich ihm sagen, dass ich nun einmal keine Zeit hatte, mich akribisch darum zu kümmern, und leider auch keinen Erste-Hilfe-Koffer auf der Insel gefunden habe, doch ich halte den Mund.

Er eilt mit langen Schritten zurück ans Meer, lässt einen seiner schwarzen Beutel mit Wasser vollaufen und gießt es anschließend über den Schnitt, um ihn zu reinigen. Es brennt, und ich ziehe scharf die Luft ein. Er langt in eine andere Tasche, diesmal an einem seiner Brustriemen, und als er die Finger wieder hervorzieht, klebt daran ein grünliches Gel.

Der Junge hält inne, mustert mich prüfend. Seine Miene verschiebt sich zu einer Grimasse: gehobene Augenbrauen, aufblitzende Zähne. Ich habe keine Ahnung, was das heißen soll.

Er packt mein Bein fest unterhalb des Knies, und der plötzliche Hautkontakt lässt mich zusammenzucken; allerdings bin ich sofort abgelenkt, denn er schmiert mir die kalte Paste in die Wunde, und es fühlt sich an, als würden tausend Wespen gleichzeitig zustechen. Eine Schmerzwelle rast mein Bein hinauf, ich kreische und trete nach ihm, sodass er meinen Knöchel mit der anderen Hand fixieren muss. Mein Rücken krümmt sich, Schweiß kribbelt auf meinem Scheitel. Ich werfe mich nach vorn, bekomme seinen Oberarm zu fassen und quetsche ihn mit beiden Händen, aufeinandergebissenen Zähnen und aller Kraft. So plötzlich, wie die Tortur begonnen hat, klingt sie wieder ab und weicht einem kühlen Prickeln, und mein heiserer Schrei verhallt in meiner Kehle. Ich wische mir mit einer zitternden Hand Tränen aus den Augenwinkeln und schaue zu Boden.

Der Junge drückt die Wunde mit den Fingern zusammen. Er sucht meinen Blick und hält ihn, bis mein Atem langsamer geht, und als seine Mundwinkel sich zu einem geschlossenen Lächeln kräuseln, funkele ich ihn zornig an.

»Das hat echt, *echt* wehgetan!«

Er nimmt probeweise die Finger weg und ich beuge mich sprachlos vor Staunen nach vorn. Das Wundgewebe bleibt verbunden, kaum mehr als eine dünne, dunkle Linie ist noch zu erkennen. Während der Junge sich wieder zum Wasser umdreht, starre ich weiter baff auf mein Bein, dann auf seinen Rücken. Er taucht ein.

Als er zurückkehrt, geht er erneut neben mir in die Hocke und klatscht den durchscheinenden Tang, den er mir zuerst angeboten hat, über die Verletzung. Sofort straffen sich die Pflanzen, wie eine dieser Gesichtsmasken zum Abziehen, und trocknen innerhalb von Sekunden auf meiner Haut. Mit der Kante eines Daumens reibt er ihre Oberfläche glatt, quetscht sämtliche Lufteinschlüsse heraus. Jetzt, da er mir keine unsäglichen Qualen mehr bereitet, bemerke ich, wie behutsam seine Bewegungen sind, wie lang seine Finger. Er ist mir ganz nah, sein Scheitel knapp unter meinem Kinn. Aus diesem Winkel erscheint er wie ein ganz gewöhnlicher Junge. Sein Haar steht in glänzenden schwarzen Büscheln vom Kopf ab, über der Stirn und an den Seiten kürzer, dick und lang dagegen die hintere Partie, die ihm nass und klumpig auf die Schultern fällt. Ein Haarschnitt, den die meisten Jungen wohl schon seit den Siebzigerjahren nicht mehr wagen würden – doch ihm steht er, und ich schätze, so geraten ihm beim Schwimmen zumindest keine Strähnen in die Augen. Am Nacken entdecke ich noch drei weitere Hautfurchen, die sich bis zu seinen Ohren krümmen. Weitere Kiemen.

Er riecht salzig, nach Junge, aber nicht unangenehm; nach nasser Haut, die in der Brise trocknet. Normal.

Gleichzeitig eindeutig *nicht* normal. Ein Junge, der unter Wasser atmet. Ein Meerjunge. *Sea Boy.*

»Ich sollte mich vermutlich bei dir bedanken«, sage ich, »obwohl du mich gefoltert hast.«

Er zieht die Augenbrauen hoch und zuckt mit den Schultern, als wolle er sagen: »Wäre nett.« Ich ertappe mich dabei, wie ich lächele.

»Kann ich jetzt ... gefahrlos zurückschwimmen?«

Er lehnt sich nach hinten und kräuselt erneut die Nase, scheint anzuzweifeln, dass ich dazu in der Lage bin.

Das ärgert mich.

»Ich habe es problemlos bis hierher geschafft, und ich muss zurück«, betone ich.

Ich stehe auf. Er streckt die Hand nach meinem Hals aus, legt seinen eigenen Kopf auf die Seite, und ich ducke mich weg. Er tippt sich hinters Ohr, bis ich verstehe. Meine Haare sind noch immer zu dem unordentlichen hohen Knoten gebunden, den ich mir vor dem Schwimmen gemacht hatte, aber jede Menge Strähnen haben sich gelöst, und ich schiebe sie zur Seite, sodass er meinen Nacken sehen kann.

»Ich habe keine ...«, setze ich an. »Sind das ... Kiemen?«

Er fängt meinen Blick auf. Das Sturmgrau seiner Augen ist überwältigend im Kontrast zu seiner Hautfarbe, doch jetzt, über der Oberfläche, erscheinen sie mir nicht mehr so sonderbar.

Seine Miene wirkt verhalten, nachdenklich, und es kommt mir vor, als sei er innerlich über etwas zerrissen. Das Licht jenseits des Inselschattens hat inzwischen ein sattes spätnachmittägliches Orange angenommen. Ich will nicht im Dunkeln zurückschwimmen. Er klopft sich auf die Brust, zeigt auf mich, gestikuliert schließlich zu der Insel in der

Ferne. Dann springt er ins Wasser. Mir bleibt kaum etwas anderes übrig, als diesem Meerjungen zu folgen. Nach einem letzten Blick hinunter auf mein Knie schüttele ich den Kopf und stürze mich in die Kräuselungen, die von ihm geblieben sind.

13. Kapitel

ICH TAUCHE WIEDER auf, um meine Schwimmbrille zu fixieren. Sea Boy schwebt unter mir im Wasser. Er gibt Klicklaute von sich, die er – nach seinen Kieferbewegungen zu urteilen – mit den Backenzähnen erzeugt.

Ein gewaltiger Fisch rauscht heran und verursacht mit seinen dreieckigen Flossen so heftige Wirbel, dass ich ins Taumeln gerate. Ich stoße alle Luft auf einmal aus und katapultiere mich hinter Sea Boy. *Hai*, schreit es in meinem Kopf, selbst dann noch, als mir klar wird, dass mein Begleiter nicht im Mindesten beunruhigt wirkt. Mit einer Hand auf seiner Schulter finde ich meine Balance wieder und spähe dann um ihn herum. Ein Riesenmanta. Ich erkenne ihn aus diversen Naturdokus wieder. Der Rochen ist dreimal so groß wie ich und könnte mich mit seiner gigantischen zahnlosen Mundhöhle vermutlich im Ganzen verschlucken. Merkwürdige Ausbuchtungen wölben sich unter seinen weit auseinanderliegenden Augen; er ist schwarz mit weißen Flecken am Rücken und einer komplett weißen Bauchseite und hat dazu einen kegelförmigen schwarzen Schwanz. Mit seinem flachen Kopf stupst er jetzt den Jungen leicht in den Bauch, bis dieser ihm die Kiemen streichelt und dabei weiter seine Backenzähne klappern lässt.

Braune Algen sind um den Kopf des Mantas und über seine flügelartigen Flossen geschlungen, wie ein Geschirr.

Oh nein.

Sea Boy greift die Zügel über dem Rochenschädel und hakt seine Füße in einen Gurt unter dem langen, stacheligen Schwanz.

Hat er vor, das Tier zu *reiten*?

Ich starre den Jungen mit großen Augen an. Im Ernst?

Sea Boy klickt wieder seine Zähne aufeinander, und der Manta rauscht davon mit seinem Reiter, der sich fest an den Rücken des Rochens presst. Die beiden schlängeln sich mal hierhin, mal dorthin, und schießen dann fort ins tiefe Blau, ehe das Tier abrupt seinen Körper zur Seite dreht und gemächlich wieder Kurs auf mich nimmt. Mir schnürt sich die Kehle zu, als es haarscharf an mir vorbeizieht und mich dabei aufs Neue herumwirbelt, und ich tauche hustend auf. Die Sonne neigt sich bereits dem Horizont entgegen, der Ozean glitzert bernsteinfarben, und ich weiß, die Insel ist zu weit entfernt, als dass ich sie aus eigener Kraft vor Einbruch der Dunkelheit erreichen könnte. Über der Wasseroberfläche bin ich in gewaltigen Schwierigkeiten – und unter den Wellen atmet ein Junge Meerwasser und reitet auf einem gigantischen Manta. Ich hole tief Luft und sinke wieder hinab.

Träge lenkt Sea Boy den riesigen Rochen hin und her. Er bedeutet mir, näher zu kommen.

Ich schwimme hinüber, und er lässt sich auf mich zutreiben, bis ich über den beiden schwebe. Was zur Hölle tue ich hier? Der Junge ruckt den Speer auf seinem Rücken zurecht, sodass die Waffe schließlich an seiner Seite hängt, und als er mir signalisiert, dass ich mich an ihm festhalten soll, scheint es mir beinahe, als liege ein Hauch Schüchternheit in seiner Miene. Ich schüttele ungläubig den Kopf über mich selbst und rudere dann auf ihn zu, atme ein paar Luftblasen aus, um weniger Auftrieb zu haben. Ich drücke mich an den Jungen, Bauch an Rücken, und bevor ich noch Zeit habe, diese Nähe als unbehaglich zu empfinden, schlägt der Rochen mit den Flügeln, und ich muss Sea Boys Oberkörper fest umklammern, wenn ich nicht zurückbleiben will. Ich schlinge meine Beine um seine und klebe meine Wange zwischen seine Schulterblätter, während der Riesenmanta Tempo aufnimmt. Es ist grandios und beängstigend zugleich.

Als meine Lunge nach Sauerstoff schreit, nehme ich das Gesicht vom Rücken des Jungen, tippe ihm mit einem Finger in die Seite, und er dirigiert den Rochen an die Oberfläche, wo das Tier gerade lang genug knapp unter den Wellen entlangfliegt, dass ich prustend Luft holen kann, ehe es wieder in die Tiefe schießt. So pendeln wir uns ein, und schon bald weiß der Meerjunge intuitiv, wie lange ich zwischen zwei Atemzügen durchhalte, ohne dass ich mich bemerkbar machen muss. Schließlich werden wir langsamer, und ich entkrampfe erleichtert meine Muskeln. So zügig, wie wir unterwegs gewesen sind, haben wir die Insel vermutlich bereits erreicht. Doch als ich den Kopf hebe, wabert über mir eine Wolke blassblauer, glibberiger Schirme und tanzender Tentakel. Erschrocken schnaube ich ein paar Luftbläschen aus.

Quallen.

Der Schwarm erstreckt sich in beide Richtungen weiter, als mein Auge reicht, und blockiert unseren Kurs. Lediglich ein Korridor von knapp zwei Metern Höhe direkt über dem Meeresboden ist frei von den Nesseltieren.

Sea Boy hebt eine Hand, gibt mir zu verstehen, dass wir warten müssen. *Ach was.* Ich katapultiere mich zur Oberfläche, um zu atmen, und sehe mich um. Die Insel ist mittlerweile so nah, dass ich einzelne Felsen ausmachen kann. Ich drehe mich im Wasser, und mein Blick bleibt an einem dunklen Fleck hinter mir hängen, in jener Richtung, aus der wir gerade gekommen sind. Der Seegang ist nun stärker, rauer. Mir fällt wieder ein, dass ich etwas Ähnliches auch vor der Mangroveninsel bemerkt habe. Ein Boot? Ein Schwimmer?

Ich trete schneller Wasser, mühe mich, meinen Körper höher aus den Wellen zu recken, damit ich freiere Sicht bekomme, doch als es mir gelingt, kann ich nichts mehr entdecken. Entweder habe ich es mir eingebildet, oder es muss ein Stück Treibholz gewesen sein. Ich ducke meinen Kopf unter und spähe hinüber, doch im Wasser ist die Sichtweite noch geringer, und ich erkenne nichts als schwindelerregendes unendliches Blau. Sea Boy fegt von unterhalb des Quallenschwarms auf mich zu, bringt beide Handflächen dicht aneinander, um eine kurze Entfernung anzudeuten, und zeigt dann zur Oberfläche. Er glaubt, ich kann die verbleibende Strecke in einem Atemzug bewältigen?

Ich schaue ihm in die Augen. Unter Wasser nimmt ihr Grau einen milchigen Glanz an, da die Hornhaut das Licht auf merkwürdige Weise reflektiert. Er hat mir mit meinem

Bein geholfen und sich gemerkt, wie lange ich zwischen zwei Atemzügen die Luft anhalten kann. Ich möchte ihm vertrauen.

Aber wie giftig sind diese Viecher überhaupt? Ich nicke zu den Quallen hinüber und fahre mir schlitzend mit einem Finger über den Hals, hebe fragend die Augenbrauen. Er nickt mit weit aufgerissenen Augen. Zeigt mir dann das violette Mal auf seiner Wange, imitiert meine vorherige Geste und ergänzt sie um eine Grimasse mit geschlossenen Augen und heraushängender Zunge. *Toter Mann.*

Großartig. Also wohl ziemlich giftig.

Ich steige noch einmal zur Oberfläche auf und atme besonders tief ein, leere meine Lunge und fülle sie wieder, dreimal hintereinander. Wenn ich im Schwimmbecken eineinhalb Bahnen am Stück tauchen kann, dann schaffe ich auch das hier. Ich schwimme hinab und schlinge meine Arme aufs Neue fest um Sea Boy. Kaum habe ich die Füße an seinen Knöcheln untergehakt, gleiten wir rasch in die Tiefe zum unteren Rand des Wusts aus Quallen und winden uns darunter hindurch. Die Spitzen der riesigen Mantaschwingen wirbeln Ablagerungen vom Meeresboden auf. In meinen Ohren ploppt es, und der Druck presst meinen Schädel zusammen. Ich spüre die Masse der Quallen als weißliche Gewitterwolke über uns, obwohl ich sie bei unserem rasanten Tempo nicht einmal mehr deutlich erkennen kann.

Meine Brust ist schon jetzt zu eng. Und kaum nistet sich dieser Gedanke in meinem Gehirn ein, erschlägt mich die Panik ohne Vorwarnung, und ich tue das Schlimmste, was mir einfallen könnte. Ich mache den Mund auf.

Die Luft strömt aus mir hinaus, ich verliere den Halt um Sea Boys Taille. Er und der Rochen rasen noch einige Herzschläge lang weiter, während ich in ihrem Sog auf die zuckenden Tentakel über mir zutaumele. Sea Boy macht sich von dem Rochen los, kehrt um und reißt mich an der Taille nach unten. Meine Augen springen in hektischer Verzweiflung hin und her. Oberhalb unserer Köpfe breiten sich die Quallen in alle Richtungen aus, bilden eine giftige Decke. Doch die Krämpfe in meiner Brust sind mittlerweile unerträglich. Ich muss atmen.

Durch meine Schwimmbrille hindurch finden meine Augen die des Jungen, und seine Hand fasst mich fest um die Mitte. Er hält mich ruhig, bewegt die Lippen, und sein Blick fleht darum, dass ich begreife, was er mir mitteilen will – aber was soll ich verstehen? Ich *weiß*, dass die Quallen hochgiftig sind, aber ich brauche Luft, sonst sterbe ich sowieso.

Meine Lungenflügel schreien, und ich ziehe ruckartig mein Knie an, treffe ihn am Oberschenkel. In einer flinken, flüssigen Bewegung umrundet Sea Boy mich, legt mir von hinten einen Arm um die Schultern und fixiert mit dem anderen meine beiden Arme an meinem Oberkörper.

Nein. Sein Herz hämmert gegen meine Wirbelsäule, meine Brust will jeden Moment bersten. Ich winde mich, krümme den Rücken, mobilisiere sämtliche Kraftreserven, um meinen Ellenbogen in seinen Körper zu rammen, trete wild mit den Hacken nach ihm aus.

Lass mich los!

Ich werfe den Kopf zurück und lasse ihn gegen sein

Schlüsselbein krachen. Krümme die Hände und kratze nach jedem Zentimeter seiner Haut, den ich erreichen kann. Schwarze Punkte platzen in meinem Sichtfeld wie vertropfte Tinte, durchzuckt von Lichtblitzen. Der Drang zu atmen ist beinahe übermächtig; ich muss mich befreien, muss an die Oberfläche.

Du ertränkst mich!

Die Zeit friert ein.

Das Zischen der Sauerstoffflasche. Mums Stimme.

Armzug.

Beinschlag.

Atmen.

Mit der Kraft der Verzweiflung reiße ich beide Knie in die Höhe und werfe mich nach vorn. Den Arm des Jungen erreiche ich mit dem Kiefer. Aster ist verschwunden, übrig nichts weiter als urtümlichste Instinkte. Ich versenke meine Zähne in seinem Unterarm, schleudere den Kopf nach rechts und nach links, bis sein metallisches Blut meinen Mund flutet. Sein Griff um mich lockert sich ein wenig.

Gerade genug.

Ich kämpfe mich aus seiner Umarmung und katapultiere mich aufwärts. Seine Hand langt nach meinem Knöchel und ich trete blind aus, treffe sie mit der Ferse. Während ich durch die weiße, pulsierende Wolke aus Quallen schieße, kann ich an nichts anderes denken als Sauerstoff. Ich spüre die wulstigen Körper, das Kitzeln der Tentakel, die mich streifen. Keinen Schmerz. Die Quallen sind also doch nicht giftig. Es wird hell, ich muss der Oberfläche schon nah sein …

Höllenqualen brechen über mich herein, ein unkontrollierbares Zittern schüttelt meinen ganzen Körper, kurz bevor ich die Wellen durchstoße, und ich krümme mich vor Schmerzen, hilflos und wie gelähmt, als die Quallenstiche jeden Millimeter meiner Haut in Brand setzen.

14. Kapitel

SAM SCHAUT ZUM Himmel hinauf und tritt kräftiger in die Pedale. Sein Heimweg von seinem Wochenendjob im Fahrradladen führt ihn am Flussufer entlang, und durch die tief hängenden Wolken ist es dunkler als gewöhnlich. Er hätte sein Licht anschrauben sollen; Grandpa würde ihm den Marsch blasen, dass er so unvorbereitet losgefahren ist. Beim Gedanken an ihn muss Sam seufzen. Grandpa liegt noch immer im Krankenhaus, und sein Zustand scheint sich nicht zu verbessern.

Auf dem letzten Kilometer zu seinem Haus begegnet Sam für gewöhnlich niemandem; deshalb erschrickt er umso mehr und kommt ins Schlittern, als die Gestalt auf einer Bank am Pfadrand vor ihm abrupt aufsteht und seinen Namen ruft. Um ein Haar verliert er das Gleichgewicht, kann sich gerade noch rechtzeitig aufrichten, als sein Hinterrad schon einige Zentimeter über der Böschung hängt.

»Hey, was zum –?«

»Entschuldige, ich wollte dich nicht überrumpeln.« Der Mann streckt den Arm aus, als wolle er Sam behilflich sein, fängt dann aber den Blick des Jungen auf und hebt beschwichtigend beide Hände. Sam funkelt ihn wütend an, die Querstange seines Rads unangenehm zwischen den Beinen, beide Füße nun fest auf dem Boden.

Er mustert das breite, offene Gesicht und die blaugrünen Augen, darüber die zur Mitte hin hochgewölbten Augenbrauen, die dem Mann einen allzeit überraschten oder besorgten Ausdruck verleihen. Zuerst ist Sam überzeugt, dass er es nicht wirklich sein kann. Dass seine Augen ihm etwas vorgaukeln, weil er zu oft an den Arzt gedacht hat.

Der Mann macht einen Schritt nach vorn, lächelt. »Ich bin Dr. Nygard, wir haben uns im Krankenhaus kurz getroffen. Du hast mir eine E-Mail geschrieben. Ich hoffe, es ist in Ordnung, dass ich gekommen bin; ich dachte, wir unterhalten uns besser persönlich.«

»Woher wussten Sie, dass ich hier sein würde?«, fragt Sam. Er hat darum gebeten, mit dem Arzt sprechen zu dürfen – nicht, von ihm gestalkt zu werden.

»Dein Großvater hat mir erzählt, wo du arbeitest. Er hat dich unglaublich gern.«

Sam zieht argwöhnisch die Augenbrauen hoch, und Dr. Nygard spricht weiter.

»Ich verstehe, dass du Fragen hast. Deinen Großvater habe ich im Rahmen einer medizinischen Studie kennengelernt, die bedauerlicherweise abgebrochen wurde.«

»Wieso wurde sie denn abgebrochen? Bei meinem Grandpa schlugen die Medikamente doch an.«

»Das lag an gewissen … Umständen … außerhalb meines Einflussbereichs.«

In der Ferne macht Sam eine Frau auf dem Pfad aus. Der Arzt hat ihm einen Schrecken eingejagt, wirkt sonst aber nett und anständig. Sam gibt sich alle Mühe, seine Nerven zu beruhigen, und setzt seinen Heimweg zu Fuß fort. Der Arzt geht mit langen Schritten stumm neben ihm her, und Sam fragt sich, ob der Kerl ihn tatsächlich nicht von der Brandstelle wiedererkennt. Schon möglich, nimmt er an, und beschließt daher, die Sache einfach offen anzusprechen.

»Wir haben uns auch an dieser Brandstätte im Busch getroffen, in der Nähe von Tokomaru. Vielleicht erinnern Sie sich daran.«

Sam bemerkt, wie der Kiefer des Arztes sich verspannt und sein Adamsapfel hüpft, als er schluckt. Das jagt Sam einen kurzen Adrenalinstoß durch den Körper – denn ganz gleich, was der Doktor als Nächstes sagen wird, Sam ist sich nun endgültig sicher, dass es sich um denselben Mann handelt.

»Was weißt du über das Ökodorf, Sam?«, fragt Dr. Nygard betont langsam und bedächtig.

Sam hält inne, rätselt, ob der Arzt zugeben wird, dass er dort gewesen ist.

»Nichts. Ich wollte bloß herausfinden, was aus diesen Mädchen geworden ist.«

Dr. Nygard holt tief Luft.

»Ich erinnere mich an unsere Begegnung. Und ich sollte mich bei dir entschuldigen. Dieses Camp war eine vertrauliche Angelegenheit, unsere Arbeit dort ein wenig heikel – und als wir uns das erste Mal getroffen haben, stand ich noch unter Schock, wegen des Feuers. Es ist nämlich so, dass ich dort mit einer Kollegin gearbeitet hatte, und auch die Leute, die im Dorf lebten, waren Teil meiner – unserer – Studie. Allerdings wollte meine Kollegin immer weniger Kontakt zur Außenwelt. Schließlich hat sie das Camp an einen neuen Ort umgesiedelt, ohne mich davon in Kenntnis zu setzen, und wichtige Forschungsunterlagen mitgenommen. Ich sorge mich um die Studenten, die dort gewohnt haben, denn das Verhalten meiner Kollegin war in letzter Zeit … unberechenbar.«

Sam kommen die Fotos in den Sinn; er beißt sich auf die Lippe. Zumindest jetzt scheint dieser Typ ihn nicht anzulügen. Also waren die Mädchen und all die anderen Camper Teilnehmer einer medizinischen Studie? Für Patienten kamen sie ihm ziemlich jung und gesund vor. Nygard hat keine Ahnung, dass Sam diese Bilder kennt, und Sam beschließt, diese Tatsache vorerst für sich zu behalten und abzuwarten, ob ihm die restliche Geschichte des Arztes stimmig erscheint.

»An was für einer Studie waren die Bewohner des Ökodorfs denn beteiligt? Ging es dort auch um eine versuchsweise Behandlung mit Marisogen, wie bei meinem Großvater?«

Nygard wirft Sam einen Seitenblick zu, und Sam fällt wieder ein, dass Grandpa eine Verschwiegenheitserklärung erwähnt hat, derentwegen er nicht über die Studie reden durfte.

»Nicht direkt. Meine Kollegin hatte mit dem Testlauf von Marisogen per se nie etwas zu tun, das war mein Projekt. Zwar entsprungen aus unserer gemeinsamen Forschung, aber ich habe das Labor in der Nähe des Camps geleitet. Als sie nun verschwunden ist, hat sie mein Labor ausgeräumt und meine Unterlagen von dort mitgenommen. Sie hat sogar das Ökodorf niedergebrannt. Wegen ihres Verschwindens kann ich meine Arbeit nun nicht fortführen.«

Sam sieht wieder den bunkerähnliche Bau vor sich, den er in der Nähe der Brandstätte entdeckt hat. Das muss das Labor gewesen sein.

Der Arzt bleibt stehen, und Sam wendet sich zu ihm um. Die Stirn des Mannes ist in besorgte Falten gelegt, und seine Augen blicken ernst.

»Vertrau mir, Sam«, sagt Dr. Nygard. »Das Wohlergehen der Campteilnehmer ist für mich von zentraler Bedeutung. Ich habe bereits beträchtliche Zeit aufgewendet, um nach ihnen zu suchen.«

Dr. Nygard hält seinen Blick, und auch Sam unterbricht den Augenkontakt nicht. Die Miene des Arztes wirkt ruhig, freundlich, und doch erscheint sie Sam ein wenig starr und aufgesetzt. Sam öffnet den Mund, will ihm von Poppys Handy erzählen; das könnte mit dem Verschwinden der Camper in Zusammenhang stehen. Aber etwas hält ihn vom Reden ab. Es ist nicht leicht, unterzutauchen – und diese Kollegin Nygards muss ihre Gründe für einen derart drastischen Schritt gehabt haben.

»Tja, solltest du je in dieser Sache etwas mitbekommen, setz dich bitte mit mir in Verbindung, Sam. Jedes Detail, das du herausfindest, jeder Hinweis, selbst die scheinbar unwichtigste Nebensächlichkeit, über die die Mädchen womöglich geplaudert haben, könnte wichtig sein. Dazu führen, dass die Versuchsreihe mit Marisogen weiterverfolgt wird, und somit letztlich sehr vielen Menschen helfen«, sagt er. »Schreib mir eine Mail, jederzeit.«

»Wenn Sie sie also finden, dann wären Sie in der Lage, Grandpas Behandlung dort wiederaufzunehmen, wo Sie sie unterbrochen haben – oder müssten Sie mit Ihrer Forschung ganz von vorn anfangen?«

»Sofern dein Großvater zustimmt, könnte ich ihn unverzüglich weiter mit Marisogen therapieren. Alles, was ich dafür benötige, sind die Unterlagen, die Iona Wright mitgenommen hat.«

Sam blinzelt. Natürlich: Seine Kollegin ist Iona. Tante Iona. Er erinnert sich, dass die Mädchen von ihr gesprochen haben. Sam und Nygard wenden beide den Blick ab und gehen im Gleichschritt ein Stück auf dem Weg voran.

»Du weißt, wie du mich erreichst, Sam«, sagt der Arzt, berührt Sam noch einmal leicht an der Schulter und nimmt dann die nächste Abzweigung.

Sam springt auf sein Rad und rast wesentlich schneller als üblich nach Hause.

Später am Abend tigert er in seinem Zimmer auf und ab. Er ringt mit sich, ob er Nygard aufs Neue kontaktieren und ihn in seinen Fund des Handys einweihen soll. Der Mann hat ihm von dem Camp erzählt, seine frühere Lüge zugegeben – aber die ganze Situation ist schlicht ziemlich … merkwürdig.

Er sucht nach Jonathan Nygards und Iona Wrights Namen im Internet, klickt in die Bildergebnisse und scrollt. Da. Ein

Mann und eine Frau, beide jung, beide lächelnd, in aufgeknöpften weißen Laborkitteln über schlichten Jeans.

Genetiker und Onkologin vereinbaren Zusammenarbeit, um Praxis der Isolation von genetischen Krebsmarkern entscheidend voranzubringen.

Sam schielt auf das Datum. Das Foto ist siebzehn Jahre alt. Er blinzelt, als er die junge Frau genauer betrachtet. Sie sieht Aster wirklich ähnlich.

Andere Hinweise auf eine Verbindung zwischen Dr. Nygard und der Tante der Mädchen liefert die Suchanfrage nicht, ebenso wenig wie auf das Camp im Busch oder eine medizinische Studie, und auch nicht auf Marisogen. Eine Suche nach Iona Wright führt Sam zu einer Reihe unterschiedlicher Artikel über ihre Arbeit als Onkologin in Kriegsgebieten, Flüchtlingslagern und Slums. Das hatte Poppy bereits angedeutet.

Außerdem findet Sam einige Fachzeitschriftenbeiträge. Offenbar hat Iona auch ein spezifisches Interesse an … Tieren.

Tieren?

Sam runzelt die Stirn und überlegt kurz, ob es sich diesmal um eine andere Iona Wright handelt. Auf einem Artikelfoto erkennt er sie allerdings wieder und überfliegt den Text. Sie hat ein paar Essays über Afrikanische Lungenfische geschrieben, die in der Lage sind, ihren Stoffwechsel derart zu verlangsamen, dass sie in einen Zustand des Scheintods eintreten und so bis zu fünf Jahre außerhalb eines Gewässers überleben können. Der Fisch ist praktisch tot und wird dann wieder lebendig. Na, wer hätte das gedacht? Was dieses Phänomen jedoch mit der Heilung von Krebs zu tun hat, erschließt sich Sam nicht. In anderen Artikeln geht es um den Nacktmull, ein hässliches Nagetier ohne Fell, das ebenfalls fähig ist, ohne Sauerstoff zu überleben und ... Sam setzt sich aufrecht hin.

In Wissenschaftskreisen ist der Nacktmull berühmt als eines der wenigen Tiere, die allem Anschein nach nicht an Krebs erkranken.

Sam trommelt mit den Fingern auf die Schreibtischplatte und sucht dann nach dem Veröffentlichungsdatum des Essays.

Nygard und Iona hatten also an dieser Geschichte rund um genetische Marker geforscht und sind dann wieder zusammengekommen, nachdem Iona sich mit scheintoten, krebsresistenten Tieren beschäftigt hatte.

Was haben die beiden wirklich getrieben, in ihrem geheimen Ökodorf und dem verborgenen Labor mitten im Nirgendwo? Irgendetwas Wahnwitziges mit Tieren?

Sams Knie zappelt. Er nimmt einen Schluck Cola, verzieht das Gesicht; das Getränk ist warm und abgestanden. Außer dem leisen Surren des Lüfters an seinem Laptop und dem Ächzen und Stöhnen des Hauses, das für die Nacht zur Ruhe kommt, ist nichts zu hören. Mum und Dad liegen bereits im Bett, und dort sollte er ebenfalls sein.

Er zieht die Stirn erneut in Falten, recherchiert dann nur nach Nygard. Für den Arzt erscheinen weniger Treffer als für Iona. Er taucht in ein paar Personallisten von Krankenhäusern auf. Dann fällt Sam ein Blogpost auf einer Website voller Verschwörungstheorien ins Auge.

PRÄHISTORISCHE MEERMENSCHEN – PURE AUGENWISCHEREI

Der Medizinstudent Jonathan Nygard hatte behauptet, ein sechs Millionen Jahre altes Fossil entdeckt zu haben. Dabei sollte es sich um einen prähistorischen Hominiden – einen unserer frühesten Vorfahren – handeln. Jenes Fossil, das der zwanzigjährige Norweger während eines Sommers als wissenschaftlicher Forschungsassistent gefunden hatte, war angeblich im tiefsten Eis Spitzbergens eingeschlossen. Das allein wäre beeindruckend genug gewesen, doch Nygard hatte eine Verwachsung des versteinerten Skeletts an Knie und Fuß beschrieben: einen Schwanz. Außerdem wollte er fischähnliche Kiemen zwischen den Rippen ausgemacht haben.

Nygards manipulierte Folien und Scans waren so überzeugend, dass eine Reihe Professoren und Professorinnen der renommiertesten paläontologischen Fakultäten weltweit bereits Reisen zu seinem Forschungsstützpunkt am Rand der Arktis plante. Zu Nygards Glück verzögerten schlechte Wetterbedingungen die Anreise, sodass sich dem jungen Hochstapler noch eine Gelegenheit bot, seinen Betrug einzugestehen.

Sam sieht vom Bildschirm hoch. Zum Zeitpunkt dieses Schwindels war Nygard zwanzig, Medizinstudent. All das hat sich also zugetragen, lange bevor er eine Laufbahn als Genetiker eingeschlagen oder Iona kennengelernt hat.

Prähistorische Meermenschen? Sam gräbt die Finger in sein Haar, verwirrter denn je.

Dann verliert er sich völlig in einer bodenlosen Recherche

über frühe menschliche Vorfahren. Die meisten Theorien stimmen darin überein, dass sich der Mensch aus der Linie des Affen entwickelt hat, und zwar im Zuge der Anpassung an das Leben in den Grassteppen Afrikas. Einen eindeutigen evolutionären Grund dafür, dass der moderne Mensch kein Fell mehr besitzt, über so viel Unterhautfett verfügt oder aufrecht geht, kann bislang jedoch offenbar niemand vorweisen. Es gibt die sogenannte Wasseraffen-Theorie, doch in sämtlichen Forschungsberichten, die Sam überfliegt, ist niemals von Fischschwänzen die Rede. Oder von Kiemen.

Sam schwirrt der Kopf.

Nygard und Iona, die gemeinsam an Krebs forschen. Womöglich an irgendeiner genetischen Hypothese.

Und dann …

Zwei Waisen, die in einem versteckten Ökodorf untergekommen waren und nun unauffindbar sind.

Und die Marisogen-Therapie, die bei Grandpa so gut angeschlagen hat und mit ihnen verschwunden ist.

Teil 3

SINKEN

15. Kapitel

MEINE HAUT STEHT in Flammen. Meeresrauschen, Sand unter mir. Ich bin am Strand. Die Welt schwankt wie verrückt, und als ich mich auf die Seite rolle, muss ich würgen. Ich erbreche, bis mein Magen sich vollkommen leer anfühlt. Schmerz beherrscht mich, schüttelt meinen ganzen Körper, und sobald ich versuche, die Augen zu öffnen, werde ich von einer anderen Form von Dunkelheit überfallen. *Nein.* Ich höre mein eigenes Stöhnen und meinen Atem, der durch zusammengebissene Zähne pfeift. Meine Hände krallen sich in meine Oberschenkel, während ich mich zusammenkauere; am liebsten würde ich mir die Haut vom Leib reißen – alles, um diesen Qualen ein Ende zu bereiten.

Erinnerungsfetzen dringen durch den Schmerz. Die Quallen. Ich bin gestochen worden, übel. Aber ich habe überlebt. Tief einatmen … und wieder aus. Ich muss stillliegen, nicht länger herumzappeln. Der Meerjunge. Unmöglich. Er hat mich unter Wasser gehalten.

Das Brennen stumpft ab zu einem Glimmen; entweder gewöhnt mein Körper sich daran, oder meine Reglosigkeit hilft ein winziges bisschen. Noch einmal probiere ich, die Augen zu öffnen. Eine Gestalt liegt ein Stück weit von mir entfernt im Sand. Grauer Neoprenanzug.

Der erste Tag kommt mir wieder in den Sinn, mein Aufwachen am Strand. Es ist, als würde ich in einem verfluchten Albtraum festhängen, der sich nun von vorn wiederholt.

Wer ist das? *Poppy?!*

Ich drücke mich auf Händen und Knien hoch, japse und keuche vor Schmerz, beiße die Zähne zusammen, krabbele dann auf den Körper zu.

Nicht Poppy, zu groß – ein Junge. Rötliche Locken. Callum. Je schneller ich krieche, desto schlimmer tut mir alles weh; mein ganzer Körper zittert, ist heiß, und meine Arme können mein Gewicht kaum tragen.

Einen Meter von Callum entfernt halte ich inne.

Die Vorderpartie seines grauen Anzugs ist von irgendetwas durchtränkt. Ein dunkler, nasser Fleck breitet sich über den oberen Teil seiner Brust aus. Meine Atemzüge sind laut, stockend, füllen meinen ganzen Kopf.

Mein Blick wandert seinen Hals hinauf, während Dunkelheit von den Rändern meines Sichtfelds hereinwabert. Ich will nicht hinsehen, kann aber die Augen nicht abwenden.

Alles rot verschmiert.

Alles wird schwarz.

Dunkelheit. Ein Flüstern. »Aster? Kannst du mich hören?«

Dann viel lauter, sodass es mir in den Ohren schmerzt: »Iona! Iona, sie wacht auf!«

Ich öffne blinzelnd die Augen und stöhne. Iona? Halb lächelnd, halb schluchzend vor Erleichterung sinke ich zurück auf den Sand. Ein Traum. Ein Albtraum. Iona ist hier, also bin ich wieder im Camp in Wildhaven …

Callum. Das ist nicht wirklich passiert.

Aber meine Haut, sie kribbelt, als wäre sie mir zu eng über die Knochen gespannt.

Ich stemme mich auf die Ellenbogen. Wände aus grünen Bambusstangen und warme Luft. Die Geräusche des Ozeans dröhnen in meinem Kopf, und an der Tür steht Beti im hellen Sonnenlicht; ein Band aus geflochtenen Blättern hält ihre Haare zurück.

Alles stürzt wieder auf mich ein. Sea Boy. Die Quallen. Ich bin gestochen worden.

Callum. Das nicht – das kann nicht wirklich geschehen sein.

Beti hat nach Iona gerufen. Sind die anderen hier?

»Poppy?«, frage ich mit brechender Stimme.

Ich schwinge die Beine über den Rand der Hängematte, bleibe jedoch zitternd darin sitzen. Eine Gestalt rennt an Beti vorbei und direkt auf mich zu. Die Art, wie sie sich bewegt, ist mir so vertraut, dass ich für den Bruchteil einer Sekunde überzeugt bin, Mum vor mir zu haben. Dann erkenne ich Iona.

»Wo ist Poppy?«, frage ich mit geschwollener Zunge.

»Schhh, alles in Ordnung. Höchstwahrscheinlich ist der Rest auf der anderen Insel, im Westen des Atolls. Wie geht es dir?«, sagt sie und legt mir ihre Finger aufs Handgelenk.

»Wo ist Callum? Wo ist Poppy?« Ich stoße sie weg.

»Auf der anderen Insel. Alles ist gut. Komm, wir holen dir ein bisschen –«

»Antworte mir!«

Iona kniet sich vor meiner Hängematte in den Sand.

»Es tut mir leid, Aster. Callum ist tot.«

»Und Poppy?«

»Auf der anderen Insel.«

Ich schließe die Augen. Was ich gesehen habe, war echt. Ich hasse mich dafür, doch durch mein Entsetzen kracht eine Welle der Erleichterung. Callum, nicht Poppy.

Aber Callum.

»Ich habe ihn gesehen, ich habe gesehen, wie …«, flüstere ich.

Beti steht noch immer im Eingang der Hütte, und Schluchzer schütteln ihren gesamten Körper. Iona kommt wieder auf die Füße und legt Beti einen Arm um die Schultern, zieht sie mit sich zu mir herüber und hat nun selbst Tränen in den Augen.

»Callum ist etwa zeitgleich mit dir angespült worden. Er hatte schwere … Brustverletzungen erlitten.«

Ein Bild des dunklen Flecks auf seinem Anzug, der roten Verschmierungen auf seiner Haut – all das schwimmt in meinen Kopf, und ich sacke nach vorn und würge erneut.

Von der kleinen Insel aus hatte ich gedacht, etwas im Meer erspäht zu haben, und später in der Nähe der Quallen – das könnte er gewesen sein.

»Wie?«

Beti holt bebend Luft. »Er ist rausgeschwommen, dir hinterher. Ich konnte ihn nicht … davon abhalten.«

Ist er von den Quallen verletzt worden? Von dem Meerjungen? Ich kann das alles nicht verarbeiten. Kann nicht denken. Aufs Neue überkommt mich ein Brechreiz, und ich schlage mir eine Hand auf den Mund.

Iona reicht mir eine angebohrte Kokosnuss, und ich nehme einen Schluck. Die Flüssigkeit beruhigt meinen Magen ein wenig.

»Es tut mir so leid. Bald sind wir wieder bei Poppy und den anderen, das schwöre ich dir, ganz gewiss sind sie auf West Island. Unsere Ausrüstung war so programmiert, dass sie uns zur nächstgelegenen Landmasse befördert – das Meer war allerdings aufgewühlt. Wir vier sind als Letzte von Bord gegangen, und ich glaube, deshalb sind wir von den anderen getrennt worden. Ich bin auf der gegenüberliegenden Seite der Insel angeschwemmt worden; es hat eine Weile gedauert, bis ich meinen Weg hierher gefunden hatte.«

Ich stütze den Kopf in die Hände, und die Hängematte schaukelt hin und her, während ich versuche, all das aufzunehmen. West Island? Die größere Landmasse, hinter der Mangroveninsel?

Callum ist tot, aber Iona ist hier, und sie sagt, dass Poppy in Sicherheit ist. Ich fange zu zittern an, und meine Zähne klappern. *Poppy ist in Sicherheit.*

Dann umschließen mich Ionas Arme, und ich presse meine Stirn gegen ihren warmen Hals, während sich Tränen aus meinen Augenwinkeln quetschen. Einen Moment lang lasse ich zu, dass Iona mich hält, und als ich sie schließlich wegdrücke, wischt sie sich ebenfalls Tränen von den Wangen. Sie hilft mir, aufzustehen.

»Dann warst du also auf der anderen Seite dieser Insel hier? Woher willst du wissen, dass die anderen nicht auch dort irgendwo sind?«, bohre ich.

»Zunächst bin ich davon ausgegangen, wir würden alle auf West Island ankommen. Ich hatte beide Inseln vorbereitet, allerdings zusätzliche Ausrüstung und Vorräte auf West deponiert. Wie fühlst du dich jetzt?« Iona lässt mich keine Sekunde aus den Augen. Ich stütze mich schwer auf sie und stolpere zur Tür der Hütte hinüber.

»Da war ein Hai, ein Junge«, plappere ich unzusammenhängend. »Ich bin … gestochen worden.«

Beti steht inzwischen draußen vor dem Unterstand, fegt mit einem selbst gebundenen Besen Blätter vom Sand. Sie blinzelt; ihre Augen sind rot und geschwollen.

»Ich bin froh, dass es dir gut geht«, sagt sie, und ihre Stimme verhakt sich an einem Schluchzer. Ich mache einen Schritt auf sie zu und nehme sie fest in den Arm, meine Quallenstiche brennen zwar noch, doch ich nehme den Schmerz kaum wahr. Die sanfte Melodie von Callums Stimme kommt mir wieder in den Sinn. Seine Erleichterung, als Beti zu sich gekommen ist; seine Entschlossenheit, sich zu beweisen; die ruppige Liebenswürdigkeit, mit der er mir am ersten Abend etwas zu essen gebracht hat. Wie wir gemeinsam die Lagune erkundet haben. Und die Narben auf seinen Armen. Er kann nicht einfach tot sein.

Als Beti und ich einander losgelassen haben, führt Iona mich zu einem niedrigen, behelfsmäßig zusammengezimmerten Tisch aus Bambusstäben, die mit Zwirn verzurrt sind. Wir setzen uns in den Sand. Ich lasse den Blick über das Lager wandern; die Sonne steht hoch am Himmel. Seit ich alles zuletzt gesehen habe, ist dieser Tisch hinzugekommen, und um die Feuerstelle zieht sich nun ein doppelter Kreis aus Steinen. Wie lange bin ich bewusstlos gewesen?

»Ich nehme an, dein Körper hat das Gift inzwischen vollständig verstoffwechselt. Die Schwellung ist zurückgegangen, und deine Herzfrequenz hat sich schon vor ein paar Stunden wieder auf ein normales Niveau eingependelt. Im Moment hast du keine allzu starken Schmerzen, oder?« Iona sieht mich fragend an.

»Schmerzen nicht. Alles fühlt sich bloß irgendwie empfindlich an, und es juckt«, sage ich und schiele hinunter auf meine Oberschenkel. Sie schauen aus, als hätte ein Kleinkind mit dickem lila Filzstift auf meine Haut gekritzelt. Ein Arm sieht ganz ähnlich aus. Mit einer Hand berühre ich meine Wange: glatt. Aber auf der anderen spüre ich hervortretende Striemen, und meine Lippe ist geschwollen.

»Keine der Stellen, an denen die Nesselfäden dich gestreift haben, ist entzündet«, befindet Iona. »Ich gehe davon aus, dass alles bestens abheilen wird.«

Sea Boys Gesicht unter Wasser kommt mir wieder in den Sinn, mit der violetten Narbe quer über Stirn und Wange.

Iona erkundigt sich nach den Quallen, und ich beschreibe sie ihr.

Beti schiebt eine Hälfte eines großen Blattes zu mir herüber und macht sich anschließend wieder daran, den Sand zu kehren. Zögerlich esse ich die Mangostücke und geschälten Shrimps, und sie schmecken köstlich; die Nahrung gibt mir Kraft und klärt meinen Kopf.

Zwischen Ionas Augen hat sich eine steile Sorgenfalte gebildet. »Kannst du dich erinnern, was passiert ist?«

Als ich sie ansehe, kommt die Erinnerung tatsächlich zurück: das Boot, das Gas in der Kabine, die verschlossene Tür.

»Was hast du … Du hast uns betäubt! Wieso?«

Iona ballt die Hände so fest, dass ihre Knöchel blass werden.

»Wildhaven war nicht mehr sicher. Ich musste euch von dort wegbringen.«

Das Essen hat nun jeden Geschmack verloren, und ich muss mich anstrengen, es hinunterzuwürgen. Mein Blick klebt an Ionas Gesicht.

»Wildhaven war ein Schutzort – so viel wisst ihr bereits.« Sie späht zu Beti hinüber, die nickt. »Nach vielen Jahren als Onkologin habe ich mich intensiv der experimentellen Krebsforschung gewidmet, sie hat mich regelrecht in ihren Bann gezogen. Ich habe eine Entdeckung gemacht, einen Weg gefunden, Gene von Tieren, die niemals an Krebs erkranken, in den menschlichen Organismus zu injizieren. Also habe ich Kontakt zu einem alten Kollegen aufgenommen: Jonathan Nygard war ein brillanter Genetiker, und gemeinsam haben wir eine Therapie entwickelt. Jahrelang haben wir sie getestet, und im Labor hat sie sich bewährt. Allerdings wäre eine solche Behandlungsmethode niemals zugelassen worden. Es hätte allein Jahre gedauert, bis sie für Versuche am Menschen freigegeben worden wäre – wenn überhaupt jemals. Aber ich wusste, dass die Methode funktioniert!«

Ionas Augen leuchten.

»Damit könnte ich so vielen Menschen das Leben retten,

verhindern, dass sie so elendig sterben wie meine Eltern. Wie meine Schwester. Darum habe ich sämtliche meiner Verbindungen abgebrochen und das Camp in Wildhaven aufgebaut. Nygard hat sich im Wald ganz in der Nähe ein kleines privates Labor eingerichtet. Ich habe junge Leute bei mir aufgenommen, deren Gene – um es möglichst einfach auszudrücken – positiv auf Krebs getestet worden waren, und sie mit meiner präventiven Therapie behandelt.«

Ich kann den Blick nicht von Iona abwenden. Was sie erzählt, deckt sich mit Betis und Callums Geschichte. Trotzdem ist es noch einmal etwas völlig anderes, all diese Dinge direkt aus Ionas Mund zu hören. Sie ist stolz darauf. Stolz auf das, was sie hier getan hat.

»Deine Mum hatte dem Test auf genetische Marker vor Jahren zugestimmt. Das Fieber, das dich in Wildhaven befallen hat, war eine Reaktion auf das Therapeutikum, das mithilfe eines Trägervirus in dein Immunsystem eingeschleust worden ist.«

Ich bemerke, dass die Runzeln um ihre Augen tiefer geworden zu sein scheinen. Und meine Erleichterung darüber, sie wiederzusehen, schwindet mit jedem ihrer Worte. Denn ganz gleich, wie man es auslegt – selbst wenn Iona die besten Absichten hatte und ihre anderen Probanden sich freiwillig zu der Behandlung bereiterklärt haben: Sie hat verletzliche Teenager mit einem ungeprüften Medikament vollgepumpt. Von dem, was auf dem Boot geschehen ist, und auch von der Tatsache, dass sie uns auf diese Insel hier entführt hat, ganz zu schweigen.

Ich presse die Lippen aufeinander, während sie fortfährt.

»Aber Jonathan Nygard hatte eigene Pläne, und genau habe ich sie noch immer nicht durchschaut. Der nächste Teil der Therapie bestand darin, einige Jahre lang ein gesundes, einfaches und genügsames Leben zu führen und dann weitere Untersuchungen einzuleiten. Solange wir größtenteils für uns selbst sorgen konnten, drohte nahezu keine Gefahr, dass wir entdeckt würden. Nygard war allerdings entschlossen, die regelmäßigen Bluttests – unnötigerweise – beizubehalten. Daraus hat sich nichts Neues ergeben; wir mussten dem Ganzen Zeit lassen, ehe wir auch nur in Erwägung ziehen könnten, mit unseren Erkenntnissen an die Öffentlichkeit zu gehen. Doch er war ungeduldig, besessen, und weigerte sich, mir zu erklären, warum er immerzu weitere Proben nahm. Ich hatte versprochen, dass ich einen sicheren Zufluchtsort für diese jungen Leute schaffen würde, und wir waren zu einer Familie zusammengewachsen. Die Kooperation mit Nygard erschien mir zunehmend untragbar, aber mir wurde klar, dass es für ihn relativ leicht wäre, seine Verbindung zu dem Projekt zu kappen, da ich es gewesen war, die jeden Einzelnen von euch rekrutiert hatte. Sollte er uns verraten, würdet ihr auseinandergerissen und ich verhaftet werden.«

Beti räumt die Reste meiner Mahlzeit vom Tisch. Sie ist pausenlos in Bewegung, kann nicht stillhalten.

»Also habe ich meinen Studenten beigebracht, wie man ein Boot baut und auf einer Insel überlebt. Ich habe alles Nötige besorgt und Vorkehrungen getroffen: ausgiebig unbewohnte Inseln recherchiert, dieses Atoll im Südpazifik aufgespürt – als perfekten Ort, sollte Wildhaven eines Tages nicht mehr sicher sein – und es geschafft, eine Reise hierher zu machen. Bevor du und Poppy angekommen seid, hatte ich Nygard bereits aufgefordert, Wildhaven zu verlassen, und doch war er wieder da. Die Forschungsergebnisse gehörten uns gemeinsam, doch die Obhut über das Camp und das Wohlergehen der Studenten fielen allein in meine Verantwortung. Er wurde dort nicht mehr gebraucht.

An jenem Tag habe ich mich nach eurer Ankunft zu seinem Labor aufgemacht und festgestellt, dass Nygard riesige Vorräte an Blutproben zusammengetragen hatte, über die ich nicht informiert war. Das Labor war immerzu sein Hoheitsbereich gewesen, das Camp meiner. Trotzdem hätte ich ihn sorgsamer im Auge behalten sollen. Er hatte meinen Schützlingen über Monate im Rahmen von Routineuntersuchungen zusätzliche Testmengen Blut abgezapft. Ich habe sie allesamt zerstört, das Labor ausgeräumt. Allerdings hatte ich nun die Gewissheit, dass Nygard diese Proben für irgendetwas *benutzen* wollte. Er benötigte mehr, und er würde einen Weg finden, sich mehr zu beschaffen. Ich musste euch schnell und sauber auf das Atoll bringen, bevor er Verdacht schöpfen konnte. Also habe ich das Gas auf dem Boot eingesetzt, und ihr seid im Meer ausgesetzt worden. Es tut mir leid, dass das alles so … unerfreulich abgelaufen ist.«

»Ich habe gedacht, du wolltest uns umbringen«, platze ich heraus und bin von der Härte in meiner Stimme selbst überrascht. »Wieso hast du uns nicht *gesagt*, was du vorhattest – dass wir ihm entkommen mussten?«

»Weil das ganze Projekt in Gefahr gewesen wäre, wenn auch nur einer von euch sich geweigert hätte.«

Das ist alles so absurd, dass mir die Worte fehlen.

»Du hast also eine Impftherapie gegen Krebs ausgetüftelt, bei uns angewendet und anschließend zerstört?«, frage ich und fühle mich von Minute zu Minute verwirrter.

»Oh nein. Ich habe gesicherte Aufzeichnungen meiner gesamten Forschungsarbeit erstellt. Darauf werde ich zurückgreifen, sobald genügend Zeit vergangen ist, um verlässliche Ergebnisse vorweisen zu können.«

»Wir könnten also noch immer an Krebs erkranken?«, hake ich nach.

»Die Chancen sind verschwindend gering. Um allerdings glaubwürdig zu sein, bedarf es mehr Zeit für die Studie.«

Ich knirsche mit den Zähnen. Meine Tante ist gestört. Sie leidet an einer psychischen Krankheit, irgendeiner Art Gottkomplex. Ich drücke meinen Daumennagel in die Hautfalte zwischen Daumen und Zeigefinger der anderen Hand, bis es wehtut. Ich muss mich konzentrieren. Sie hat versprochen, mich zu Poppy zu bringen.

»Und all das hast du ganz allein bewerkstelligt?«, fragt Beti.

»Ehe wir Wildhaven verlassen haben, habe ich mich ein paar der älteren Studenten anvertraut und sie in meinen Plan eingeweiht. Sie haben mich unterstützt.«

Beti hört zu fegen auf und starrt zu Boden.

»Warum sind wir dann nicht einfach mit dem Boot zur Insel gefahren? Wieso diese verrückten Schwimmwesten?«, frage ich weiter.

Iona nickt. »Nygard war für eine Woche geschäftlich unterwegs, aber mir war klar, dass er sich sofort auf die Suche nach uns machen würde, wenn er herausfände, dass wir verschwunden waren. Vom Flugzeug aus wäre das Boot leicht zu entdecken gewesen. Jonathan ist ein sehr intelligenter Mann, und ich musste sicherstellen, dass niemand uns folgen konnte. Also bin ich auf die Insel gesegelt und habe das Boot versenkt. Die Rettungswesten hatte ich bereits bestellt, direkt nachdem ich die Insel ursprünglich gefunden hatte. Es handelt sich dabei um Prototypen mit eingebautem Motor und Sensoren, die den Träger automatisch in flaches Wasser ziehen. Ich habe euch an die integrierten Lebenserhaltungssysteme angeschlossen und bewusstlos dem Meer überlassen. Auf diese Weise würde niemand nachvollziehen können, was aus euch geworden war.«

Ich betrachte die Male von den Schläuchen auf der Innenseite meiner Handgelenke. Mittlerweile hat sich Schorf darüber gebildet. Lebenserhaltungssysteme.

Ich starre Iona an. Wie habe ich bloß jemals denken können, sie sei Mum auch nur im Entferntesten ähnlich?

»Dann hattest du also von Beginn an vor, dass wir alle hier leben sollten. Wie lange?«, will ich wissen.

Iona zieht eine Schulter hoch. »Das Atoll sollte uns auf unbestimmte Zeit ernähren können. Aber ich hatte eine Aufenthaltsdauer von zwei, vielleicht drei Jahren im Sinn.«

»Und wenn wir fortwollen, müssen wir ein Boot mit den Materialien bauen, die wir hier finden?«

Iona nickt.

Diesmal fällt mein Blick auf die Striemen, die die Quallententakel auf meinen Handrücken hinterlassen haben. Wenn ich die Finger durchstrecke, schmerzt es wie Sonnenbrand, und ich erinnere mich nur zu gut an die Qualen, meine stummen Schreie ins endlose Blau hinein. Ich habe geglaubt, ich müsse sterben. Zum zweiten Mal.

Wir befinden uns im Südpazifik, womöglich Tausende Kilometer von jeglicher Zivilisation entfernt, ohne Handys. Diese Koralleninsel ist Ionas kleiner krebsfreier Garten Eden.

»Poppy und ich haben zu nichts hiervon unser Einverständnis gegeben«, sage ich und werde dabei lauter.

Iona zögert. »Ich hatte keine Zeit, euch alles zu erklären – so, wie Jonathan sich verhalten hat«, antwortet sie und sieht mir dann in die Augen, »aber ich weiß, dass eure Mum es so gewollt hätte.«

Meine Nägel graben sich in meine Handflächen. Am liebsten würde ich sie anschreien, nach ihr schlagen. Sie hat keine Ahnung, was Mum gewollt hätte, sie war nicht einmal da, am Ende. Und eine weitere Erkenntnis trifft mich hart, treibt meinen Puls in die Höhe und schnürt mir die Luft ab.

»Wenn du dieses Heilmittel, diese Therapie, zur Verfügung hattest, wieso hast du Mum dann nicht damit behandelt?«, frage ich.

»Die Gene können nur in die Zellen aufgenommen werden, bevor der Krebs ausbricht. Wir hatten noch nicht damit begonnen, eine Behandlungsmethode für bereits erkrankte Patienten zu entwickeln, doch das sollte unser nächster Schritt sein. Ich bin überzeugt, dass es eines Tages möglich sein wird.«

Nun atme ich durch die Nase. Ich muss das Gespräch wieder auf Poppy lenken.

»Kannst du uns ganz sicher zu den anderen bringen? Zu

Poppy?«, frage ich leise. Ich halte ihren Blick, sehe ihr unverwandt in die tief liegenden Augen, die denen meiner kleinen Schwester so ähnlich sind.

Iona senkt das Kinn, und ihr Mund wird zu einem entschlossenen Strich. »Genau das hat für mich nun allerhöchste Priorität.«

Wir nicken einander zu, dann schaue ich weg.

»Erzählst du uns jetzt, was dir zugestoßen ist?«, fragt Iona behutsam.

Erneut kommt mir das Bild der Kiemen des Jungen – auf seiner Brust und auch hinter den Ohren – in den Kopf. Wie sie sich geöffnet haben, um ihn Meerwasser atmen zu lassen. Mein Blick wandert über die Lagune, und ich wünsche mir, die anderen beiden könnten ebenfalls sehen, was ich gesehen habe. Ich erinnere mich noch, wie ich zur Mangroveninsel geschwommen bin, mir das Knie aufgerissen habe. An den Hai.

An Sea Boy.

Ich hole tief Luft.

16. Kapitel

»... UND DER JUNGE ... er konnte unter Wasser atmen. Durch Kiemen.« Ionas und Betis Mienen entgehen mir nicht. Ich fasele längst, schaffe es aber einfach nicht, mich zu beherrschen. »Er konnte nicht reden und an der Luft auch nicht atmen. Er hat mein Knie mit Algenzeug bandagiert. Er ist auf einem … einem Riesenmanta geritten …«

Ich stocke und verstumme. Meine Erzählung hört sich lächerlich an. Iona nickt bedächtig.

»Das Nesselgift der Quallen hat eine starke halluzinogene Wirkung. In Verbindung mit dem Schock angesichts dessen, was du zuvor erlebt hattest …«

Sie glaubt mir nicht.

»Ich habe mir den Jungen nicht eingebildet! Er ist mit zusammengelegten Beinen geschwommen, mit Delfin-Kicks. Er hat völlig zerlumpte Kleider getragen, hatte aber einen Speer und ein Messer bei sich. Ich habe ihn getroffen, lange bevor ich überhaupt auch nur eine Qualle gesehen habe – bevor ich gestochen worden bin«, plappere ich so hastig weiter, dass meine Worte ineinanderstolpern. Die Hitze in meinen

Wangen wandert hinunter in meine Brust, während ich mir vorstelle, wie ich klingen muss.

Der Meerjunge hat mich unter dem Quallenschwarm festgehalten. Wäre ich ihm nicht entkommen, wäre ich ertrunken. Allerdings vermute ich, dass er mich irgendwie zurück zur Insel befördert hat – denn wie sonst hätte ich an den Strand gelangen sollen?

Hat er auch Callum zurückgebracht? Könnte er etwas mit seinem Tod zu tun haben?

»Quallengift bereitet Höllenqualen. Extremer Schmerz führt mitunter zu einem Ausbrechen aus der Realität, einer Art Delirium. Außerdem hast du unter enormem Stress gestanden, warst dehydriert, eventuell zu lange der Sonne ausgesetzt –«

Ein raues Lachen entkommt mir. Exakt dasselbe habe ich selbst gedacht, als ich zum ersten Mal Sea Boys Gesicht, das unmöglich dort sein konnte, unter der Wasseroberfläche erspäht habe. Mit Mühe halte ich meine Stimme ruhig, auch wenn ich die Panik bereits wieder in mir aufsteigen spüre.

»Ihr müsst mir glauben. Schaut«, sage ich und hebe mein Knie. Der Schnitt ist verschlossen, nichts weist mehr darauf hin, wie tief er war, oder auf den klebrigen Tang. Die Wunde geht in den violetten Nesselstriemen ringsum beinahe unter.

Iona sieht mir in die Augen, und das Mitleid in ihrem Blick lässt mein Herz gegen die Rippen wummern.

Sie hält *mich* für verrückt? Sie ist diejenige, die an uns herumexperimentiert, uns betäubt und ins Nirgendwo entführt hat. Und jetzt ist Callum tot. Wenn Callum tot sein kann, dann kann auch Poppy …

Denk das nicht mal.

Ich ziehe die Halspartie meines Badeanzugs hinunter. »Die Kiemen des Jungen saßen hier«, erkläre ich, fahre mit einem zittrigen Finger erst zwischen meinen Rippen, dann hinter den Ohren entlang. »Ich habe sie gesehen, ganz aus der Nähe, das weiß ich mit Sicherheit.«

Iona versucht, meine Hand zu nehmen, doch ich reiße sie weg.

»Aster – es ist sehr wahrscheinlich, dass du mit Callum zusammen warst, als er angegriffen worden ist, denn seine Verletzungen befinden sich genau an den Stellen, die du aufzeigst. Eine Strategie des Gehirns, traumatische Erlebnisse zu verarbeiten, besteht darin, sie in einen fantastischen Kontext einzubetten. Callums Verletzungen waren ungewöhnlich, womöglich verursacht durch die Klauen eines wilden Tieres. Sobald du dich wieder daran erinnerst –«

»Ich *erinnere* mich. Wir waren nicht zusammen, ich habe dir erzählt, was passiert ist. Ich weiß genau, wo er verletzt war«, fauche ich durch zusammengebissene Zähne. »Weil ich am Strand neben ihm aufgewacht bin.«

Ich funkele Iona an, schließe dann kurz den Mund, atme durch. »Ich will zu ihm. Sofort.«

»Du warst den ganzen Abend lang, die Nacht hindurch und den Großteil des heutigen Tags bewusstlos. Wir haben ihn bereits begraben, Aster«, sagt Iona.

Ich stehe abrupt auf und schwanke benommen ein wenig. Das alles ist meine Schuld. Ich hätte auf Poppy hören sollen.

Wieso habe ich nicht durchschaut, dass etwas faul war an diesem Camp, an dem, was Iona getrieben hat? Mir kommt der Handschuh, den ich in der Felsspalte auf der Mangroveninsel gefunden habe, wieder in den Sinn, und ich fasse an meine Taille. Nicht einmal der Gürtel hängt mehr dort. Ich trage die beigefarbenen Shorts und das T-Shirt, die ich am ersten Abend auf der Insel angezogen habe.

»Ich habe einen Handschuh entdeckt – auf der kleinen Insel …« Meine Stimme verliert sich. Ist es eventuell doch denkbar, dass sie recht hat – dass ich mir all das bloß eingebildet habe?

Iona schüttelt den Kopf. »Du hattest keinen Handschuh bei dir, Aster. Tut mir leid.«

Sie wirkt tatsächlich, als tue es ihr leid. Als tue *ich* ihr leid. Ich kann ihr nicht vertrauen, also darf ich mich auch nicht darauf verlassen, dass Poppy in Sicherheit ist.

Der Atem stockt mir im Hals. Ein Zischen füllt meine Ohren. Der Strand verschwimmt, doch um Iona glüht eine leuchtende Aura.

Der Drang, zu fliehen, wird beinahe übermächtig. Ich erkenne, dass dahinter meine eigene Panik steckt, schaffe es aber nicht, sie zu kontrollieren. Ich habe keinen Ausweg. Ich will nach Hause. Ich will meine Mum.

Die Angst stürzt zu schnell auf mich ein. Mein Herz hämmert mir in den Ohren, in den Schläfen.

Ich beuge mich nach vorn, die Hände auf die Oberschenkel gestützt, zähle laut durch taube Lippen. Durch meine Nase kommt zu wenig Luft. Iona spricht, aber ich höre sie nicht. Ich stolpere rückwärts, stoße gegen den Tisch. Meine verzweifelten Versuche, den Panikanfall einzudämmen, beschleunigen ihn nur. Lähmende, unbestimmte Angst steigt so unaufhaltsam in mir auf wie Wasser, das einen brechenden Damm eindrückt. Meine Handflächen sind schweißnass.

Sämtliche Geräusche verstummen; an ihre Stelle tritt das Pfeifen einer Sauerstoffflasche in meinem Kopf.

Mum. Das Krankenhaus. Das Zischen. Es soll aufhören, aber ich weiß, was sein Verstummen bedeutet.

Nicht genug ... Luft. Jeder Muskel zittert.

Ich muss mich in Sicherheit bringen. Dunkelheit. Ich gebe dem Fluchtimpuls nach und sprinte los.

Sand spritzt hinter mir hoch, trifft die Rückseite meiner Oberschenkel, und die albtraumhafte Vorstellung, dass jemand mich verfolgt, treibt mich zusätzlich an.

Mein Sichtfeld wird enger, mein Hals verschließt sich. Ich kann nicht mehr atmen. Ich sterbe. So fühlt sich eine ausgewachsene Angstattacke bei mir an – das ist mir klar. Trotzdem gelingt es mir nicht, mich selbst davon zu überzeugen, dass ich so etwas schon einmal durchgemacht und überlebt habe. Diesmal empfinde ich es anders, schlimmer. Ich versuche mir einzureden, dass es mir *jedes Mal* schlimmer vorkommt, aber in meinem Gehirn tobt ein erbarmungsloser Krieg, und meine Vernunft gehört zu den Kollateralschäden.

Ich krache in die Felsen am westlichen Ende des Strands, breche daran zusammen, schnappe nach Luft. Die Welt dreht sich rasend schnell, und Galle verbrennt mir den Gaumen. Ich finde eine Spalte und quetsche mich hinein, rolle mich zu einer Kugel zusammen, schaukele vor und zurück, soweit der winzige Raum es zulässt. Ich presse meine Finger auf die

Lippen, doch sie sind völlig gefühllos. Mein Herz trommelt von innen auf meinen Brustkorb ein, strampelt und hüpft darin umher. Mein Körper lässt mich im Stich. Ich sterbe nicht – aber ein Großteil von mir glaubt genau das. Der Lärm in meinen Ohren schwillt zu einem gellenden Schrei an, doch darüber nehme ich eine Stimme wahr.

»Aster, hör mir zu. Konzentrier dich auf meine Stimme.«

Ich gebe mir alle Mühe, registriere vage, dass ich wimmere.

»Schau dich um, berühr den Stein, lausch auf das Meer.«

Ich tue, was Iona verlangt, fahre mit meinen überempfindlichen Fingerkuppen über den rauen Fels. Das holt mich so weit in die Gegenwart zurück, dass ich anfangen kann, meine Atemzüge zu zählen. Dreimal ein. Sechsmal aus.

Die Geräusche in meinem Kopf klingen ab. Meine Sinne sind derart geschärft, dass ich Ionas Lippenbewegungen hören kann, während sie mit mir zählt. Meine eigenen Lippen kitzeln, erwachen aus der Taubheit. Ganz ähnlich einer Katze, die lange genug mit einer Maus gespielt hat, lässt die Angst mich los, und ich werde mir meiner Umgebung wieder bewusst. Wie ein in die Enge getriebener Fuchs bin ich in einen Felseinschnitt verkeilt. Eine kalte, klamme Decke der Scham legt sich über mich. Callum ist tot, weil er mir nachgeschwommen ist. Diese Insel ist kein sicherer Ort. Ich muss zu Poppy. Die anderen werden meine Geschichte vom Meerjungen nicht glauben. Wieso sollten sie auch?

»Ich lasse dir ein bisschen Freiraum.«

Der Sand knirscht unter Ionas sich entfernenden nackten Füßen.

Ich bibbere, ausgelaugt vom Adrenalin, und spüre einen metallischen Geschmack im Mund. Ich bin ein Wrack, ein Schatten des Mädchens, das ich einmal war. Eine Bürde, mit meinen Wahnvorstellungen, meiner Angst und meinen Panikattacken. Ich schaffe es nicht einmal, an meine Mutter zu denken, ohne den Verstand zu verlieren. Vielleicht ist Poppy auf der anderen Insel ohne mich besser dran.

Bei meiner letzten Unterhaltung mit Callum hat er vom Mond beschienen im kühlen Sand gesessen. Hat angedeutet, dass er Iona überallhin folgen würde, doch in Wirklichkeit hatte er einfach keinen anderen Menschen, keinen anderen Platz, wo er hingekonnt hätte.

Mag sein, dass Iona das Einverständnis der anderen eingeholt hat, aber sie hat keinem von uns eine echte Wahl gegeben.

Dieser Gedanke entfacht meine Wut aufs Neue und reißt mich aus meinem Selbstmitleid.

Ich bin alles, was Poppy geblieben ist, und so paradiesisch es hier auch aussieht – diese Inselwelt ist gefährlich, tödlich. Wir beide sind hier, weil ich den Zweifeln meiner Schwester keine Beachtung geschenkt habe, und ich werde sie kein zweites Mal hängen lassen.

17. Kapitel

SAM BEENDET SEINE Mittagspause und schließt die Tür zum Mountainbike-Laden auf. Während der Ferien übernimmt er zusätzliche Schichten, und gerade ist er für ein paar Stunden allein, weil sein Chef einige Besorgungen erledigt. Dienstage sind immer ruhig, und Sam hat den größten Teil des Vormittags damit verbracht, sich am Laptop Videos zu den neuesten Rädern anzuschauen. Nun betritt er den Verkaufsraum und bleibt wie angewurzelt stehen. Alles sieht genau so aus, wie er es zurückgelassen hat: Mountainbikes aufgereiht im Schaufenster, Zubehör in den Wandhalterungen, sämtliche Artikel an Ort und Stelle. Und doch ist etwas anders. Ein kaum wahrnehmbarer Lufthauch fährt über sein Gesicht, obwohl er die Eingangstür geschlossen hat. Die Pendeltür zum Lagerraum schwingt. Hat er die Hintertür offen gelassen? Sie führt lediglich hinaus auf einen winzigen Hinterhof, in dem die Mülltonnen stehen; sein Chef schließt sie für gewöhnlich ab, und der Schlüssel liegt in der Kasse.

Sams Muskeln verspannen sich, und ein elektrisches Kribbeln läuft über seine Haut.

»Jake?«, ruft er seinen Boss und ärgert sich über das Zittern in seiner Stimme. Keine Antwort. Die Tür zum Lager bewegt sich erneut.

Sam ist klar, dass er verschwinden und besser die Polizei alarmieren sollte, falls dort draußen jemand ist. Er tastet nach dem Handy in seiner Jeanstasche und geht mit langen Schritten hinüber zur Kasse, den Blick nach wie vor auf die Schwingtür geheftet. Jake könnte vorhin vergessen haben, die Hintertür zu schließen. Keine große Sache, in einer Minute wird Sam darüber lachen, wie grundlos schreckhaft er gewesen ist.

Die Kasse ist zu; so hat er sie zurückgelassen.

Sams Hand umklammert das Smartphone wie eine Rettungsleine, als er die Tür zum Lagerraum aufdrückt und schnell das Licht anknipst – wie früher, wenn er als Kind aufgewacht ist und sich vor der Dunkelheit gefürchtet hat. Der weißliche Schein der LED-Röhren an der Decke flutet das Zimmer. Sam seufzt. Die Hintertür schwingt.

Hier stimmt etwas nicht.

Sam sieht genauer hin. Neben dem Schloss klafft ein großes Loch im Holz. Der Türrahmen ist gesplittert. Jemand *war* hier.

Sam wirbelt herum. Jetzt ist er allein im Raum. Alles wirkt exakt so, wie er es vor seiner Mittagspause aufgeräumt hat. Trotzdem könnte der Eindringling noch immer im Hof sein. Eine Gänsehaut kriecht Sams Rücken hinab, und am liebsten würde er davonrennen. Er schnappt sich einen Schraubenschlüssel.

»Hallo?«, ruft er.

Was tut er da? Den Einbrecher begrüßen? Er weiß, dass er schnurstracks zur Eingangstür hinaussprinten sollte, packt aber dennoch das kalte Metall des Werkzeugs fester, hält es vor sich ausgestreckt und macht einen weiteren Schritt auf die beschädigte Tür zu. Er tritt sie auf und stößt sich dabei schmerzhaft den Zeh in seinem Sneaker an. Die Tür knallt gegen die Innenhofmauer. Er wartet. Bebt. Nichts. Er späht um den Türrahmen. Der Hof ist leer. Mülltonnen, Pappkartons.

»Er ist weg. Er ist weg«, flüstert er vor sich hin, während sein Herz sich allmählich beruhigt.

Sams Hände zittern, als er die gesplitterte Tür und den Rahmen eingehender in Augenschein nimmt.

Er ruft Jake an. Hinterlässt eine Nachricht, faselt, registriert selbst gar nicht recht, was er da sagt. Dann wählt er den Notruf, lässt sich zur Polizei durchstellen. Sobald die Beamten ihm versichert haben, sofort einen Streifenwagen zu schicken, macht Sam sich daran, den Lagerraum zu inspizieren. Tatsächlich deutet nichts darauf hin, dass jemand hier gewesen ist – nichts ist gestohlen, nichts von den Regalen geworfen. Er dreht sich wieder zur Tür um. Der Einbrecher scheint nicht einmal einen Versuch unternommen zu haben, das Schloss zu knacken; stattdessen hat er es offenbar schlicht mit einem Werkzeug aufgehebelt und dabei sowohl Tür als auch Rahmen beschädigt.

Sam stellt sich vor, wie viel Kraft, Entschlossenheit und Planung hinter einer solchen Tat stehen müssen, und bei dem Gedanken daran wird ihm übel. Langsam geht er zurück in den Laden und hält mitten in der Bewegung inne, als er gerade an der Theke vorbeikommt.

Sam weiß Bescheid, noch ehe er nachgeschaut hat. Sein Laptop, verstaut auf dem schmalen Regalbrett unter dem Tresen, außer Sicht, ist weg. Er fährt mit einer Hand in dem Fach umher, kontrolliert alle Schubladen, obwohl er sich ganz sicher ist, wo er das Gerät zuletzt abgestellt hat.

Sams Laptop ist das Einzige, was gestohlen wurde.

Die Polizisten meinen, der Einbruch wirke professionell, auch wenn der Täter nur Sams alten Computer hat mitgehen lassen, während doch Räder im Wert von Tausenden Dollar quasi pflückreif an der Wand hingen.

Wer auch immer dahintersteckt, hatte es auf genau diesen Gegenstand abgesehen. *Sam* war das Ziel.

Nygard muss gespürt haben, dass Sam etwas vor ihm verbarg. Er wollte um jeden Preis die Leute aus dem Camp wiederfinden.

War er derart verzweifelt gewesen?

Doch wer sonst käme infrage? Sollte Nygard der Täter sein, wird er Sams Browserverlauf durchforsten und feststellen, dass Sam ihm nachspioniert hat. Sam hat die Speicherkarte des Mädchens herausgenommen und zu Hause gelassen. Nygard wird keinen Hinweis darauf finden, dass er die Fotos oder das Handy besitzt.

Der Arzt schien Sam nicht der Typ für eine solche Tat zu sein. Wenn allerdings diese Camper in Gefahr wären und er wirklich all seine Forschungsunterlagen zu einem Krebsheilmittel verloren hätte, wäre das wohl Grund genug, einen Laptop zu stehlen. Immerhin hat der Einbrecher niemanden verletzt, nicht einmal besonders großen Schaden angerichtet.

Sam wartet vor dem Laden, bis die Polizisten auch die letzten Oberflächen auf Fingerabdrücke überprüft haben.

Er kann den Beamten auf keinen Fall von Nygard, Iona Wright, den Mädchen oder dem Ökodorf erzählen, geschweige denn Nygard direkt beschuldigen. Das würde paranoid und verrückt klingen, schließlich hat er keine handfesten Beweise …

Beinahe verzweifelt sehnt er sich danach, mit seinem Großvater zu reden. Sam nimmt sein Smartphone zur Hand, um ihn anzurufen, bemerkt jedoch vier verpasste Anrufe von seiner Mum und wählt deshalb zuerst ihre Nummer. Sie meldet sich nicht sofort.

Dann aber hört er ihre Stimme: »Sam, Gott sei Dank. Keine Panik, aber Grandpa liegt auf der Intensivstation. Wir sind im Krankenhaus.«

18. Kapitel

ICH SCHLENDERE AM Ufer der Lagune entlang, plansche mit den Füßen, spritze mir Wasser über die Arme, um mich abzukühlen. Die Arbeit heute Morgen an einem seetüchtigen Segelkanu war anstrengend; wir mussten das nötige Baumaterial aus dem Inselinnern heranschleppen, und mein Rücken und meine Beine schmerzen jetzt fürchterlich.

Gleich am Abend nach meiner Panikattacke haben wir damit angefangen, das Boot zu zimmern. In den letzten paar Tagen haben wir so viel Holz gesammelt, wie wir für das Gerippe des Kanus brauchten, und inzwischen ist es fertig. Ich vermeide es, Iona in die Augen zu sehen, und rede nur mit ihr, wenn es nicht anders geht. Ich fühle mich für Callums Tod verantwortlich, aber die Verantwortung für dieses gesamte Schlamassel trägt allein sie. Umso unbehaglicher ist, dass wir nun gemeinsam das Boot bauen müssen – gemeinsam leben müssen, hier an diesem abgeschiedenen Ort. Also konzentriere ich mich darauf, still zu sein, nicht zu denken, möglichst nicht zu fühlen. Zu tun, was getan werden muss, damit ich Poppy finde.

Den Meerjungen habe ich nicht mehr erwähnt, weder Iona noch Beti gegenüber. Ich muss ihnen *beweisen*, dass es ihn wirklich gibt. Denn ... ich begreife es selbst noch nicht ganz. Es kam mir vor, als wolle er mir helfen; dann allerdings hat er unter dem Quallenschwarm ziemlich eindeutig versucht, mich zu ertränken. Und schließlich ist da noch die Sache mit Callum und seinem rätselhaften Tod. Hat Sea Boy ihn womöglich auf dem Gewissen? Das zu glauben gelingt mir beim besten Willen nicht. Manchmal stelle ich mir den Meerjungen freundlich vor – als jemanden, der zu der anderen Insel schwimmen und nachsehen könnte, ob Poppy dort ist, mich eventuell sogar auf seinem Riesenmanta dorthin mitnehmen würde. Schon die bloße Idee scheint irrwitzig, aber genau das ist durchaus denkbar. Und sollte er keine guten Absichten hegen, dann müssen Iona und Beti es erst recht erfahren.

Ich brenne mir den Anblick seiner Brust ins Gedächtnis, die feinen Furchen seiner Kiemen, wie sie zwischen den Muskeln aufgeklafft haben. Ein so präzises, so realistisches Bild würde meine Fantasie nicht zustande bringen. Oder?

Was Iona gesagt hat, kann nicht stimmen – dass alles bloß eine Strategie meines Gehirns ist, mit Callums Tod zurechtzukommen. Es muss ein Zufall gewesen sein, dass er ausgerechnet an Brust und Hals verwundet war. An Callum zu denken tut weh. Ich kannte ihn nicht gut, deshalb bin ich nicht sicher, ob ich wahre Trauer um ihn empfinde. Die abgeschnürte Wut, die in mir hochkocht, wann immer er mir in den Sinn kommt, ist allerdings definitiv echt. Er hatte schon so viel durchgemacht. Er glaubte an Ionas Heilmethode, an ihren sicheren Hafen. Und doch ist er mir nachgeschwommen, wollte *mir* helfen … Beti kommt den Strand hinunter auf mich zu, und ich bleibe stehen und warte auf sie. Sie hält zwei Schnorchel in die Höhe und zeigt mir ein paar Nasenklammern in ihrer anderen Hand.

»Woher hast du die?«, frage ich.

»Sie waren ganz unten in der Rückentasche der Schwimmweste. Iona hat sie mir gezeigt«, sagt Beti. Sie zieht fragend eine Augenbraue hoch, nickt zur Lagune hinüber. Ihre Augen sind rot gerändert. Callum.

Meine Haut erholt sich noch immer von den Stichen und fühlt sich unter der grellen Sonne zu straff an. Das kühlende Wasser wäre sicher angenehm, doch zuletzt geschwommen bin ich bei meiner Begegnung mit den Quallen, voller Panik, dass jeden Moment Wasser in meine Lunge strömen würde. Seither habe ich mich kaum richtig in die Lagune gewagt.

Ich schüttele den Kopf. »Tut mir leid, Beti. Ich kann nicht. Noch nicht.«

»Wir sitzen auf einer tropischen Insel fest, falls es dir noch nicht aufgefallen ist«, meint sie und macht eine ausgreifende Armbewegung. »Du kannst das Meer nicht ewig meiden.«

Ärger brennt in meiner Brust; sie erwartet zu viel von mir. Zugleich jedoch sacken meine Schultern nach unten, denn sie hat recht.

Ich wate in die Brandung und stelle fest, dass das Salz nicht in meinen Wunden brennt. Die Lagune ist warm, aber kühler als meine glühende Haut, und das tut gut. Ich befestige die Klemme auf meiner Nase, rücke die Schwimmbrille zurecht und beiße auf das Gummi des Schnorchelmundstücks. Trotz meiner Traurigkeit muss ich unwillkürlich lächeln.

Ich gebe Beti ein Zeichen, dass ich bereit bin, und wir stürzen uns ins türkisblaue Wasser.

Am Tag meiner allerersten Ankunft auf der Insel bin ich gar nicht in der Lage gewesen, die Lagune in all ihrer Herrlichkeit wahrzunehmen und zu würdigen. Sie ist wirklich wunderschön. Mein Körper erinnert sich daran, wie ich die Luft anhalten muss, wenn ich mit dem Schnorchel untertauche, und dann das Wasser ausblasen, sobald ich wieder durch die Oberfläche stoße. Nachdem Beti beim ersten Versuch einen Hustenanfall bekommen hat, zeige ich es ihr, und sie begreift im Nu. Beim Schwimmen lasse ich den Blick schweifen und ertappe mich dabei, dass ich nicht nach Poppy, sondern vielmehr nach Sea Boy Ausschau halte. Mein Bauchgefühl sagt mir, dass er jetzt nicht auftauchen wird, doch mittlerweile bin ich mir sicher: Er war der Schatten, den ich an jenem ersten Tag durch die Lücke im Riff wahrgenommen habe. Er ist neugierig auf uns, das hat sein Verhalten ganz eindeutig erkennen lassen.

Im Wasser konnte ich schon immer klarer denken. Ich empfinde vollkommene Ruhe – und Dankbarkeit gegenüber Beti.

Wir erkunden die Korallen, und ein riesiger Schwarm gelb und silbrig blau gestreifter Fische umschließt uns einen Augenblick lang, ehe die Tiere entlang des Riffs weiterziehen. Schließlich halten sie inne und beginnen, an den Korallen zu knabbern, was ein dumpfes, tickendes Geräusch verursacht. Ich weiß noch, wie begeistert Poppy war, als sie herausgefunden hatte, dass Fische, die die Kalkskelette von Korallen fressen, Sand ausscheiden. Sobald der Schwarm auseinanderstiebt, erspähe ich in der Ferne etwas Größeres im Blau. Beti packt meinen Arm und der Hai kommt mir wieder in den Sinn. Würde er bis in die Lagune vordringen? Wir erstarren beide, doch dann entpuppt sich die Form als Umriss einer Meeresschildkröte. Sie kommt direkt auf uns zu und scheint uns böse anzufunkeln, weicht erst im letzten Moment aus und verschwindet durch die ein Stück weit von uns entfernte Öffnung in der Korallenwand.

Beti und ich tauchen auf und nehmen die Schnorchel heraus, während wir Wasser treten. An diesem Ende ist die Lagune etwa drei Meter tief. »Hast du gesehen, wie sie dreingeschaut hat?«, meint Beti. »Als wäre sie empört gewesen, dass wir ihr im Weg waren.«

Ich nicke. »Es ist wirklich wunderschön hier.«

Unsere Blicke treffen sich, und ich muss mich abwenden. Meine Brust wird eng. Callum füllt ihre Augen, und ich wünschte, Poppy wäre bei mir. *Bitte lass sie in Sicherheit sein.* Ich tauche wieder unter.

Auf der gegenüberliegenden Seite der Lagune wächst eine wogende Seegraswiese, und wir schwimmen hinüber. Ich strecke eine Hand aus, und die Spitzen kitzeln meine Finger. Als ich einen regelrecht leuchtend gelben Fleck bemerke, stoße ich hinunter, um die Stelle genauer zu betrachten. Ich teile das Seegras, und zum Vorschein kommt eine Familie winziger, sattgelber Seepferdchen, die ihre Schwänze um die grünen Halme geschlungen haben. Ich winke Beti heran, und bis ich mich wieder umdrehe, hat eines der allerkleinsten Seepferdchen seinen Halt verloren und treibt mit der leichten Strömung von seiner Verwandtschaft fort. Als ich mit den Händen eine schützende Schaufel um den Winzling forme und ihn zurückschiebe, wickelt er seinen Schwanz um meinen kleinen Finger. Er ist so zart und unfassbar strahlend hell, dass er beinahe unwirklich scheint. Mir geht die Luft aus. Vorsichtig löse ich ihn von meinem Finger und lotse ihn wieder zu den anderen, wo der kleine Kerl einen Halm findet, an dem er sich festhält. Mit einem letzten Blick auf die Miniaturfamilie katapultiere ich mich zur Oberfläche.

Allmählich fühle ich mich bereit, zu unserem Lager zurückzukehren. Ich gebe Beti unter Wasser ein Zeichen, und wir wenden uns dem Strand zu. Da entdecke ich etwas auf dem Meeresgrund, im tiefsten Teil der Lagune. Ein gewölbtes Muster hebt sich aus dem Sand, etwa zwei Meter im Durchmesser – Mulden und Hügel, die zusammen eine komplizierte künstlerische Anordnung konzentrischer Kreise formen.

Ich steige zur Oberfläche auf, wobei ich sorgsam darauf achte, mit den Füßen keine Verwirbelungen zu erzeugen, die das empfindliche Gebilde unter uns in Mitleidenschaft ziehen könnten.

Fragend schaue ich Beti an, doch sie hat eindeutig ebenfalls keinen blassen Schimmer, worum es sich dabei handelt.

Zurück im Lager erzählt Beti Iona von der Schildkröte und den Fischen, die wir gesehen haben.

»Wie fühlen sich deine Stiche an?«, will Iona von mir wissen.

»Besser«, antworte ich. Wir spielen allesamt unsere Rollen, meiden das große Loch in unserer Mitte, wo Callum sein sollte, wo Iona uns betrogen hat und meine kleine Schwester verloren gegangen ist.

Nach dem Schwimmen bin ich ruhiger. Es macht mich noch immer unglaublich wütend, dass ich auf Iona angewiesen bin, um zu Poppy zu gelangen – aber Wut ist ein Gefühl, das ich mir momentan nicht leisten kann.

Ich schlüpfe wieder in dieselben sägemehlbestäubten Shorts und mein altes T-Shirt. Iona hat uns erklärt, dass in einer Truhe auf West Island, die sie dort vor einiger Zeit platziert hat, weitere Vorräte und Ausrüstung lagern – Kleider, Medikamente. Sie hat erzählt, wie sie auf Karten des Südpazifiks das Atoll gefunden hat, in einem Gebiet, das einst als nukleare Testzone vorgesehen war, jedoch nie genutzt wurde und inzwischen als solche ausgemustert ist. Es liegt fernab jeglicher Schiffsrouten.

Iona sammelt mehr Feuerholz, und Beti schlägt vor, wir sollten derweil Wasser besorgen.

Die zylindrischen Tragebehälter bestehen aus einem folienähnlichen Material, das sich erstaunlich klein zusammenrollen lässt. Einmal mehr staune ich, wie akribisch Iona alles vorbereitet hat. Jede von uns nimmt ein Faltgefäß.

Beti plaudert unterwegs, schildert mir einen neuen Obststrauch, den sie entdeckt hat. Wir sind bereits mit Mangos, Ananas und riesigen Grapefruitkugeln versorgt, die sich Pomelos nennen.

»Iona meint, wir müssen anfangen, die Früchte zu rationieren, da die Bäume noch so jung sind. Ich hoffe also, du magst Kokosnuss und Fisch«, sagt sie und geht in die Hocke, um den Wassersack an einem Bach zu füllen, der am Saum der Bäume über ein paar Felsen sprudelt.

»Glücklicherweise«, gebe ich zurück.

»Und Algen?«, hakt sie nach.

»Um Sushi gewickelt? Dann ja«, erwidere ich und tue es ihr gleich, fülle ebenfalls meinen Beutel mit Wasser.

Beti hält inne. »Genau das hat Callum auch gesagt.«

»Tut mir leid«, murmele ich, ohne aufzusehen. Callum war Betis Freund, ein Teil ihrer Familie in Wildhaven. Etwas wollte ich ihr die ganze Zeit schon sagen, habe allerdings bis zu diesem Moment nie die richtigen Worte gefunden: »Es ist meine Schuld. Er ist meinetwegen ins Wasser gegangen.«

»Ich habe versucht, es ihm auszureden«, gesteht sie. »Aber es war seine Wahl, niemand hat ihn gezwungen. Das Traurige ist: Er wollte immer beweisen, dass er sich nützlich machen kann, stark ist. Dabei hätte er sich dafür gar nicht ändern müssen. Jeder mochte ihn exakt so, wie er war.«

Wir laufen im Gleichschritt weiter.

Auf dem Rückweg beschreibt Beti mir, dass es auf der anderen Insel Geräte und Ausstattung geben wird, um eine Aquakultur anzulegen – eine Unterwasserfarm mit Körben, die an Seilen in die Tiefe gelassen werden und an denen Muscheln und Schalentiere wachsen sollen, so wie schon in Neuseeland am Strand.

»Vermisst du nicht manchmal ganz normale Sachen?«, erkundige ich mich. »Ich meine, mittlerweile bist du sicher daran gewöhnt, aber hat dir nicht anfangs etwas gefehlt, als du neu in Wildhaven warst?«

Sowie die Worte meinen Mund verlassen, fällt mir wieder ein, dass Beti vor Wildhaven mit ihrer sterbenskranken Mutter in einem Flüchtlingslager gelebt hat. Ich bin beschämt über meine Taktlosigkeit, doch Beti scheint den Fauxpas überhaupt nicht zu bemerken.

»Eigentlich nicht«, sagt sie. »Musik habe ich am Anfang vermisst, aber inzwischen kommt mir nichts aus der Zeit vor Wildhaven mehr besonders wichtig vor. Und was ist mit dir – vermisst du etwas?«

Mir fehlen mein Handy und meine Musik. Mein Föhn, Toast und Marmite. Für eine eisgekühlte Dose Cola oder ein flauschiges Handtuch würde ich meinen rechten Arm opfern. Doch all diese Dinge sind nicht wirklich wichtig, nicht gemessen daran, wie sehr ich Mum vermisse und nun auch Poppy, jeden Tag.

»Bloß meine Familie«, sage ich.

Sie schenkt mir ein betrübtes Lächeln und nickt, hakt sich dann bei mir unter, und wir gehen weiter.

Später essen wir gemeinsam an dem behelfsmäßigen Tisch, das Feuer warm in meinem Rücken.

Beti fragt Iona nach dem Muster, das wir im Sand am Meeresboden erspäht haben, und zeigt ihr, wie groß es war, indem sie einen Kreis rund um das Feuer abschreitet.

»Das müsste ich sehen, aber für mich klingt es nach einem Kugelfischnest. Diese Bauten werden von einem Fisch angelegt, der etwa so groß ist«, meint Iona und hält ihre Hände rund zehn Zentimeter auseinander.

»Aber es war so detailliert, wie ein Mandala«, staunt Beti. »Wie kann ein einzelner kleiner Fisch das fertigbringen?«

»Der Kugelfisch baut dieses Nest Stück um winziges Stück und erschafft so letztlich etwas ganz und gar Einzigartiges – ein wahres Wunder.«

Iona starrt gebannt in die Flammen.

»Gibt es hier auf der Insel irgendwelche Tiere? Ich habe noch keine bemerkt«, sagt Beti.

Es ist an der Zeit, Iona zu beweisen, dass es mir gut geht. Darauf, dass sie jeden meiner Schritte überwacht und mir Beti hinterherschickt, um mich im Auge zu behalten, habe ich keine Lust mehr. Inzwischen vertraue ich mir genug und weiß, ich kann ruhig und beherrscht bleiben – und ich muss endlich reden.

»Ein Atoll ist das Überbleibsel eines unterseeischen Vulkans; der Berg ist versunken, und der Ring aus Inseln ringsum besteht aus einem uralten Riff, das sich um den Krater gebildet hat. Diese Inseln waren nie mit irgendeiner anderen Landmasse verbunden. Sofern also keine Menschen sie mitgebracht haben, können hier nur Tiere leben, die mit dem Wind, übers Wasser oder selbst durch die Luft vom Festland aus hergelangt sind«, erkläre ich.

Iona grinst. »Eine Wissenschaftlerin ganz nach meinem Geschmack! Besser hätte ich es nicht formulieren können. Und wir sind so weit vom Festland entfernt, dass sich hier tatsächlich sehr wenig tummelt. Vermutlich nicht einmal Vögel.«

Und doch lebt unter Wasser ein Junge. Sea Boy erscheint mir von Minute zu Minute unwirklicher.

Beti staunt mit offenem Mund. »Woher weißt du das?«, fragt sie mich.

»Ich mochte Naturwissenschaften in der Schule«, antworte ich schulterzuckend.

»Gibt es Sandmücken?«, fragt Beti.

Diesmal setzen Iona und ich gleichzeitig zum Sprechen an: »Nicht ohne jegliche Säugetiere …«

Wir unterbrechen uns, und Iona lächelt mich an. Ich bringe ein kleines Lächeln als Erwiderung zustande.

Beti rümpft die Nase. »Das ist gut«, sagt sie, und ich grübele, ob sich ihre Worte auf den Mangel an stechenden Insekten beziehen oder darauf, dass Iona und ich wieder miteinander reden. »In Wildhaven haben die Biester mir sogar die Augenlider angeknabbert.«

Wir lachen, aber es klingt hohl. Drei von uns. So anders als das Gewusel in Wildhaven. Ich stelle mir Poppy inmitten all der anderen vor, umgeben von Geplauder, vielleicht unter einem großen Pavillon wie dem in der Mitte des Ökodorfs. Sie tut sich viel leichter, Freundschaften zu schließen, als ich. Bis ich wieder bei ihr sein kann, wird sie in Sicherheit sein. Ich zwinge mich, das zu glauben.

Als wir in unsere Hängematten klettern, habe ich beschlossen, dass ich noch einmal allein in die Lagune hinausschwimmen muss. Zu der Lücke im Riff, um zu versuchen, irgendwie mit Sea Boy Kontakt aufzunehmen. Mag sein, dass er gefährlich ist, doch ich muss wissen, ob es ihn wirklich gibt.

Wenn er es wirklich gewollt hätte, dann hätte er mich bereits getötet. Zumindest rede ich mir das ein.

Zum Schlafen lasse ich den Badeanzug unter meinem T-Shirt an, in der Gewissheit, dass ich vor dem Morgengrauen aufwachen werde. Wie immer.

19. Kapitel

ICH WERDE FRÜHER wach denn je und warte, bis der erste Schimmer Morgenröte zwischen den Lücken der Bambusstäbe unserer Hütte hindurchdringt, ehe ich mich leise aus der Hängematte kippen lasse und die Tür millimeterweise aufdrücke. Iona und Beti atmen schwer und gleichmäßig, als ich mich noch einmal nach ihnen umdrehe. Mein Schwimmtraining um sechs Uhr morgens hat mich zu Hause zur Meisterin darin gemacht, aus dem Haus zu schleichen, ohne Mum und Poppy zu wecken. Mum hat das nie gefallen; sie bekam lieber mit, wenn ich ging, musste als Krankenschwester jedoch lange Schichten schieben, da wollte ich nicht, dass sie extrafrüh aufstand, bloß um mich zu verabschieden. Eine Welle der vertrauten Wut überkommt mich. Es ging so schnell – sie war krank, dann tot, innerhalb kürzester Zeit.

Aber jetzt schließe ich meine Angst um Poppy und meine Trauer um Mum im hintersten Winkel meines Herzens weg. Ich muss mich auf mein Vorhaben konzentrieren.

Sea Boy hat mich unter den Quallen festgehalten. Trotzdem rede ich mir aufs Neue ein, dass er mich mühelos hätte umbringen können, wenn das seine Absicht gewesen wäre, sogar schon früher, mit seinem Messer oder Speer, oder schlicht indem er mich auf der Mangroveninsel zurückgelassen hätte, mit der Wahl zwischen Hai oder Verdursten.

Also breche ich mit einer Dämmerungsbrise im Haar und dem kühlen Sand unter meinen Zehen auf, um nach dem Jungen zu suchen, der mich entweder ertränken wollte oder versucht hat, mir das Leben zu retten. Ich muss herausfinden, was er über Callum weiß, ob er Poppy gesehen hat. Und endlich Gewissheit darüber erlangen, ob ich meinen Augen und meinem Verstand trauen kann – oder nicht.

Ich recke das Kinn; ich habe keine Ahnung, wie ich mich ihm bemerkbar machen soll, und fühle mich, nur in meinem Badeanzug, entblößt und verletzlich. Zwar halte ich an der Überzeugung fest, dass er mir nichts antun wollte, dennoch scheint es mir eine gute Idee, mich zu bewaffnen. Mein Messer habe ich bereits dabei, und nun nähere ich mich auf Zehenspitzen dem Rand des Palmenhains, hole meine Machete aus dem Versteck, in dem ich sie gestern Abend deponiert habe, und befestige sie an meinem Gürtel.

Im Laufschritt eile ich zum Strand hinunter und rechne jeden Moment damit, dass Iona mein Verschwinden bemerken und nach mir rufen wird. Doch nichts geschieht.

Am Wasser zögere ich. Als ich mich zuletzt allein auf den Weg gemacht habe, bin ich zur Mangroveninsel geschwommen, und Callum ist mir gefolgt – und gestorben. Aber ich muss das hier tun. Diesmal bin ich gerüstet, und ich habe nicht vor, die Lagune zu verlassen. Ich gehe ein kalkuliertes Risiko ein. Beim Eintauchen ins Meer bin ich überrascht, wie warm der Ozean ist. Am Horizont türmen sich Wolken wie Berge mit Silberkuppen auf. Noch leuchtet der Mond heller als der rötliche Klecks Sonnenaufgang und durchdringt das Wasser mit metallgrauen Strahlen. Ich ziehe die Schwimmbrille auf, bringe die Nasenklammer in Position und beiße auf das Mundstück des Schnorchels.

Die Lagune ist dunkel und unheimlich. Um diese Zeit tummeln sich weniger Fische, doch unter mir am Riff bewegen sich andere Umrisse. Ein Aal schießt aus einer Höhlung und wieder hinein, und im Augenwinkel erhasche ich einen Blick auf einen geschmeidigen Körper, dessen Gestalt mich an einen Hai erinnert, der allerdings nicht länger ist als mein Arm.

Ein Schauder überläuft mich, und ich kraule zur Öffnung, tauche an den Korallen hinab und bleibe an der Schwelle zum trüben Wasser jenseits des Riffs schweben. Durch meine Brille schaue ich mich um, während Gänsehaut meine Arme hinaufkriecht.

Armzug. Beinschlag. Atmen.

Ich schiebe Mums Stimme zur Seite.

Nichts. Die Dunkelheit vor mir ist grenzenlos, rätselhaft.

Das Geräusch meines Atems durch das Schnorchelrohr stört die Stille, und ich hole tief Luft und halte sie an. Höre ein Ticken und schaue nach unten, wo ein einsamer Fisch an den Korallen knabbert.

Sea Boy hat mit seinen Zähnen einen Laut erzeugt, um den Riesenmanta zu rufen, ein Klicken, das durch das Wasser geschallt ist. Ich öffne den Kiefer, bereit, es auszuprobieren. Aber was, wenn das Klicken den Rochen herbeiholt? Ich bin mir nicht sicher, ob ich eines dieser gigantischen Wesen auf mich zufliegen sehen will.

Womit sonst könnte ich ein Geräusch erzeugen, das weit hallt?

Ich ziehe mein Messer und die Machete und reibe die Klingen aneinander, so fest der Wasserwiderstand es zulässt.

Dann atme ich durch den Schnorchel tief ein, halte erneut die Luft an, lausche. Ich wiederhole die Bewegungsfolge, wieder und wieder. Es ist zwecklos. Sea Boy kann auf diesem riesigen Manta kilometerweit geschwommen sein, er könnte sich in diesem Moment an jedem beliebigen Ort im gesamten Ozean befinden.

Oder vergraben in den Tiefen meines halluzinierenden Unterbewusstseins, wo er hingehört.

Ich wende mich um und katapultiere mich mit kraftvollen Beinschlägen zurück in die Sicherheit der Lagune. Auf meinem langsamen Rückweg zum Strand halte ich über dem kreisrunden Muster im Sand inne, das Iona zufolge von einem einzigen Kugelfisch angelegt worden sein soll.

Ich hole Atem und schlängele mich hinunter. Im schweren Schatten des schwachen Morgenlichts wirkt die Struktur sogar noch beeindruckender und detaillierter. Und dann erspähe ich ihren Schöpfer: Ein kofferförmiger, gepunkteter Fisch mit weit auseinanderliegenden Augen zieht mit schief gelegtem Körper seine Bahnen entlang der Mulden und pflügt mit einer winzigen, vibrierenden Flosse neue Ringe in den Grund. Ich erinnere mich an den versonnenen Ausdruck in Ionas Augen, als sie uns von diesem Tier erzählt hat. Mit einem Mal geht mir auf, dass Wildhaven, ihr Heilmittel, unsere Umsiedelung auf dieses Atoll Ionas ganz eigene Sandformation sind – unglaublich und doch wahr. Trotzdem: Ich könnte das heldenhafte Werk dieses Fischs mit einem einzigen Wischen meines Fußes zerstören. Ich schaudere, tauche dann wieder auf und drehe mich noch einmal zur Lücke im Riff.

Ein letzter Versuch, Sea Boy zu rufen. Ein letzter Vertrauensvorschuss für meine Augen, meinen Verstand.

Wieder und wieder schlage ich Machete und Messer aneinander. Das Echo meines metallischen Stakkatos wabert durch den Ozean, und ich komme mir vor, als würde ich in einer Kirche herumschreien, mache jedoch weiter, selbst als meine Arme bereits schmerzen.

Etwas Massiges schnellt unter mir hindurch, und ehe ich reagieren kann, schießt es vor meinem Gesicht in die Höhe, und der verursachte Sog wirbelt mich um die eigene Achse. Mein Herz springt mir in den Hals. Sea Boy. Er packt meinen Unterarm, um mich zu stabilisieren, und sieht mich mit hochgezogenen Augenbrauen an. Die biolumineszierenden Kugeln an seinen Schultern flackern bläulich violett, viel klarer als zuletzt im dunkleren Wasser. Sie beleuchten sein Gesicht von unten; zugleich besprenkelt ihn von oben das zarte Licht der Morgendämmerung. Er wirkt wie eine Marmorstatue.

Der Meerjunge *ist* echt.

Was zur Hölle habe ich mir dabei gedacht, ihn hierherzurufen?

Jetzt, von Angesicht zu Angesicht, fühlt sich die Tatsache,

dass er versucht hat, mich zu ertränken, mit einem Mal *sehr* bedeutsam an.

Ich schüttele seinen Arm ab und rudere rückwärts, atme abgehackt durch den Schnorchel und realisiere: Meine Selbstzweifel waren so groß geworden, dass ich überhaupt nicht mehr wirklich an die Existenz des Meerjungen geglaubt hatte, geschweige denn daran, dass ich in der Lage sein würde, ihn in die Lagune zu locken.

Wie ein kleines Kind, das Schwertkampf spielen will, halte ich Machete und Messer vor meinen Körper. Seine Kiemen sind nur als dünne Linien auf seiner Brust zu erkennen; sein dunkles Haar wogt im Wasser. Er mustert mich über die Spitzen meiner Waffen hinweg, eine Augenbraue noch immer gehoben. In einer Hand hält er einen schwarzen Stachel, ganz ähnlich denen der dornigen Seeigel. Mit der anderen Hand weist er auf meine Arme und Beine und macht eine schlängelnde Bewegung mit den Fingern, gefolgt von der Schlitzgeste quer über seinen Hals, wie damals, als wir die Quallen entdeckt haben.

Mein Herz rast. Ich verstehe nicht, was er mir sagen will, kann seine Mimik nicht deuten. Geht es wieder um die Quallen?

Langsam beruhigt sich mein ruckeliger Atem durch den Schnorchel, und ich zucke übertrieben deutlich mit den Schultern.

Ich muss ihn hinhalten und eine Möglichkeit finden, Iona und Beti zu zeigen, dass es ihn wirklich gibt.

Außerdem muss ich mehr über ihn herausfinden, und über Callum und Poppy und all die anderen.

Oder aber: Ich muss entkommen, bevor er ein zweites Mal versucht, mich zu ertränken.

Mein Blick huscht zu seinem Handgelenk. Darum sind die gleichen Algen gewickelt, mit denen er mein Bein verbunden hatte. Ich hatte ihn gebissen. Ziemlich fest.

Wieso ist er zurückgekommen? Ich paddele leicht mit den Beinen; Messer und Machete noch immer kampfbereit, mühe ich mich, rückwärts zu driften und einen größeren Abstand zwischen uns zu bringen.

Ich muss mit Sea Boy reden, wie ich es auf der Mangroveninsel getan habe, daher nicke ich zur Oberfläche und ziehe nun meinerseits die Augenbrauen hoch. Die ersten Sonnenstrahlen fallen schräg durch die Wellen, tüpfeln ihn. Er schüttelt mit ernster Miene den Kopf und deutet nach oben, wobei er die Schlitzbewegung über seinen Hals wiederholt. Die Oberfläche soll gefährlich sein? Er formt die Hände zu Klauen und tut, als wollte er sich damit über die Brust kratzen, und mein Herz legt noch einmal an Tempo zu, da mir ein Bild von Callum in den Kopf schießt. Jetzt bin ich diejenige, die den Kopf schüttelt und abermals zurückpaddelt. Er kneift frustriert die Lippen zusammen, verkrampft den Kiefer. Stößt einen Finger erst mir vor die Brust, dann hinaus ins weite Blau.

Meint er etwa … ich schüttele den Kopf heftiger. Nein. Keine Chance. Ich kann nicht mitkommen nach dort draußen, wo ich Haie und Quallen gesehen habe. Wo mein Freund gestorben ist.

Auf gar keinen Fall folge ich ihm auch nur irgendwohin – nach dem, was beim letzten Mal passiert ist.

Ohne Vorwarnung taucht er unter mir hindurch und dreht sich, und auch ich wende mich panisch um. Das war's. Jetzt wird er mir den Weg zurück zum Strand abschneiden.

Er erstarrt, bleibt im Wasser schweben, den Kopf zur Seite geneigt.

Ein gedämpfter, undeutlicher Laut. Eine Stimme. Sie klingt nach Iona. Meine Tante muss mir in die Lagune gefolgt sein. Ich knirsche mit den Zähnen, lasse Sea Boy nicht aus den Augen, als könnte ich ihn allein mit der Kraft meines Blicks an Ort und Stelle fixieren, denn ich will nicht in seiner Reichweite sein, allerdings sehr wohl, dass Iona ihn entdeckt. Damit sie begreift, dass ich nicht verrückt bin. Wenn sie doch bloß den Mund halten würde …

»Aster!« Die Stimme ist inzwischen ganz nah, und ich höre Wasser aufspritzen.

Für weniger als eine Sekunde treffen sich mein und Sea Boys Blick, dann schraubt er sich blitzschnell rückwärts durch die Lücke im Riff, besteigt dahinter den wartenden Riesenmanta und schießt ins ferne Blau.

20. Kapitel

SAM NIMMT DIE längere Route von der Klinik nach Hause, am Kanal entlang, wo er am besten nachdenken kann. Das sonnige Wetter hat viele Spaziergänger mit Hunden ins Freie gelockt – ganz anders als damals bei seinem Treffen mit Nygard hier. Grandpa liegt nicht mehr auf der Intensivstation, sein Zustand ist stabil, der Tumor in seiner Lunge allerdings gewachsen. Die Ärzte meinen, er sollte in ein paar Wochen kräftig genug für eine neue Runde Chemotherapie sein, aber heute hat er ausgesehen, als wäre er in den letzten Tagen um zwanzig Jahre gealtert. Das macht Sam Angst. Sein Großvater ist auf die Warteliste für eine Spenderlunge gesetzt worden, doch die Chancen stehen schlecht. Die Chemotherapie wird ihn nicht retten, der Tumor lässt sich nicht operieren. Alles, was die Bestrahlung ihnen geben kann, ist Zeit. Sam kann sich ein Leben ohne Grandpa überhaupt nicht vorstellen; sein Großvater ist zu jung, zu fit, hat noch zu viel Energie in sich. Er ist es stets gewesen, der nach der Schule zu Hause auf Sam gewartet hat, wenn seine Eltern arbeiten mussten, der immerzu Zeit für ihn gehabt, ihm das Mountainbiken beigebracht hat. Undenkbar, dass er nicht einmal seinen sechzigsten Geburtstag erleben soll.

Sam muss etwas unternehmen.

Nygards Behandlungsmethode hat den Tumor schrumpfen lassen. Und Nygard hat gemeint, er könnte unverzüglich mehr von diesem Marisogen herstellen, wenn er nur Iona finden würde. Sam schaltet sich durch die Gänge, stellt sich in die Pedale, um schneller voranzukommen. Er hat keine Ahnung, was er tun soll. Was er denken soll. Er ist nach wie vor erschüttert über den Einbruch. Welcher gewöhnliche Dieb würde lediglich seinen alten Laptop stehlen – aus einem Laden voller nagelneuer Fahrräder? Es gibt keinerlei Beweise dafür, dass der Arzt dahintersteckt, und die Polizei hat nach dem Vorfall auch keine Fingerabdrücke des Täters im Gebäude gefunden. Sam schluckt; er fühlt sich leer und ihm ist übel.

Mehr als alles andere wünscht er sich die experimentelle Therapie für Grandpa.

Vielleicht unterstreicht der Diebstahl des Laptops ja Nygards kompromisslose Hingabe und Entschlossenheit, diese Mädchen und Iona zu finden, weil er tatsächlich eine funktionierende Behandlungsmethode gegen Krebs entwickelt hat. Oder der Arzt hat den Computer überhaupt nicht entwendet. Sam könnte ihm Poppys Handy geben, ihm sagen, wo er es entdeckt hat, und darauf hoffen, dass ihn das – auf welche Weise auch immer – zu den Mädchen und mehr Marisogen führt.

Zurück in seinem Zimmer klappt Sam den Laptop seiner Mutter auf, den sie ihm geliehen hat, bis die Versicherung die Schadensersatzsumme für seinen eigenen zahlt. Er nimmt die Speicherkarte des Mädchens aus seiner Schreibtischschublade und schiebt sie in den Computerslot.

Mit einem Mal kommt ihm eine Idee. Auf dem Rechner seiner Mum sind geniale Grafikprogramme installiert, damit hat er früher schon herumgespielt. Er öffnet eines und blättert noch einmal durch die Fotos der Mädchen im Camp – in der Hoffnung, auf Hinweise zu stoßen, die er zuvor übersehen hat. Irgendetwas, das ihm verraten könnte, wohin sie aufbrechen wollten. Bei dem schummrigsten Foto hält er inne, regelt an den Einstellungen herum: hellt auf, schärft die Kontraste. Jetzt erkennt er, dass das Bild das Innere einer Hütte zeigt und einen Laptop mit schwarzem Display, offen auf einem Tisch. Er stanzt den Computer aus dem Foto heraus und vergrößert den Ausschnitt. In einer Ecke des Bildschirms befindet sich ein gelbes Rechteck. Anscheinend einer dieser winzigen Klebezettel, mit denen Sam im Englischunterricht immer wichtige Stellen im Lehrbuch markiert. Er zoomt näher heran und wartet, bis das Foto sich erneut scharf gestellt hat. Auf dem Papier steht etwas geschrieben, ganz blass, mit Bleistift.

Ordentliche handschriftliche Ziffern.

–164.394531

Hastig tastet Sam nach einem Stift, notiert die Zahl, gibt sie anschließend in eine Suchmaschine ein. Keine passenden Ergebnisse. Was könnte sich dahinter verbergen? Er wirft erneut einen Blick auf das Foto, um sicherzugehen, dass er alles richtig abgeschrieben hat, lehnt sich dann in seinem Stuhl zurück, rauft sich mit den Fingern durchs Haar und starrt ziellos in seinem Zimmer umher. Die Weltkarte an der gegenüberliegenden Wand fällt ihm ins Auge.

Er tippt die Zahlenkolonne ein, dazu »Längengrad« und »Breitengrad«. Nichts. Sofern es sich wirklich um Koordinaten handelt, sollte die Angabe aus zwei getrennten Ziffernfolgen bestehen. *Irgendetwas* bedeutet die Notiz jedenfalls; irgendjemand hat diese Nummer nicht ohne Grund vermerkt.

Sam poltert die Treppe hinunter ins Büro seiner Mum, wo in einer Ecke des Raums ein Globus steht.

–164. Er folgt dem eingezeichneten Längengrad bei –165 mit dem Finger, vom Nordpol nach unten. Die Linie berührt Alaska, wandert dann durch den nördlichen und südlichen Pazifik. Die meiste Zeit bewegt sich Sams Finger über dem offenen Meer. Allerdings nicht über *leerem* Meer. Darin liegen Hunderte kleiner, namenloser Inseln.

Er durchforstet sein Gehirn, versucht sich zu erinnern, was er im Geografieunterricht gelernt hat. *Meridian.* Zwei Stufen auf einmal nehmend stürmt er die Treppe wieder hinauf, hämmert »Meridian 164 West« in die Tastatur. Diesmal spuckt die Suche eine Liste aller Orte aus, durch die der Grad verläuft – es sind dieselben, die Sam gerade auf der Weltkugel betrachtet hat. Die Angabe auf dem Zettel ist sehr präzise, bis auf sechs Dezimalstellen genau. Sam sucht weiter, unterbricht sich dann aber.

Er könnte sich an jemanden wenden, der auf solche Informationen Zugriff hat und Erfahrung darin, nach Vermissten zu fahnden.

Nygard.

Sam denkt an Poppys Handy, zurückgelassen am Strand. An die Fußabdrücke. Was, wenn Iona von Nygards kleinem Nebenprojekt – der klinischen Studie mit Marisogen – Wind bekommen, seine Arbeit gestohlen und damit Grandpas Chance auf eine Genesung mit sich genommen hat?

Als er Nygard zuletzt gesehen hat, hat sich etwas in Sam dagegen gesträubt, dem Arzt Informationen auszuhändigen, aber womöglich war er zu misstrauisch.

Grandpa bleibt vielleicht nicht mehr viel Zeit, und der Gedanke, ihn zu verlieren, jagt Sam heiße Verzweiflung durch den Körper. Er öffnet sein Mailprogramm. Wenn er Nygard dieses Wissen zukommen lässt, darf er jedoch nicht riskieren, dass der Arzt auf Nimmerwiedersehen verschwindet, ohne Grandpa zu behandeln; er muss also clever sein. Zweifellos haben Nygard und Iona – damals, als sie noch Verbündete waren – das Waldstück für ihr Camp ausgewählt, weil es derart abgelegen ist. Keiner der beiden wollte, dass ihr Tun an die Öffentlichkeit dringt. Das ist Sams einzige Versicherung.

Hi Dr. Nygard,

ich habe neue Informationen, die ich mit Ihnen zu teilen bereit wäre. Geben Sie mir so bald wie möglich Bescheid, wann wir uns treffen können.

Sam

Nygards Antwort hat nicht lange auf sich warten lassen. Jetzt rutscht Sam auf der Bank umher, behält den Pfad im Auge; eine Hand ruht auf dem Lenker seines Mountainbikes, die

Lippen proben stumm, was er gleich sagen will. Er hat die Angabe des Längengrads auswendig gelernt, in Dreierpäckchen. So schien es ihm am sichersten.

–164.

394

531

Sollte er den gestohlenen Laptop ansprechen? Er hat sich noch immer nicht entschieden, als Nygard mit zum Gruß erhobener Hand auf ihn zueilt und sich dann auf der Bank neben ihm niederlässt.

Der Arzt schiebt seine Sonnenbrille hoch. »Hallo, Sam. Ich habe mich sehr gefreut, von dir zu hören.«

Sam dreht sich zu ihm hin. Der Tag ist warm, und Nygard trägt kurze Baumwollhosen und ein graues Poloshirt. Die Brise zerzaust sein Haar, und im Sonnenlicht treten die silbernen Strähnen an den Schläfen deutlicher hervor. Er wirkt ganz normal, adrett, verlässlich.

»Ich habe ein paar Bedingungen, bevor ich irgendetwas verrate«, platzt Sam heraus.

»Alles, was du willst, Sam«, sagt Nygard. Er beugt sich nach vorn, heftet seine blaugrünen Augen auf Sams Wange.

Sam umfasst den Lenker seines Mountainbikes fester.

»Erstens: Sie behandeln meinen Großvater, sobald es geht. Der Tumor wächst wieder, und wir wissen nicht, wie lang …« Zu seiner eigenen Überraschung spürt er mit einem Mal einen Kloß im Hals.

»Das tut mir sehr leid zu hören, Sam. Natürlich – sollten deine Informationen mich zu dem führen, was ich suche, dann wird das meine erste Tat sein.«

Sam nickt.

»Die zweite Bedingung ist, dass Sie mich mitnehmen«, sagt er.

Eine Pause. Nygard legt die Stirn in besorgte Falten. »Wie du gewiss verstehst, hängt das davon ab, ob –«

»Das steht nicht zur Diskussion. Ich muss mitkommen und sicherstellen, dass Ihr Mittel seinen Weg zurück zu Grandpa findet.« Sam schluckt. Er zwingt sich, Nygards ruhigem Blick standzuhalten, und spricht den Teil aus, den er geübt hat.

»Wenn Sie diese Konditionen verletzen, wird alles, was ich weiß, an die Öffentlichkeit gelangen, dafür sorge ich. Und das wollen Sie doch bestimmt nicht.«

Nygards Miene bleibt während Sams Worten unverändert, weitet sich dann aber zu einem offenen Lächeln. Er bietet ihm seine Hand an, und nach kurzem Zögern schlägt Sam ein. Nygards Griff ist fest, verbindlich.

»Ich freue mich auf unsere Zusammenarbeit, Sam.«

21. Kapitel

ICH SCHMIRGELE DAS Holz des Ruders ab, und der Sägemehlstaub kitzelt mich in der Nase. Nachdem wir den Hauptteil der Arbeit erledigt und den Rahmen des Kanus zusammengefügt hatten, sind wir schnell vorangekommen und nun beinahe fertig. Vor uns steht eine einfache Version eines traditionellen Doppelrumpfboots, wie es die alten Polynesier benutzt haben, und es ist … wunderschön. Vor allem, weil es mich zu Poppy bringen wird. Nun warten wir auf günstiges Wetter. Heute bricht die Sonne durch die Wolken, und die weiß gekrönten Wellen schäumen sanft gegen das Riff, statt wilde Gischt in die Luft zu speien. Mein Blick bleibt an dem Baumstamm mit den neun Einkerbungen hängen – für die neun Tage, die wir bereits hier sind. Iona hat den Ring aus Inseln »Halo Atoll« getauft, nach dem Lichthof, der die Sonne bei einer Finsternis umgibt. Wir befinden uns derzeit auf Halo South, und unser Ziel ist die größere Insel, Halo West.

Meine Angst um Poppy übertönt noch immer meine Wut auf Iona. Meine Gefühle in Bezug auf das, was meine Tante uns angetan hat, habe ich tief genug vergraben, dass ich ihre

Gesellschaft ertragen kann, solange wir gemeinsam an dem Boot arbeiten – in jeder freien Minute, die das stürmische Wetter uns zugesteht. Es hilft, dass wir alle drei derart beschäftigt damit sind, unser Lager instand zu halten und das Boot zu zimmern; so bleibt uns kaum ein Augenblick zum Ausruhen und Nachdenken. Abends am Feuer kämmt Beti meine Locken mit Kokosöl und einem zweizahnigen Kamm, den sie selbst geschnitzt hat. Belanglose Plaudereien über neue Algenrezepte und Kniffe, das Feuerholz trocken zu halten, bewahren mich ein ums andere Mal davor, Iona Vorwürfe an den Kopf zu schleudern.

Meine Stiche sind inzwischen gut verheilt, auch wenn sich auf einem meiner Oberschenkel und der gegenüberliegenden Schulter weiterhin Wirbel abzeichnen. Dort ist die Haut glatt, glänzend und heller. Aber durch die Narben fühle ich mich stark. Mir ist gleichgültig, ob sie bleiben; ich betrachte sie als willkommene Mahnung, mich von Quallen fernzuhalten. Und als Erinnerung daran, dass ich schwerer zu töten bin, als ich dachte.

Ehe der Regen kam, konnte ich von unserem Lager aus die Lagune beinahe komplett überblicken; mittlerweile aber beträgt die Sichtweite kaum noch ein paar Meter. Was mich nicht daran hindert, so oft wie möglich ins Freie zu gehen. Allmählich entfaltet das Wasser wieder seine frühere, beruhigende Wirkung auf mich – es steht nicht länger für Gefahr und Trauer. Seit jenem Morgen, an dem ich Sea Boy gesehen habe und Iona mich bei Sonnenaufgang in der Lagune entdeckt hat, ist ihr Schlaf leicht geworden; sie wacht auf, sobald ich mich rühre. Jetzt habe ich keine Möglichkeit mehr, noch einmal allein hinauszuschwimmen und abermals Kontakt zu Sea Boy aufzunehmen. Es wäre zwecklos gewesen, ihr oder Beti zu erzählen, dass ich den Jungen erneut getroffen habe – sie hätten mir nicht geglaubt, und sie werden mir auch weiterhin nicht glauben.

Ich seufze und schaue von meiner Arbeit auf, streiche mit einer Hand über das Holz, das vom Abschleifen ganz heiß ist. Auch die Luft ist heute wärmer, und ich ziehe meinen Regenponcho aus. Seit es zu stürmen begonnen hat, tragen wir die dünnen, sandfarbenen Umhänge, die ebenfalls in der scheinbar bodenlosen Rückentasche der Schwimmwesten verstaut waren. Mein Poncho reicht mir beinahe bis zu den Knöcheln. Die Innenseite ist weich, die äußere Beschichtung wasserabweisend, und außerdem besitzt er eine Kapuze mit Kordelzug, für den Fall, dass das Wetter richtig übel wird. Sie hat sich bereits gut bewährt.

Iona, die gerade den Bug des Boots schmirgelt, sieht ebenfalls hoch.

»Es klart auf«, meint sie. »Ich prüfe mal die Lage.«

Ich nicke. Iona legt ihr Werkzeug ins hohle Innere des Boots. Ich folge ihr nicht, blicke ihr jedoch nach. Mir ist klar, dass sie zu den Felsen am Ende des Strands gehen wird, wie jeden Tag. Ihr Gang ist gleitend, während sie zugleich den Rücken sehr aufrecht hält. Mum konnte durch die Wohnung laufen, den Haushalt erledigen und dabei ein Buch auf dem Kopf balancieren. Poppy und ich haben uns darüber regelmäßig kaputtgelacht. Ich hasse es, wenn Iona und Mum in meinem Kopf miteinander verschmelzen, kann es jedoch nicht immer verhindern.

Du denkst viel zu viel.

Wenigstens ist es diesmal Poppys Stimme, nicht Mums. Wenn Poppy etwas zustößt, werde ich nie mit ihr über Mum gesprochen, mich nie gemeinsam mit ihr an unsere Mutter erinnert haben.

So etwas darf ich mir nicht ausmalen. Keine Schreckensszenarien mit Poppy, nicht einmal für einen Augenblick. Ich reibe grob über das Ruder, konzentriere mich auf den Schmerz in meiner Schulter, den Geruch des heißen Holzes, das schabende Geräusch. *Bitte mach, dass heute der Tag ist, an dem wir wieder zueinanderfinden, Poppy.* Wir müssen fast nichts packen, und nichts hält uns zurück. *Ich komme, Popstar.*

Am folgenden Tag brechen wir auf. Die Insel wird in unserem Rücken immer kleiner, und mein Haar peitscht mir ums Gesicht. Ich schüttele das Segel auf, wie Iona es mir beigebracht hat, und bin begeistert von unserer Geschwindigkeit, als der Wind zum ersten Mal kräftig hineinbläst. Iona gibt mir ein Signal von ihrem Platz ganz hinten auf dem Deck an der Pinne, wo sie sitzt und steuert. Ich lasse ein wenig Seil durch meine behandschuhten Finger laufen, bremse uns ab. Wir alle tragen zum Schutz gegen Sonnenbrand wieder die grauen Neoprenanzüge, in denen wir auf der Insel angespült worden sind, und dazu Arbeitshandschuhe, um die Taue besser handhaben zu können. Die Schwimmwesten haben wir von ihren Schläuchen befreit, ihre Taschen geleert und sie ebenfalls angelegt, als Auftriebshilfe für den Fall, dass eine von uns über Bord geht. Unsere Messer und Macheten sind an unsere Gürtel gebunden. Beti und Iona haben aus getrockneten Gräsern Kopfbedeckungen geflochten, die entfernt an Baseballcaps erinnern und nun auf unseren Köpfen sitzen, damit die grelle Morgensonne uns auf dem Wasser nicht blendet. Um zu verhindern, dass sie davonfliegen, haben wir sie mit Schnüren unter dem Kinn befestigt.

Wir sehen zweifellos völlig bizarr aus.

Beti versucht, ihre Cap nach hinten zu schieben, und als sie sie dabei beinahe an den Wind verliert, lache ich unwillkürlich laut auf. Ein sonderbares Gefühl. Keine von uns hat seit unserer Ankunft viel gelacht. Aber jetzt sind wir mit unserem Kanu in See gestochen und auf dem Weg, die anderen zu finden.

Die Segel waren der bei Weitem kniffligste Teil des Boots. Iona hat uns erzählt, sie habe dünne Hightech-Segel in die Ausrüstungskiste gepackt, die auf der anderen Insel deponiert ist. Wir dagegen mussten improvisieren und unsere eigenen nach einer traditionellen Methode aus verwobenen und anschließend mit Harz behandelten Gräsern fertigen. Sie schlackern, und der Wind pfeift durch die Lücken im Gewebe. Trotzdem kommen wir großartig voran, folgen demselben unterseeischen Pfad, an dem ich mich auf meinem Ausflug zur Mangroveninsel orientiert habe. Die Wellen brechen entlang des Verlaufs, also hält Iona Kurs knapp davor, in Richtung des tieferen, dunkleren Wassers in der Mitte des Atolls.

An der Mangroveninsel segeln wir mit großem Abstand vorbei.

»Ich kann noch immer nicht glauben, dass du ganz allein so weit geschwommen bist«, sagt Beti.

Sie übernimmt das Tau von mir, gerade als meine Arme zu

schmerzen beginnen. Ich starre hinüber zu den Mangrovenwurzeln, die wirr über den Felsen liegen, und den vereinzelt in der Inselmitte aufragenden Palmen.

»Ich auch nicht«, gebe ich zu und entdecke im selben Moment die Stelle, wo Sea Boy und ich über das Astgeflecht balanciert sind.

Das Segel gibt ein knarzendes Geräusch von sich, und ich fasse über Betis Handgelenk ins Seil, um den Zug zu lockern.

Halo West rast nun auf uns zu; die Bäume am uns zugewandten Küstenstreifen erheben sich über einem felsigen Strand. Wie Halo South besitzt auch diese Insel eine Lagune, die sich zur Mitte des Atolls hin öffnet. Ich lege die Hände über den Schirm meiner Kappe und lasse den Blick schweifen, bis mir die Augen brennen. Mein Herz springt mir beinahe bis in den Hals und wummert wie wahnsinnig.

Die Möglichkeit, dass die anderen nicht hier sind, besteht durchaus; Halo West ist lediglich die wahrscheinlichste Option. Was aber, wenn keiner von uns dort angespült worden ist, wo wir hätten landen sollen? Ich kreise meine verspannten Schultern und verdränge den Gedanken.

Dann geselle ich mich zu Iona an die Pinne. Von hier sind auch die übrigen Inseln des Atolls zu erspähen, als verschwommene Erhebungen am Horizont. Es tut gut, die gegenüberliegende Seite des Inselrings zu sehen; so komme ich mir weniger isoliert vor.

»Wie tief ist der Abgrund in der Mitte?«, frage ich.

»Schwer zu sagen – das Wasser ist ziemlich dunkel«, meint Iona.

Ich nicke, denke an den Meerjungen. Jetzt könnte ich das

Gespräch wieder auf ihn bringen. Nun, da das Boot gebaut ist und ich kurz davor bin, meine Schwester zu finden, tut es nichts mehr zur Sache, für wie verrückt Iona und Beti mich halten.

Ich *könnte* über Sea Boy reden. Aber ich tue es nicht.

Wir erreichen die felsige Küste, die unserer Aufbruchsinsel zugewandt ist. Ein ganzes Stück weiter – ähnlich wie bei unserer Insel – liegt Halo Wests Lagune. Beti übernimmt wieder die Führung des Segels, und ich setze mich nach vorn, wo die aufspritzende Gischt mich durchnässt, und halte angespannt nach einem Hinweis auf ein Lager Ausschau. Enttäuschung explodiert in meiner Brust, als wir einen Felsvorsprung umrunden und der gekrümmte Sandstreifen der Bucht sich vor uns ausbreitet, unberührt und verlassen.

»Entdeckst du irgendwas?«, ruft Beti, und der Wind reißt ihr die Worte aus dem Mund.

Ich schüttele den Kopf.

Sie wirft die Schoten los, und das Boot wird langsamer.

»Vielleicht haben sie ihr Camp weiter im Inselinnern aufgeschlagen«, sagt Iona. Ihre Stimme ist unbeteiligt, die Miene ausdruckslos. Das gefällt mir ganz und gar nicht.

Diese Lagune hat die Gestalt einer Träne; ein hakenförmiger Ausläufer robusterer Korallen schützt die bauchige Seite, während eine ebene Sandbank das entgegengesetzte Ende umschließt und zur Spitze hin flacher wird. Wir landen das Boot auf der breiten Sandfläche an und ziehen es hinüber in das ruhige, nur rund einen Meter tiefe Wasser der Lagune. Die Kräfte der Gezeiten haben hier einen natürlichen Hafen geschaffen. Wir nehmen unsere Caps ab, greifen uns die Schnorchelausrüstung und schwärmen aus; schwimmend kommen wir im warmen, seichten Wasser schneller voran als watend. Obwohl ich die schnellste Schwimmerin bin, fallen die beiden anderen nie weit zurück, da ich häufig innehalte, meine Brille hochschiebe und den leeren Strand absuche.

Der Sand sieht glatt aus.

Was das bedeutet, will ich mir gar nicht überlegen.

Iona stakst aus dem Meer, ohne sich umzuwenden, und Angst prickelt mir wie giftiger Schweiß aus den Poren.

Beti folgt meiner Tante keuchend und zeigt über die Schulter zurück zur Lagune. »Du hast erzählt, dass es hier alles Nötige gibt, um Austernfarmen anzulegen«, sagt sie. »Sollten dann nicht Seile durch die Lagune gespannt sein?«

Iona stapft voran, gibt keine Antwort.

Mein Atem geht zu kurz, zu schnell; meine Beine zittern, als hätten sie einen eigenen Willen entwickelt und wollten mich nicht länger tragen. Ich zähle im Kopf, zwinge Luft durch meine Nase. *Dreimal ein, sechsmal aus.* Ich darf jetzt nicht in Panik verfallen. Ich muss stark bleiben, für Poppy.

Callum ist gestorben.

Was, wenn die anderen auch tot sind?

Nicht darüber nachdenken.

Wir erreichen die Mitte der Bucht und sind alle drei still. Der Sand ist übersät mit Spuren von Leben: Seegras und winzigen Muscheln.

Aber kein Fußabdruck weit und breit.

22. Kapitel

IONA JOGGT DAS letzte Stück Strand hinauf, stampft ihre Fußabdrücke tief in den schrecklich makellosen Sand. Wenn sie nicht hier sind, dann eben auf einer anderen Insel. So muss es sein. Doch ich kann mich nicht davon überzeugen, dass das wahr ist. Schreckensszenarien jagen durch meinen Kopf, viel zu schnell, wie Bilder einer altmodischen Filmspule. Alle sind krank geworden und gestorben. Sie sind auf dem Weg zum Ufer ertrunken, treiben nun in Ionas dämlichen Prototyp-Schwimmwesten durchs Meer. Von Raubfischen zerfetzt. Was auch immer Callum zugestoßen sein mag, könnte auch ihnen widerfahren sein. Ich bete stumm: *Bitte. Bitte. Bitte. Nicht Poppy.*

Taubheit macht sich in meinem Körper breit, und auch wenn sie meine Panik dämpft, wird der Effekt nur vorübergehend sein.

Ich folge Iona in den Schutz der Bäume. Hier scheint es keine natürliche Lichtung wie auf unserer Insel zu geben. Meine Tante führt uns tiefer ins Zwielicht, zieht ihre Machete und hackt die dicken Schlingpflanzen und Farne zurück.

So weit ins Inselinnere sind wir auf Halo South nur vorgedrungen, um Holz für unser Boot zu sammeln. Wieso sollten sich die anderen in dieses verworrene Dickicht gewagt haben?

»Wo sind sie?«, will ich wissen.

Iona dreht sich nicht um und ignoriert mich, als ich die Frage wiederhole. Ein dunkler Schweißfleck breitet sich auf dem Rücken ihres T-Shirts zwischen ihren Schulterblättern aus. Beti zückt nun ebenfalls ihre Machete und hilft Iona dabei, eine Schneise durch das dichte Unterholz zu schlagen. Als ich gerade Anstalten mache, Iona an der Schulter zu packen und zu verlangen, dass sie mir endlich verrät, wonach sie sucht, hält sie mit einem Mal abrupt an. Ein tiefer Ton grollt in ihrer Kehle, während sie sich daranmacht, etwas freizulegen. Sie reißt Lianen und Kletterpflanzen ab, und zum Vorschein kommt ein silberner Kasten, etwa so groß wie eine Gefriertruhe und mit einem mattgrünlichen Film überzogen. Das muss die Ausrüstungskiste sein, aber ihr überwucherter Zustand unterstreicht nur zusätzlich die Tatsache, dass die anderen nicht hier sind. Mein Mut sinkt noch weiter. Iona selbst hat diese Box vor einiger Zeit hier zurückgelassen, nachdem sie die Obstbäume auf den Inseln gepflanzt hatte.

Meine Tante schnippt einen großen Klappverschluss hoch und zieht einen Bolzen heraus. Die Kiste springt ein wenig auf, und sie hebt den Deckel vollständig an, dreht sich dann zu uns um. Schweiß läuft ihre Wange hinunter.

»Sie sind nicht hier gewesen«, sagt sie. Beißt sich auf die Oberlippe und blinzelt rasch.

»Wo zur Hölle ist meine Schwester?«, sage ich mit lauter werdender Stimme. »An einem anderen Strand?«

»Nein. Wenn die anderen auf dieser Insel wären, hätten sie die Ausrüstungstruhe gefunden. Nein. Ich denke, sie sind trotzdem … in Sicherheit«, meint Iona. Sie scheint etwas durchzurechnen.

»In Sicherheit?«, wiederholt Beti. »Wie willst du das wissen?«

Als Betis Stimme bricht, wallt Angst in mir auf. Ihr unbeirrbares Vertrauen in Iona, allen Widrigkeiten zum Trotz, hat auch mich bei der Stange gehalten.

»Es gibt da ein paar Dinge, die ihr erfahren solltet«, sagt Iona.

Sie beugt sich über den silbernen Kasten und wühlt in seinen Tiefen herum. Ich linse über ihre Schulter und erspähe Seile, Stoff, Werkzeuge und Kunststoffbehälter in unterschiedlichen Größen. Meine Tante nimmt etwas heraus, das mich an einen schwarzen Plastikrucksack erinnert, dazu eine Tauchmaske, aus der sich dicke Gummischläuche winden. Sie reicht mir das Bündel, und ich lasse es beinahe fallen. Es ist schwerer, als es wirkt. Beti bekommt von Iona zwei Paar Taucherflossen in die Arme gedrückt.

»Bitte, Iona. Ich begreife das nicht. Sollten wir es nicht auf der nächsten Insel versuchen?«, fleht Beti.

Iona zieht einen zweiten Stoß Tauchausrüstung hervor und schließt den Deckel der Truhe.

»Zurück zum Strand. Ich erkläre euch alles«, ordnet sie an, und ehe wir argumentieren können, marschiert sie uns voran den Pfad entlang, den sie ins Dickicht geschlagen hat.

Schließlich öffnen sich die Bäume, und ich erkenne das Kanu, das am Rand des Riffs vor sich hin schaukelt, immer noch dort, wo wir es festgemacht haben.

Iona lässt ihre Tauchsachen in den Sand plumpsen, und ich tue es ihr nach. Beti greift nach meiner Hand und hält sie fest. Wir haben beide geglaubt, die anderen auf dieser Insel zu finden. Wir haben es uns selbst eingeredet.

»Alles, was ich euch über die Gründe gesagt habe, aus denen wir hier sind, ist wahr«, fängt Iona an. Sie stockt, sucht meinen Blick, fährt sich mit der Zunge über die Lippen. »Die anderen sind wohlauf. Im Container. In dem Container, den ihr auf dem Heck der *Deep Retreat* gesehen habt.«

Ich spüre, wie mir vor Ungläubigkeit das Gesicht verrutscht. Ich habe vieles aus Ionas Mund erwartet, aber das ganz gewiss nicht.

»Wie meinst du das?« Ich erinnere mich an den riesigen beigefarbenen Metallkasten, der beinahe bedrohlich den hinteren Teil des Boots eingenommen hatte. Meine Schwester soll sich in diesem Ding befinden? Seit unserem vermeintlichen Ausflug sind zehn Tage vergangen. Ionas Worte ergeben keinen Sinn; sie hat endgültig den Verstand verloren.

»Ich habe ein paar Details ausgelassen, als ich euch von meiner Therapie in Wildhaven erzählt habe. Davor hatte ich einige krebsresistente Tierarten erforscht. Meine Theorie war, dass diese Widerstandsfähigkeit mit deren Anlage zum Winterschlaf zusammenhängt. Kurz gesagt: Wir haben einen Weg gefunden, ihre DNA in eure einzufügen.«

Ich zwinge mich, durch die Nase Luft zu holen, um meine Atemzüge ruhig zu halten.

»Mir ist klar, dass ihr eine Weile brauchen werdet, um diese Neuigkeit zu verarbeiten. Die Gentherapie deaktiviert das Krebsgen, wenn man sie mit einem winterschlafähnlichen Zustand kombiniert. Euer Herzschlag ist auf weniger als eine Handvoll Schläge pro Minute verlangsamt worden, und ich habe sauerstoffangereicherte Flüssigkeit in eure Lungen gepumpt, damit ihr nicht atmen musstet.«

Ich schüttele den Kopf, unfähig, diesen neuen Wahnsinn zu erfassen. Das kann nicht wahr sein. Dann schießt mir wieder Betis Verfassung in den Kopf, als Callum und ich sie gefunden haben – wie sie zuerst tot schien, nicht geatmet hat. Wie unglaublich langsam ihr Herzschlag ging. Ich war mir sicher, dass sie zu viel Zeit ohne Sauerstoff verbracht hatte.

Beti spricht mit leiser, bedächtiger Stimme: »Mussten wir deshalb nachts diese Armbänder tragen, in Wildhaven?«

»Ja. Ich habe seit der Geninjektion euren Schlafrhythmus überwacht, und ihr alle habt während dieser nächtlichen Ruhephasen bereits kurze Perioden durchlebt, während derer ich eure Herzfrequenz, Atmung und Körpertemperatur heruntergefahren habe. Alles, was ich dafür tun musste, war, einen tiefen Schlaf auszulösen.«

»Aber als wir unsere Zustimmung zu der Therapie gegeben haben, hast du einen solchen Winterschlaf nie erwähnt«, sagt Beti.

»Beti, das alles ist vollkommen sicher. Du weißt, dass ich etwas anderes niemals in Betracht ziehen würde.«

Ein Bild von Callum blitzt vor meinem inneren Auge auf, zerfetzt am Strand. *Vollkommen sicher.* Genau dieselben

Worte hat sie auf dem Boot gewählt, als ich zum letzten Mal mit Poppy zusammen war.

»Wo ist dieser Container – wo ist Poppy jetzt?« Meine Hände zittern, deshalb balle ich sie zu Fäusten.

Iona deutet aufs Meer hinaus. »Da draußen. Versenkt, in ungefähr sechs Metern Tiefe.«

Mir kommt der blaue Glibber wieder in den Sinn, den wir ausgehustet haben, nachdem wir an jenem ersten Tag am Strand angespült worden waren. Meine zugetapten Augenlider. Die Schläuche in unseren Armen. Ich werde meiner Tante glauben müssen, auch wenn mein Verstand sich dagegen sträubt.

»Und wieso sind wir dann nicht bei ihnen dort unten?«, will ich wissen.

Ionas Zögern beschleunigt meinen Puls aufs Neue.

»Der Container hätte die Kapseln, in denen ihr untergebracht wart, zeitgleich freigeben sollen. Allerdings waren sie so programmiert, dass sie im Fall einer Störung früher ausgestoßen würden.« Sie atmet tief durch. »Wahrscheinlicher, als dass die anderen auf einer der weiter entfernten Inseln sind, ist, dass sie sich noch im Ruhezustand befinden.«

Störung. Das Wort hallt in meinem Kopf nach.

»Wieso hast du uns das nicht einfach sofort erzählt? Warum hast du uns weisgemacht, sie wären auf dieser Insel?«, bohre ich.

»Weil ich es zuerst selbst für die plausibelste Erklärung gehalten habe. Und so oder so mussten wir schließlich das Kanu bauen.«

Ionas Stimme ist fest und lässt keinen Zweifel daran, dass

ihr nichts leidtut. Sie hat zu jeder Zeit die Informationshoheit besessen, uns immerzu lediglich wohldosiert gerade so viel mitgeteilt, wie wir nach ihrer Auffassung unbedingt wissen mussten. Ihr unerschütterlicher Glaube daran, dass sie im Recht ist, ist mir völlig unbegreiflich.

Nun nimmt sie ein Bündel der aus der Kiste mitgebrachten Taucherausrüstung vom Boden auf.

»Aster, du bist die stärkste Schwimmerin von uns – deshalb tauchst du mit mir hinunter zum Container. Beti wird sich an der Oberfläche um das Kanu kümmern.«

»In Ordnung«, sagt Beti, deren Stimme jetzt kräftiger klingt. Sie drückt noch einmal meine Hand und lässt dann los, sodass ich die Tauchmaske und den Plastikrucksack greifen kann. Darin scheppert es dumpf, und ich vermute eine Sauerstoffflasche im Innern. Alles geht zu schnell; für mich fühlt es sich noch immer an, als müsste Poppy irgendwo hier auf dieser Insel sein. Ich suche Betis Blick, aber sie starrt eindringlich auf Ionas halb abgewandtes Gesicht. Sie hat Iona bedingungslos vertraut, die ganze Zeit über, und ich kann nicht recht einschätzen, inwieweit diese neue Offenbarung ihren Glauben ins Wanken gebracht hat.

»Ich gehe jetzt in der Lagune die Grundlagen mit dir durch, Aster, und wenn das Wetter hält, tauchen wir morgen früh als Allererstes hinab zum Container«, sagt Iona.

Ich schüttele den Kopf, folge ihr aber zum Wasser.

Mein Crashkurs im Tauchen ist alles andere als ein Vergnügen; die Ausrüstung empfinde ich als sperrig, und das Mundstück – der Atemregler – scheuert mir das Zahnfleisch wund. Iona erklärt, dass es sich bei den Behältern um sogenannte Rebreather – Kreislauftauchgeräte – handelt, eine Sonderanfertigung für das Militär. Unter anderen Umständen fände ich es spannend, zu erfahren, wie darin unsere verbrauchte Atemluft recycelt wird. Im Moment allerdings macht mich das Gasgemisch bloß schwindelig, und die ganze Ausrüstung vibriert seltsam, sobald ich zu rasch Luft hole. Bis Iona zufrieden verkündet, ich sei nun in der Lage, damit umzugehen, bin ich völlig erschöpft.

Später sitzen wir am Lagerfeuer im Sand, essen auf spitze Stöcke gespießte Fische. Ich stochere im Feuer, bloß um meine Hände zu beschäftigen, und es knackt und sprüht Funken. Wir haben am Strand ein niedriges Schlafzelt aufgeschlagen, mit Planen aus der Materialkiste. Ich ertappe mich dabei, wie ich sehnsüchtig an Halo South zurückdenke, wo unser Camp im Vergleich zu diesem hier regelrecht gemütlich gewesen ist – und wir noch überzeugt waren, die anderen seien nur eine kurze Bootstour von uns entfernt.

Iona steht auf und streckt sich.

Ich fasse es noch immer nicht, dass sie uns all das angetan hat. Mir kommt wieder Betis schlaffes, lebloses Gesicht in den Sinn, als ich versucht habe, sie zu beatmen, und ihre Lunge noch von dem schmierigen Schleim blockiert war. Genau so sieht Poppy vermutlich gerade aus, und allein bei dem Gedanken daran schließt die Panik ihre Klauen fester um meinen Hals. Iona hält es für *vertretbar*, uns tierische Gene zu impfen und in eine Art Winterschlaf zu legen. Sie hat uns in einen Zustand versetzt, in dem wir quasi lebende Tote sind, in einer Kiste, unter Wasser.

Mir fällt ein, dass Mum mir einmal erzählt hat, Iona sei nie über den Tod ihrer Eltern hinweggekommen.

Und ich habe geglaubt, *ich* tue mich schwer damit, meine Trauer zu verarbeiten.

»Und weiß Dr. Nygard eigentlich über diesen ... Ruhezustand Bescheid?«, frage ich.

»In den frühen Phasen unserer Forschung sind uns im Anschluss an die Injektion Veränderungen im Hinblick auf Stoffwechselvorgänge und Schlafrhythmen der Probanden aufgefallen, während die Krebsgene jedoch unverändert blieben. Ich habe die Hypothese aufgestellt, dass der Prozess auf zwei Komponenten beruht – dass tatsächlich erst explizit der Ruhezustand die Krebsgene deaktiviert. So etwas wollte Jonathan überhaupt nicht in Erwägung ziehen, daher haben wir anschließend nie wieder darüber gesprochen. Rückblickend nehme ich an, dass er ab diesem Zeitpunkt mit eigenen Untersuchungen begonnen und zusätzliche Blutproben gesammelt haben muss. Die Ausrüstung für die Schlafkapseln im Container habe ich derweil über die letzten drei Jahre ohne sein Wissen zusammengetragen.«

»Das bedeutet also, *jetzt* sind wir immun gegen Krebs, weil wir diesen Winterschlaf durchgemacht haben?«

Iona nickt.

»Und du meinst, Dr. Jonathan sucht immer noch nach uns?«, hakt Beti nach.

»Wie schon gesagt: Es wäre erst nach der Ruheperiode wieder sinnvoll gewesen, neue Bluttests durchzuführen, denn erst jetzt hätten sich Ergebnisse gezeigt. Er hat mit eurem Blut etwas anderes angestellt.«

»Hätte er es verwenden können, um den nächsten Schritt eurer Forschung in Angriff zu nehmen, den du erwähnt hast – ein Medikament für Leute herzustellen, die bereits an Krebs erkrankt sind? Patienten würden jeden Preis zahlen, und ihnen wäre vollkommen gleichgültig, woher das Wundermittel käme, ob von Tieren oder aus Blut oder was auch immer«, gebe ich zu bedenken. »Dieser Nygard könnte reich damit werden.«

»Soll, das etwa bedeuten, dass wir ein unbezahlbares Heilmittel gegen Krebs in unserem *Blut* haben?«, fragt Beti.

Iona seufzt, schiebt ihr Häufchen Fischgräten zusammen und wirft es ins Feuer.

»Das soll es nicht bedeuten, Beti. Ich hoffe, dass unsere Forschungsarbeit in der Zukunft auch einen Nutzen für Menschen mit bestehendem Krebsleiden bringt, aber das ist ein Aspekt, den ich noch nicht untersucht habe.«

Ionas Miene ist gleichmütig und gelassen, und das begreife ich einfach nicht. Morgen werden wir zu diesem Container hinabtauchen, in dem sich meine elfjährige Schwester befindet, mehr tot als lebendig. Meine Wut kocht hoch, und diesmal gebe ich mir keine Mühe, sie zurückzuhalten.

»Was unterscheidet dich von ihm?« Ich stoße die Worte heiß und schnell hervor. »Mag sein, dass du dir unser Einverständnis für die Impfung geholt hast – oder zumindest das der anderen. Aber nicht für diese Winterschlafgeschichte. Du hast erst unsere Wahl an dich gerissen und dann uns – buchstäblich – aus dem Leben.«

Iona kommt auf die Füße, rafft das Tuch zusammen, das

um ihre Schultern liegt. Ihre Stimme klingt ruhig und entschieden.

»Ich habe euch alles gegeben. Ihr wärt eines Tages an Krebs gestorben, Aster. Ich kann dir nicht sagen, an welcher Form von Krebs; ich habe keine Ahnung, wann er ausgebrochen wäre, ob ihr noch jung oder schon alt gewesen wärt. Aber ihr hattet den Genmarker im Körper, und jetzt habt ihr ihn nicht mehr. Ich habe Waisenkinder getroffen, denen ich helfen konnte, und es bestand die Aussicht, dass ich ein zukünftiges Medikament entwickeln könnte, das die gesamte Medizin grundlegend verändern würde. Nygard dagegen hat euch *benutzt.*«

Meine Stimme ist jetzt leiser. »Du hast uns eiskalt belogen.«

»Hättet ihr zugestimmt, wenn ich euch alles erzählt hätte?«

Ich funkele sie zornig an, kann jedoch nicht antworten. Ich weiß es nicht, und die Frage ist nicht fair. Außerdem tut das nichts zur Sache.

Iona seufzt erneut. »Eines Tages wirst du es verstehen. Und ich möchte, dass du dir bewusst bist: Ehe ich auch nur irgendetwas von alldem in Betracht gezogen habe, habe ich es durchaus getestet. An mir selbst.«

Beti und ich starren sie an. Mit ihrer Beteuerung fühle ich mich kein Stück besser.

Iona bleibt stehen, beißt sich von innen in die Wange. Ich will nicht mehr reden; ich will einfach nur zu Poppy. Das ist alles, was ich wollte, seit ich auf der anderen Insel zu mir gekommen bin. Nur zu Poppy.

»Also tauchen wir zu diesem Container, sobald die Sonne aufgeht?«, vergewissere ich mich.

»Ja.« Iona sieht erst mir, dann Beti in die Augen und wirft zuletzt einen Blick zum Dschungel im Inselinnern hinüber. »Und ihr sollt wissen, dass sich am Boden der Ausrüstungskiste ein kleines schwarzes Kästchen befindet. Darin habe ich einen USB-Stick verwahrt. Auf ihm ist Nygards und meine gesamte Forschungsarbeit gespeichert, dazu meine eigenen Notizen und die Ergebnisse unserer Beobachtungen an euch. Alles da.«

23. Kapitel

BETI ÜBERNIMMT DAS Ruder, und ich kümmere mich um das Segel. Wir dümpeln so langsam wie möglich voran, gerade schnell genug, dass das Boot im Gleichgewicht bleibt, und spähen ins Wasser, auf der Suche nach jener Stelle, an der es finster wird – an der die unterseeische Klippe zum Abgrund in der Mitte des Atolls abfällt. Iona erläutert, dass der Container nur etwa zehn Meter von dort entfernt liegt, in rund sechs Metern Tiefe. Sie beschreibt uns, wie sie ihn mit einer speziellen Lastwinde vom Boot aus hinabgelassen und in ein Wäldchen aus hohem braunem Seetang versenkt hat, das ihn zusätzlich tarnen sollte.

»Dann bist du also zu uns in den Container gekommen, sobald er dort unten stand?«, fragt Beti.

Iona sitzt vorne auf einem Schiffsrumpf, lässt den Blick über das Wasser schweifen. Sie dreht sich um, schaut erst Beti und dann mir in die Augen. »Ich hatte den Ruhezustand ja bereits einmal durchlebt; daher habe ich erst überlegt, auf der Insel zu warten und von dort aus zu überwachen, wie ihr zu gegebener Zeit alle wieder aus dem Container entlassen würdet. Hätte Jonathan mich allerdings gefunden, wäre ihm klar gewesen, dass ihr in der Nähe sein müsst. Letztlich habe ich entschieden, dass mein Platz bei euch ist.«

Sie reckt ihre Handgelenke in die Höhe. Die winzigen Narben der Schläuche gleichen meinen und Betis. An meiner Tante bemerke ich sie zum ersten Mal.

Plötzlich wird das kräftige Türkis des Wassers zu einem satten Indigo. »Hier«, rufe ich. »Das muss der Abgrund sein.«

Beti gibt das Segel frei. »Soll ich den Anker auswerfen?«, fragt sie.

Iona schlüpft bereits in ihre Schnorchelausrüstung. »Nein, lass das Segel schlaff hängen und benutz die Ruder, um uns zu stabilisieren. Vielleicht sind wir nicht an genau der richtigen Stelle, aber in jedem Fall ganz nah. Wir schnorcheln, bis wir den Container finden, und dann verankerst du das Boot, damit wir tauchen können.«

Ich hole tief Luft und puste sie wieder aus, straffe die Schultern. Dann ziehe ich den Reißverschluss meines blassgrauen Neoprenanzugs hoch und lege ebenfalls mein Schnorchelzubehör an. Das Boot schlingert, als Iona den Schritt ins Wasser macht und ich ihr folge. Wir pendeln an der Oberfläche und suchen dabei den Grund ab.

Verglichen mit dem Meeresboden in der Nähe der Inseln wirkt er hier leblos, wie eine Mondlandschaft, deren Eintönigkeit lediglich von ein paar roten Seesternen gestört wird. Die Kante des Abgrunds bricht nach unten weg, hin zur Mitte des Atolls, und das unergründlich düstere Blau jagt mir Angstfunken den Rücken hinauf. Wir schwimmen weiter, paddeln kraftvoll mit den Beinen und halten die Arme seitlich ausgestreckt, um unsere Sicht nicht zu behindern. Iona deutet zu einem Hain aus wogenden braunen Farnwedeln vor uns, und wir tauchen beide auf. Sie gibt Beti auf dem Boot ein Zeichen; Wasser tropft ihr aus dem kurzen, wirren Haar, und ihre Miene ist starr und entschlossen. Ehe ich etwas sagen kann, stößt sie hinab zu dem Tangwald, teilt die gummiartigen Stängel mit den Händen. Ihre Flossen verschwinden zwischen den Algen, und ich setze ihr diesmal nicht direkt nach, sondern wippe an der Oberfläche, weit entfernt von den Pflanzen. Mein Nacken kribbelt, als würde ich beobachtet. Mit einem langen Atemzug durch den Schnorchel tauche ich schließlich doch ab und wirbele herum. Zu meiner Linken liegt die Finsternis des Atollabgrunds, rechts das hellere Blau der seichteren Gewässer. Ich starre ins Dunkel, beinahe sicher, dass ich im trüben Wasser eine Gestalt, eine Bewegung wahrgenommen habe. Nichts. Sea Boy?

Gerade als ich anfange, mir Sorgen zu machen, Iona könnte bereits zu lange dort unten sein, rauscht sie aus dem Tang empor und durchbricht die Oberfläche. Sie kommt wieder zu Atem, nickt dann. Der Container befindet sich dort unten.

Iona schwebt über dem riesigen Metallkasten und wirkt mit den schlenkernden Schläuchen und dem Visier ihres Tauchanzugs wie ein grauschwarzes Insekt. Der beigefarbene Quader fügt sich farblich in den Meeresboden ein, und die Algenwedel bilden eine Art Vorhang oder Baldachin, sodass er von der Oberfläche ebenso wenig zu erkennen ist wie aus der Luft. Ich katapultiere mich an Ionas Seite, atme durch die Nase aus und klemme sie gleichzeitig zu, bis es in meinen Ohren ploppt und der Druck in meinem Kopf nachlässt. Dass ich meinen ersten Meerestauchgang genieße, kann ich nicht behaupten. Keine Spur des Freiheitsgefühls, das ich normalerweise beim Schwimmen empfinde. Von dem Mundstück muss ich beinahe würgen, und der Rucksack schränkt meine Bewegungen ein, während er zugleich die Luft reinigt, die ich ausstoße, damit ich wieder und wieder dasselbe Gasgemisch einatmen kann. Durch die Tauchmaske ist mein Blickfeld stark begrenzt, zu den Seiten hin sehe ich nahezu nichts. Ein Schwarm schimmernder Fische schießt aus dem Tang und lässt mich zusammenschrecken. In diesem dichten Farnkraut könnte alles Mögliche lauern. Iona greift nach dem speziellen Whiteboard und Stift, die an der Vorderseite ihres Rucksacks baumeln, und schreibt.

Bereit?

Mein Geist springt zurück zu Mum in ihrem Krankenhausbett, die auf ihren Block kritzelt. Ich verbanne die Erinnerung, so schnell es geht, und gebe Iona mit einer Geste zu verstehen, dass alles in Ordnung ist – auch wenn nichts an dieser ganzen Sache in Ordnung ist. Ich habe keine Ahnung, wie ich mich auf Poppys Anblick vorbereiten soll: leblos, im Tiefschlaf.

Wir sind inzwischen tiefer, als ich je zuvor gewesen bin, und obwohl wir ab und an durch die Tangwedel einen Eindruck der lichtbesprenkelten Oberfläche erhaschen, ist die Welt hier unten eine ganz andere. Mit kälterem Wasser und ausgeblichenen Farben, die Ionas Haut kränklich blass erscheinen lassen. Leichenblass.

Mein Herz klopft mir bis in den Hals, Blut rauscht in meinen Ohren. Ich atme zu schnell, und mein Luftvorrat ruckelt auf meinem Rücken.

Iona presst eine Hand flach gegen den Container, lässt sie dort ruhen, fühlt. Dann nickt sie und bedeutet mir, es ihr nachzutun. Ich lege meine Handfläche auf das Metall und spüre die Kälte durch meinen Handschuh. Der gigantische Kasten vibriert ganz leicht, und ich glaube zu verstehen, weshalb. Was auch immer dieses Ding und die überlebenswichtigen Systeme für Poppy und die anderen am Laufen hält, ist eingeschaltet. Was passiert wäre, wenn diese Energieversorgung versagt hätte, will ich mir gar nicht vorstellen.

Iona schaufelt Schlick und Schlamm aus den Rillen des Metalls, zieht dann einen eingelassenen Hebel in die Höhe und ruckt daran. Die Einstiegsluke springt mühelos auf und wirbelt dabei eine neue Schluffwolke in die Höhe, muss allerdings mit Kraft offen gehalten werden; ihre Federung soll sie im Regelfall automatisch schließen. Meine Augen heften sich auf die tiefe Dunkelheit im Innern des Containers, schwärzer als Tinte. Iona schaltet ihre Taschenlampe ein und gibt mir zu verstehen, dass ich die Klappe am Griff festhalten soll. Genau so haben wir es bereits an der Oberfläche abgesprochen: Sie wird zuerst hineintauchen, ich folge ihr. Sobald die Luke sich schließt, müssen wir auf die Finsternis gefasst sein; deshalb haben wir unsere Tauchlampen bereits aktiviert.

Iona zeigt noch einmal auf ihr Whiteboard, auf das einsame Wort.

Bereit?

Ein Schatten zieht vor der glitzernden Sonne über uns entlang. Ich wende den Kopf von rechts nach links, suche nach dem Verursacher, zwinge mich, meinen Atem ruhig zu halten.

Doch es gibt nichts mehr zu sehen, nur den sich kräuselnden Tang. Als ich Iona zunicke, schlüpft sie mit den Füßen voran durch die Luke. Die Dunkelheit verschluckt ihre Beine, ihren Oberkörper, dann den Kopf, und ehe ich zu lange nachdenken kann, folge ich ihr. Normalerweise fürchte ich mich nicht im Dunkeln, nun aber nimmt mir die Finsternis jede Orientierung, und als Iona nach mir greift, klammere ich mich krampfhaft an ihren Arm, bevor ich meine Taschenlampe zu fassen bekomme und ausrichte. Meine Haut zieht sich vor Kälte zusammen, und ein sanftes Wummern läuft durch das Wasser, eine schwache, kaum wahrnehmbare Schwingung.

Zuerst ist es schwierig, mir einen Reim auf das zu machen, was ich vor mir habe, aber dann entdecke ich die wuchtigen Behälter, die Iona »Schlafkapseln« genannt hat. Schlanke Quader mit abgerundeten Ecken, über zwei Meter lang, allerdings weniger als einen Meter breit. Ihr mattes Metall fängt das Licht der Lampe ein, während ich den Strahl durch den unterseeischen Raum schweifen lasse. Die Kapseln sind an den Containerwänden aufgereiht, wie alte ägyptische Sarkophage in einem Museum. Ich schwimme dichter heran. Schläuche schlängeln sich aus den oberen Enden der Gehäuse in die Wandverkleidung dahinter. Meine Bewegung wirbelt das Wasser auf, und die Tür der uns nächsten Kapsel schwingt eine Handbreit auf. Ich ziehe scharf die Luft ein, und Iona ist mit einem Mal vor mir. Sie öffnet die Tür und leuchtet hinein. Leer. Ein Nest aus Kabeln und Schläuchen am Kopfende, verknäult wie ein schlafender Krake. Mein Gehirn fädelt zurück zu jenem ersten Tag auf der Insel, zu dem Moment, als wir am Strand aufgewacht sind, mit aus den Handgelenken wachsenden elastischen Röhrchen, die sich unsere Arme hinaufwanden und im oberen Teil der Schwimmwesten verschwanden. Ich erinnere mich an die leeren Buchsen im festen Material der Westen, hinten am Nacken.

Meine Haut juckt; Wellen brechen sich brüllend in meinen Ohren.

Die Tür der Kapsel hängt an einer ganz ähnlichen Feder wie die Einstiegsklappe zum Container und schließt sich selbsttätig, sobald sie losgelassen wird.

Iona deutet zuerst auf sich, dann auf mich. Ja. Wir wussten, dass vier der Behälter leer sein würden – unsere beiden und dazu die von Callum und Beti. Eilig öffnet Iona die nächsten drei Kapseln. Und dann sehen wir es beide gleichzeitig, die Lichtkegel unserer Taschenlampen kreuzen sich: Auch die folgende Tür ist nur angelehnt.

Iona und ich krallen uns aneinander fest, jede umfasst im Dunkeln krampfhaft den Unterarm der anderen. Ich höre nur noch das Summen des Containers und meinen eigenen Atem, der durch den Regulator in meinem Mund pfeift.

Es ist vollkommen egal, dass die Energieversorgung funktioniert, dass die Luke dicht war. Die Technik hat dennoch in irgendeiner Weise versagt.

Aus den Schlafkapseln sind Särge geworden.

Dieser ganze Kasten ist ein Gruppengrab.

Ich mache mich von Iona los, weil ich Bescheid wissen muss. Wenn dieses Experiment gescheitert ist und sie alle tot sind, muss ich mich mit eigenen Augen davon überzeugen, ganz gleich, wie schlimm der Anblick sein mag. Meine Lampe flackert ziellos durch den Container, während ich mich hinüber zu der aufklaffenden Kapsel katapultiere und die Tür gänzlich aufziehe.

Leer.

Keine Poppy.

Ich reiße die nächste auf, dann die dahinter. Leer, alle sind sie leer, doch ich kann erst aufhören, als ich jede einzelne geöffnet habe. Dann schnellt mein Blick über die Decke, den Fußboden. Iona schwimmt zur Wand rechts von mir und fängt an, neben der letzten Kapsel herumzutasten. Sie findet eine Einkerbung und klappt einen kleinen Deckel auf, unter dem ein Bedienungsfeld zum Vorschein kommt; sämtliche Knöpfe und Hebel darauf sind schwach beleuchtet. Es wirkt zweckmäßig, militärisch. Im oberen Teil drei große Handhebel in einer Reihe: einer rot, einer blau, einer schwarz. Darunter, ebenfalls in Reihen angeordnet, metallene Kippschalter, wie man sie vielleicht im Cockpit eines Flugzeugs erwarten würde. Ich lasse mich näher herantreiben. Auf einem kleinen Bildschirm ganz oben steht die Zahl 276. Iona schüttelt den Kopf. Ich habe keine Ahnung, was das bedeuten soll, da ich nie auch nur irgendetwas von ihr durchschaut habe.

Alles, was ich weiß, ist, dass Poppy nicht tot ist.

Weil Poppy nicht hier ist.

24. Kapitel

SAMS AUGEN ÖFFNEN sich flatternd, und es dauert einen Moment, bis ihm wieder klar wird, dass er sich an Bord von Nygards Jacht befindet. Der Arzt hat kalkuliert, dass der einzig plausible Ort auf exakt diesem Längengrad ein winziges unbewohntes Atoll in einem abgelegenen Teil des südlichen Pazifiks ist. Heute sollten sie die Koordinaten erreichen.

Sam hat seine Eltern nur ungern darüber belogen, wo er hinwollte. Mum und Dad glauben, er sei für die restlichen Ferien mit ein paar Kumpels im Busch unterwegs, zum Mountainbiken und Campen. So etwas hat er schon mal gemacht und sie vorgewarnt, dass er vermutlich keinen Empfang und auch keine Möglichkeit haben würde, sein Smartphone zu laden. Trotzdem bleibt ihm nur eine Woche, ehe sie sich Sorgen machen werden. Er hofft, bis dahin zurück zu sein.

Nun späht er aus dem kleinen Fenster seiner Kajüte. Das Meer ist ruhig, der Himmel gehüllt in das tiefdunkle Blau vor der Dämmerung. Die gedämpften Stimmen von Nygard und seinen Kumpanen dringen durch die dünne Zimmerdecke.

Gegen die zwei Männer, die der Arzt angeheuert hat, hegt Sam inzwischen eine heftige Abneigung. Sie sind Cousins, etwa so alt wie Nygard, beide mit zurückgegeltem schwarzem Haar. Einer ist gebräunt und verschrumpelt wie eine Walnuss, der andere hat viel zu weiße Zähne. Nygard hat Sam zwar durchaus ihre Namen verraten, aber Sam nennt sie insgeheim Brutzel und Beißerchen. Im Kopf haben sie nichts anderes als Jagen. Vögel, Fische, Meeresschildkröten – kein Lebewesen ist vor ihnen sicher, und sie tragen ein gruseliges Arsenal von Harpunen und Messern bei sich. Wann immer die Jacht langsamer wird, schlüpfen die beiden in schwarze Neoprenanzüge, legen Schnorchelausrüstung an und tauchen ab. Am ersten Tag haben sie einen gigantischen Fächerfisch mit einer wunderschönen Regenbogenflosse gefangen und zehn Minuten lang zugesehen, wie er sich an Deck in Todesqualen hin- und hergeworfen hat, ehe Nygard dem armen Tier endlich einen Schlag über den Schädel verpasst hat.

Beißerchen und Brutzel halten ihrerseits ebenfalls nicht viel von Sam; seine mangelnde Begeisterung für Mord und Totschlag ist für sie schlicht unbegreiflich. Bislang hat er sich alle Mühe gegeben, ihnen aus dem Weg zu gehen, und die Jacht ist groß genug, dass es ihm gerade so gelingt. Nygard selbst ist höflich zu Sam, und jedes Mal, wenn sie sich unterhalten, wandert der Mittelteil seiner Augenbrauen nach wie vor vertrauenerweckend in die Höhe. Allerdings hat er auf keine einzige von Sams Fragen danach, wie ihr Plan aussieht, falls sie Iona tatsächlich finden, eine klare Antwort gegeben. Er ist entschlossen, sich seine Forschungsunterlagen zurückzuholen – aber wie?

In Sams Bauch sitzt ein Knoten, der sich immer fester zusammenzieht.

Manchmal hört er im Kopf Grandpas Stimme: *Mit wem sich jemand abgibt, sagt eine ganze Menge über ihn aus. Schau dir die Leute genau an, Sammy.*

Weshalb hat Nygard ihn überhaupt mitgenommen? Sam hat diesen halbherzigen Drohversuch unternommen, hat behauptet, er würde Nygards Arbeit öffentlich machen, sollte dieser ihn zurücklassen. Außerdem hat er eine Notiz mit den Koordinaten der Insel und Nygards Namen in seiner Schreibtischschublade verstaut, wo seine Eltern – die garantiert sein Zimmer durchstöbern würden, falls er verschwunden bliebe – sie finden könnten. Als er den Zettel geschrieben hat, kam ihm das clever vor, aber jetzt … nicht mehr so sehr. Sobald Nygard erreicht hat, worauf er aus ist, könnte er Sam über Bord werfen und sich aus dem Staub machen, seinen Namen ändern, niemals nach Neuseeland zurückkehren.

Hin und wieder ertappt Sam den Arzt dabei, wie dieser ihn beobachtet, und ihn überläuft der verstörende Eindruck, dass Nygard unentschlossen ist, was er mit ihm anfangen soll. Noch.

Sam zieht sich ein T-Shirt über den Kopf und stolpert die Stufen zum Deck hinauf ins Freie. Der nahende Sonnenaufgang ist gerade als ausgeblichener blauer Fleck am Horizont zu erahnen. Seit ein paar Tagen fühlt es sich an, als gäbe es nichts anderes. Als bestünde die Welt zur einen Hälfte aus Meer, zur anderen aus Himmel, mit Nygards Jacht als winzigem Punkt, der die Trennlinie zwischen beiden entlangfährt. Sam kratzt sich am Kinn. In der Eile vor dem Aufbruch hat er seinen Rasierer vergessen, und nun sprießen ihm erstaunlich kräftige blonde Bartstoppeln aus der Haut. Seine Sonnencreme mit Lichtschutzfaktor 30 ist bereits komplett aufgebraucht, und sein Haar fasst sich nach all den Stunden an Deck an wie Stroh. Im Badezimmerspiegel seiner Kajüte erkennt er sich kaum noch wieder.

Bis zum späten Nachmittag ist Sam sein T-Shirt längst wieder losgeworden, trägt in der brütenden Hitze nur einen schlappen Fischerhut auf dem Kopf. Seine Augen tränen, da er unentwegt durch sein Fernglas starrt.

Zum tausendsten Mal folgt er dem dunklen Streifen des Horizonts. Kein Land in Sicht.

Er lässt den Feldstecher fallen, sodass er ihm auf der Brust liegt, und wirft sich auf eine der gepolsterten Bänke auf dem Achterdeck. Für schicke Ausfahrten, vermutlich samt Gelegenheiten zum Speerfischen, ist die Jacht mit Kunstledersitzen und gebohnerten Holzdielen ausgestattet, alles Übrige entweder blendend weiß oder verchromt. Sam rollt sich flach auf den Rücken, zieht sich die Krempe seines Huts ins Gesicht, gönnt seinen Augen eine Pause. Jeder Muskel tut ihm weh. Helle Kleckse wandern über die Rückseite seiner Lider.

Mit einem Mal ertönt Beißerchens Stimme: »Land in Sicht!«

Sam springt auf und rammt sich den Feldstecher gegen die Nasenwurzel. Eine Unebenheit am Horizont. Eine Erhebung im flachen Ozean. Das Atoll.

Sie nehmen die Passage zwischen den beiden nächstgelegenen Inseln, und Nygard weist alle an, mit den Ferngläsern nach Lebenszeichen an den Stränden Ausschau zu halten. Auf den ersten beiden Inseln entdecken sie nichts. Sie fahren noch einmal dichter heran und suchen den Sand nach Fußspuren ab, den Saum der Bäume nach Hängematten oder irgendwelchen anderen menschengemachten Strukturen. Alles wirkt unberührt. Nygard trägt ein weites blaues Hemd und kakifarbene Shorts. Seine Baseballkappe hat er tief in die Augen gezogen, die unter dem Schirm hervorfunkeln.

Diesmal ist es Brutzel, der schreit: »Unbekanntes Objekt auf zwölf Uhr!«

Sam verdreht die Augen. Diese Typen reden wie Möchtegern-Offiziere, aber es ist ziemlich offensichtlich, dass keiner von ihnen je Wehrdienst geleistet hat. Sam eilt an der Kabinenwand entlang aufs Vorderdeck, lässt den Blick über den Horizont schweifen. Er erspäht einen winzigen dunklen Punkt, richtet sein Fernglas aus und fummelt am Fokussierrad herum, um es scharf zu stellen. Ein Boot? So weit hier draußen, inmitten dieses unbewohnten Inselrings, dümpelt ein Segelboot.

Der Motor heult auf, und je näher sie herankommen, desto deutlicher wird, wie winzig es tatsächlich ist: ein hölzernes Kanu mit zwei Rümpfen, einem Segel und einer einzelnen Person an Bord.

Über das dröhnende Motorengeräusch hinweg kann Sam nicht verstehen, was Nygard und die anderen besprechen. Er beobachtet das Boot mit einem mulmigen Gefühl im Bauch, das mehr ist als nur ungute Vorahnung. Er hat Nygard und diese beiden schießwütigen Witzfiguren hierhergeführt, ohne jeden Schimmer, was sie wirklich geplant haben.

Nygard gesellt sich zu ihm, als die Jacht zu dem Kanu aufschließt, das keine Anstalten macht, sich von der Stelle zu bewegen; das Segel flappt nutzlos im Wind. Bei der Person an Deck scheint es sich um ein schwarzes Mädchen oder eine Frau zu handeln, mit grauem Neoprenanzug und Strohhut. Sie hat dem herannahenden Boot den Rücken zugewandt. Nygards Feldstecher sind Spezialgeräte, extrem leistungsstark, und Sam nimmt an, dass das Mädchen sie noch nicht einmal bemerkt hat, sofern es nicht über ähnliche Ausstattung verfügt.

Während Sam die junge Frau im Auge behält, hieven sich zwei weitere Gestalten auf das Segelboot. Sie stecken allem Anschein nach in schwarzer Tauchausrüstung. Wo zur Hölle kommen *die* plötzlich her?

Nygard brüllt Befehle: »Abbremsen. Echolot einschalten und Umgebung abtasten. Und bereitmachen.«

Teil 4

ERTRINKEN

25. Kapitel

ZURÜCK AUF DEM Segelkanu streife ich Tauchmaske und Mundstück ab; ohne das unterstützende Wasser kann ich das Gewicht des Rebreathers im Rucksack kaum tragen und knicke ein. Ein paar Sekunden lang liege ich da, mit der Wange am warmen Holzboden, und lausche Ionas Stimme, die Beti gerade erzählt, dass die anderen nicht im Container waren. Dann setze ich mich auf und löse die Schnallen an meiner Taille und um die Brust, winde mich aus meiner Montur. Nehme dankbar einen Schluck von dem Wasser, das Beti mir anbietet, auch wenn mir vor Angst übel ist.

Poppy war nicht auf der Insel, und sie ist nicht im Container. Iona hat keine Ahnung, wo meine Schwester ist, und ich ertrage es nicht, dieses Geständnis aus ihrem Mund zu hören.

»Wo sind sie dann?«, fragt Beti nun. Ihre Stimme klingt schroff, und sie verschränkt die Arme vor der Brust. Ich spüre, wie ihr letzter Funken Vertrauen in Iona sich auflöst, und das erschüttert mich.

Iona kippt ein wenig Wasser hinunter und fährt sich mit einer Hand übers Gesicht. »Die Leitsysteme in den Schwimmwesten sind darauf programmiert, festes Land zu suchen –«

Ich unterbreche sie, als mir ein Gedanke kommt: »Die Zahl auf diesem Bedienungsfeld – 276. Was bedeutet die?«

Iona kommt nicht mehr dazu, mir zu antworten. Ein Ruck durchläuft das Boot, und wir gehen alle in die Hocke, um nicht das Gleichgewicht zu verlieren. Beti krabbelt zum Rand und späht hinüber.

»Habt ihr das gesehen? Irgendwas im Wasser … Da!«

Ich wirbele herum. Ein dunkler Schatten unter der Oberfläche. Mehr als einer. Sieben, acht, nein – neun schemenhafte Umrisse gleiten zusammen in einer Gruppe, beinahe einer Formation, unter uns hindurch. Beti hüpft hinüber zu dem Aufbau am Heck. »Könnte eine Schule Delfine sein. Nein, schaut mal, rautenförmig.«

Ich erspähe die geriffelten weißen Unterseiten der gigantischen Flügel. Riesenmantas. Sea Boy? Falls ja, dann ist er nicht allein.

»Moment. Das sind –«

Iona fällt mir ins Wort, ruhig und besonnen. »Ihr zwei holt den Anker ein, und dann haltet ihr euch am Ruder bereit.« Sie schüttelt bereits das Segel auf, dass die verwobenen Gräser knistern. »Die Viecher sind ziemlich groß; wir wollen ja nicht, dass sie uns zum Kentern bringen.«

Die Rochen zischen entlang unseres Boots hin und her. Beti und ich hieven den Felsbrocken, den wir als Anker verwenden, zurück ins Kanu, und das Boot schnellt vorwärts.

Eine gedrungene Gestalt bricht aus dem Wasser hervor.

Sea Boy. Er wirft sein schwarzes Haar zurück und kauert

sich tief auf den Rücken des Riesenmantas, hält mit einer Hand die Balance, während seine Füße noch von den hochschwappenden Wellen verborgen sind. Hinter ihm tauchen andere auf. Acht weitere, geduckt auf den Schwingen der Rochen, die knapp unter der Oberfläche dahingleiten. Alle haben sie identische dunkle Kiemenschlitze im oberen Brustbereich. Sie tragen Lumpen und sind mit Messern, schwarzen Speeren und schlanken weißen Harpunen bewaffnet.

Dumpf nehme ich Ionas und Betis Stimmen wahr, kann allerdings nicht erfassen, was sie sagen.

Sea Boy sieht mich an und legt den Kopf schief, winkt seinen Gefährten zu, bedeutet ihnen, die Waffen zu senken.

Direkt neben ihm reitet ein Mädchen mit brauner Haut und zottigen roten Dreadlocks, in die Muscheln geflochten sind. Runzlige Narben bedecken ihren Bauch. Als sie eine Handvoll Seeigelstacheln hebt, zuckt meine eigene Hand zu meinem Messer. Unsere Blicke treffen sich – und mir wird klar, dass ich diesem Mädchen schon einmal in die Augen geschaut habe. In der Kabine der *Deep Retreat*, als das Gas uns umwabert hat. Wie kann es sich um dasselbe Mädchen handeln?

»Sunee? Talal?«, ruft Beti plötzlich.

Beti *kennt* die Neuankömmlinge. Aus Wildhaven – aber das ist unmöglich. Das sind nicht die Studenten, die ich zuletzt auf dem Boot gesehen habe, in grauen Neoprenanzügen, voller Vorfreude auf einen Schnorchelausflug. Das sind Meermenschen, die auf Rochen reiten.

Der Junge neben Sea Boy umfasst ein längliches Stück

Holz, in dessen Ende eine in der Sonne glitzernde Glasscherbe eingebracht ist. Greifen sie uns an? Mein Kopf arbeitet zu langsam. Ich entdecke mehr vertraute Gesichter, aber ihre Namen fallen mir nicht ein. Ich hebe beide Hände, mit offenen Handflächen.

Gefahr knistert in der Luft wie elektrische Spannung.

Mein Blick huscht erneut zu Sea Boy.

Iona hechtet quer über das Deck, schnappt sich das Tau, sodass unser Segel den Wind einfängt und das Boot einen Satz macht in Richtung der Meermenschen. Sie brüllt weitere Namen, und gleichzeitig rollt der Ankerstein über den Schiffsboden und stößt schmerzhaft gegen meinen Fuß. Ich japse auf, stolpere rückwärts, und das um den Anker geknotete Seil verfängt sich an meinem Knöchel. Ich versuche, mein Gleichgewicht wiederzufinden, doch ich stehe ganz am Rand des Decks, mit rudernden Armen. Dann stürze ich rücklings ins Wasser, komme prustend wieder an die Oberfläche. Beti kniet inzwischen über mir, nur einen Meter entfernt, und reckt mir ihre Hand entgegen, ruft panisch nach mir. Ich stoße fest mit den Füßen, strecke meinerseits die Finger nach ihr aus. Dann schließt sich etwas um meinen Unterschenkel, und ich werde nach unten gerissen, ohne jede Chance, noch einmal Luft zu holen.

Verzweifelt strecke ich die Arme aus, mühe mich mit aller Kraft, dagegenzuhalten, wieder die Oberfläche zu erreichen, doch der Anker zieht mich hinab und ich sinke hilflos in die Tiefe.

26. Kapitel

ICH WINDE MICH, trete wild aus, versuche mich von dem Seil zu befreien, aber es wickelt sich nur enger um meinen Knöchel. Durch den Wirbel aus Luftbläschen kann ich nichts erkennen. Befinden wir uns noch über der unterseeischen Klippe, oder ist das Boot bereits zur Mitte des Atolls hin abgedriftet, zum Abgrund?

Der Felsbrocken gibt mir die Antwort, indem er mit einem dumpfen Aufprall am Meeresgrund zum Liegen kommt. Ich rucke zurück, als hinge ich an einem Bungee-Seil, an dem die Erdanziehung in die falsche Richtung wirkt, und baumele dann da, festgehalten von dem Tau an meinem Bein. Ich sehe dunkles, wogendes Braun; ich bin am Rand des Algenwäldchens gelandet und spähe durch die Wedel empor. Die Silhouette des Seils, das mich noch immer mit dem Boot verbindet, durchschneidet die Sonnenstrahlen. Ehe Iona ihre Tauchausrüstung wieder angelegt hat, wird mir die Luft ausgehen.

Jede Faser meines Körpers drängt mich, zu rebellieren und gegen meine Fessel anzukämpfen, doch ich zwinge mich, stillzuhalten. Meine Brust wird eng, der letzte Atem hat sich in meiner Panik bereits verflüchtigt.

Mein Messer.

Ich packe es, und das Sonnenlicht bricht sich in der Klinge.

Ich werde mich freischneiden. Das kann ich schaffen.

Armzug. Beinschlag. Atmen.

Ja, Mum. Ich weiß.

Ich beuge mich nach unten, so weit es geht, und Seetang streift mir durchs Gesicht. Das gelbe Nylonseil ist dünn, aber ausgesprochen stark, und es hat sich doppelt um meinen Knöchel gelegt. Ich ziele auf den Abschnitt des Seils unterhalb der straffsten Stelle und schwinge mein Bein hin und her. Ein paarmal ratscht die Klinge nur am Nylon entlang, bevor es mir gelingt, eine Kerbe hineinzuschneiden, und ich richtig säbeln kann. Fiber um Fiber platzt auseinander. Meine Lunge brennt; ich säge schneller, und noch ein Faden reißt entzwei. Zur Hälfte bin ich durch, muss weitermachen. Doch schwarze Flecken flimmern durch mein Sichtfeld, und meine Hand zittert. Panik rauscht durch meinen Körper.

Aber ich bin nicht allein. Sea Boy taucht aus dem Algenfarn auf. Ich flehe ihn mit meinem Blick an.

Hilf mir.

Er schüttelt einmal den Kopf, schießt nach vorn und packt mein Handgelenk.

Hindert mich am Schneiden.

Ich winde mich in seinem Griff, und die Situation unter dem Quallenschwarm kommt mir wieder in den Sinn. Als er mich erst einmal zu fassen bekommen hatte, kam ich kaum wieder los. Ich verrenke mich, meine freie Hand erwischt eine dicke Wurzel und ich trete mit meinem zweiten Bein nach ihm, ramme ihm mit Wucht die Ferse in den Bauch. Sea Boy lässt mein Handgelenk los und taumelt gekrümmt vor Schmerz in den Tang. Mein Messer habe ich verloren; es liegt außer Reichweite.

Ich werde Wasser einatmen. Das war's, endgültig diesmal.

Armzug.

Ich ziehe die Machete aus dem Gürtel an meiner Hüfte. Noch bin ich nicht am Ende.

Jemand reißt mir die Waffe aus den Fingern.

Die Meermenschen schweben nun überall um mich herum. Nein, keine Meermenschen – die Studenten aus Wildhaven. Aber das kann nicht stimmen, denn wieso sollten sie mir tatenlos beim Ertrinken zusehen? Sea Boy streckt eine Hand aus, als wolle er mich beruhigen, und ich begreife es nicht: Er hat mich am Entkommen gehindert. Ich schüttele den Kopf, werfe meinen Körper nach hinten, und dann verkrampfen sich all meine Muskeln, der Knöchel ruckt am Seil. Ich muss freikommen.

Armzug. Beinschlag. Atmen.

Ich bin unter Wasser, Mum!

Atmen.

Die Algen teilen sich, und Sonnenlicht zerspringt ringsum wie tausend Scherben.

Mum, ich kann nicht. Ich stoße ein stummes Wimmern aus, und die Bodenlosigkeit meiner Trauer droht mich zu verschlingen. *Ich habe Poppy verloren, und ich schaffe das alles ohne dich nicht. Mum – bitte komm zurück! Ich brauche dich jetzt …*

Wieder ihre Stimme: *Atme.*

Mir bleibt keine Wahl. In einem langen, gierigen, todbringenden Zug sauge ich den Ozean ein. Das Wasser dringt mir in die Nase, den Hals, die Brust, und sämtliche meiner Muskeln spannen sich an, warten auf den Schmerz, das Ende.

Nichts. Stille.

Das Meer ist salzig und kühl, schwer und so falsch in mir.

Ich bin ertrunken. Zuletzt, nach allem, was ich durchgemacht habe, bin ich ertrunken.

Wieso tut es dann nicht weh?

Ich öffne die Augen. Sea Boys Hände sind um meine geballten Fäuste geschlossen. Er sucht meinen Blick und nickt dann zu meiner Brust hinunter.

Ich schaue hin.

Adrenalin feuert, und ich kralle meine Nägel in den Stoff meines Neoprenanzugs, zerre ihn hinunter.

Meine Haut.

Einkerbungen haben sich darin gebildet, dünne Furchen auf meiner Brust, die mit jeder Sekunde tiefer und rosiger werden. Ganz so, als würde ein unsichtbares Messer meine Haut aufschlitzen, vom Brustbein quer an den Rippen entlang nach außen. Ich blute nicht. Es tut weh, aber auf eine neue, fremde Art und Weise, wie eine zu heftig gekratzte juckende Stelle. Panik pulsiert durch meine Adern und jagt über meinen Körper. Ich rudere mit meinem freien Bein, schlage kopflos um mich. Instinkt erstickt jeden anderen Gedanken. Ich brauche Luft, Licht. Ich muss an die Oberfläche. Was ich hier sehe, ist nicht real.

Die schwarzen Punkte laufen ineinander und breiten sich aus, bis alles dunkel wird.

Meine Augen springen auf, und ich stelle fest, dass jemand mein Kinn überstreckt hat; Finger um meinen Kiefer liegen, und ein Gesicht befindet sich ganz dicht über mir, die Lippen Zentimeter von meinem Mund entfernt. Impulsiv stemme ich mich mit aller Kraft gegen Sea Boy. Mein Brustkorb senkt sich, und Wasser fließt aus den Schlitzen. Ich berühre meine – *Kiemen?* – und spüre warme Wirbel ausgeatmeten Wassers.

Und dann hebt sich meine Brust wieder, inhaliert neues Meer … ich atme. Unter Wasser.

Sea Boys Augenbrauen wandern nach oben, sein Gesicht wirkt besorgt.

Die Zeit steht still.

Er *wusste* es. Unter den Quallen – da wusste er, dass das möglich ist. Er wollte mich nicht ertränken.

Er wusste, dass ich nicht ertrinken *kann*.

Ich strecke eine zitternde Hand nach ihm aus. Er umgreift meinen Unterarm, und ich seinen. Er stabilisiert mich, und mein Blick huscht über die anderen ringsum. Poppy, wo ist Poppy? Der Sauerstoff aus dem Wasser erreicht mein Gehirn, neue Verknüpfungen erwachen zum Leben.

Das rothaarige Mädchen sammelt meine Machete und das Messer vom Meeresboden auf und reicht sie mir zurück. Ich schiebe sie mit bebenden Fingern in meinen Gürtel.

Sunee. Ich nicke ihr dankbar zu.

Ich suche weiter nach Poppys Gesicht, während ich zu verstehen versuche, was all das zu bedeuten hat. Die Studenten sehen so anders aus: muskulös, wild und grimmig.

Einige erkenne ich wieder.

Junge.

Iona hat sie erkannt. Bevor ich ins Wasser gestürzt bin, hat sie ihnen etwas zugerufen.

Noch ein Junge – Darnell?

Ein weißes Mädchen.

Die anderen aus Wildhaven waren nicht in den Kapseln. Sie haben Kiemen.

Mädchen mit brauner Haut – nein, nicht Poppy.

Junge.

Ich habe Kiemen.

Junge – Dimi.

Schwarzes Mädchen.

Das sind alle. Acht plus Sea Boy.

Eine Gruppe Wildhaven-Camper, etwa die Hälfte von ihnen. Und Poppy ist nicht dabei. Wo sind die restlichen?

Ohne dass ich bewusst darüber nachdenken muss, zieht meine Brust sanft Wasser ein und lässt es wieder ausströmen.

Ich konzentriere mich auf Sea Boy, der meinen Arm noch immer umklammert hält. Einer der Studenten taucht zu meinen Füßen und säbelt das Seil, das mich an den Anker kettet, endgültig durch. Ich steige aus dem Seetang auf.

Ich bin frei, ich fliege – ich bin unfassbar.

Sea Boy trägt Fetzen eines Neoprenanzugs, wie wir sie allesamt für den Schnorchelausflug angelegt hatten, wie auch ich ihn gerade anhabe – allerdings lediglich Überreste des Oberteils, mit abgeschnittenen Ärmeln. Ich lege behutsam einen Finger auf den Reißverschluss, der weit zwischen seinen Rippen heruntergezogen ist. Spüre die Wärme des Wassers aus seinen Kiemen und nehme die Hand hastig zurück.

Der Handschuh, den ich auf der Mangroveninsel gefunden habe, kommt mir wieder in den Sinn: alt, abgetragen, halb auseinandergefallen. Er muss einem der Studenten aus Wildhaven gehört haben.

Wie lange sind sie schon hier?

Viel länger als zehn Tage.

Ein klickendes Geräusch unterbricht meine Gedanken. Der gleiche Laut, den Sea Boy von sich gegeben hat, als er den Riesenmanta herbeigelockt hat. Das rothaarige Mädchen bewegt den Kiefer, und ein Rochen schießt heran. Jetzt fangen auch die anderen zu klickern an – schwingen sich auf ihre Mantas, rauschen davon.

Von oben schwimmt eine Gestalt durch den Seetang auf mich zu; Schläuche winden sich aus ihrem Mund. Iona in Tauchausrüstung.

Sea Boy will mich abschütteln, doch ich umfasse seinen Arm nur fester. Er deutet zur Oberfläche, zeigt dann auf sein Ohr. Ich höre überhaupt nichts und weigere mich, ihn loszulassen. Er muss wissen, wo Poppy ist, und ich flehe ihn abermals mit einem Blick an, forme mit den Lippen ihren Namen. Seine Miene fällt in sich zusammen, doch er schüttelt den Kopf, löst meine Finger von seinem Handgelenk. Iona sinkt derweil ungelenk zu mir herab.

Der Rochen von Sea Boy saust an seine Seite, und er steigt auf. Ich schaffe es nur mit Mühe, mich im Sog des riesigen Fischs aufrecht zu halten, katapultiere mich dann ebenfalls auf ihn zu. Die anderen verschwinden bereits in den Abgrund des Atolls hinein, und Sea Boy und sein Manta folgen ihnen.

Ich jage den beiden nach, auch wenn ich weiß, dass das hoffnungslos ist. Mit einem Delfin-Kick versuche ich, Tempo aufzubauen, doch das durch meinen offenen Mund strömende Meerwasser irritiert mich. Ich werde die Meermenschen nie einholen – und so auch Poppy niemals finden.

Staunend halte ich inne, als Sea Boy kehrtmacht und wieder auf mich zuhält. Er bremst sein Reittier stark genug ab, dass ich ihn um die Taille packen kann, und ich klammere mich an ihm fest, als sein Riesenmanta aufs Neue den anderen nachschießt, die das dunklere Blau längst verschluckt hat. Über die Schulter erspähe ich Iona, die mir nachzusetzen versucht, jedoch von ihrer klobigen Tauchausrüstung behindert wird. Über ihr die winzige Silhouette des Boots.

Und mit einem Mal ist da noch etwas: ein grollendes Geräusch, das durchs Wasser wummert und meinen Schädel vibrieren lässt.

27. Kapitel

SAM DRÜCKT DIE Tür zum Steuerhaus am Bug der Jacht auf. Dort auf der Brücke sind die ganzen Hightech-Kontrollarmaturen untergebracht – Radarbildschirme und GPS-Geräte für die Navigation und was nicht sonst noch alles. Die drei Männer tragen inzwischen allesamt schwarze Neoprenanzüge und starren auf das dunkle Display des Echolots mit blinkenden Punkten. Zuvor hat Sam mitbekommen, wie Brutzel und Beißerchen damit Fischschwärme verfolgt haben.

»Sie sind nicht mehr in Bewegung. Wir befinden uns jetzt direkt über ihnen«, sagt Nygard. Brutzel zieht an einem Hebel, und der Motor erstirbt.

Sam schluckt. »Sollten wir nicht zu den Leuten auf dem kleinen Boot zurückfahren? Eine von ihnen könnte Iona sein – oder nicht? Vielleicht brauchen sie Hilfe.«

Nygard dreht sich um und wirft Sam ein Lächeln zu. »Sam, wir schauen gleich noch mal nach dem Boot. Ich möchte, dass du für ein paar Stunden unter Deck bleibst. Wir haben hier alles unter Kontrolle.« Er macht eine wirkungsvolle Pause und neigt das Kinn, um Sam besser in die Augen blicken zu können. »Denk an Marisogen und deinen Großvater.«

Sam schüttelt den Kopf und zeigt auf das Display. »Was haben Sie unter Kontrolle? Was ist da zu sehen?«

Brutzel wendet sich Nygard zu. »Soll ich ihn in seine Kajüte einschließen? Wäre mir ein Vergnügen.«

Der Arzt wirkt nachdenklich, und als er nicht verneint, läuft Sam ein ängstliches Kribbeln über den Rücken. Jetzt weiß er mit Gewissheit, dass es ein riesiger Fehler war, hierherzukommen – vor allem mit diesem Mann. Jene drei Menschen auf dem Boot sind beinahe ohne jeden Zweifel genau die, nach denen der Arzt die ganze Zeit gesucht hat, aber nun hat er jegliches Interesse an ihnen verloren. Das ergibt keinen Sinn.

Brutzel macht mit hochgezogenen Brauen einen Schritt auf Sam zu und grinst selbstgefällig, als dieser unwillkürlich zurückspringt. Sam blinzelt Nygard an. Hat er nicht vor, einzuschreiten, wenn sein Kumpan Sam bedroht? Doch das Lächeln auf Nygards Gesicht ist eingefroren, und obwohl er in Sams Richtung blickt, scheint er direkt durch ihn hindurchzusehen.

Sam nimmt beide Hände in die Höhe. »Schön. Ich halte mich raus«, beteuert er.

Er geht rückwärts aus dem Steuerhaus und durch die angrenzende Kabine. Schielt zu den Stufen, die hinunter zu seiner Kajüte führen. Was zur Hölle die drei auch vorhaben, Nygard will verhindern, dass Sam es mitbekommt, und das kann nichts Gutes bedeuten. Am Heck des Boots öffnet Beißerchen mittlerweile eine Kiste, in der Netze und Harpunen lagern. Sam duckt sich und wartet, bis der Mann eine Auswahl an Jagdgeräten hervorgekramt und an die anderen auf der Brücke weitergereicht hat. Dann schlüpft Sam nach draußen, presst sich gegen die Außenwand und hebt sein Fernglas. Er findet das kleine Boot. Jetzt ist das Mädchen darauf wieder allein – die beiden Taucher, die kurz bei ihr waren, sind verschwunden.

Ein Platschen neben der Jacht. Sam schießt zur Ecke der Kabinenwand und späht herum. Beißerchen ist von Bord gesprungen, nun in voller Tauchmontur und mit zwei Harpunen auf dem Rücken. Er legt eine Hand an den Kopf, gibt so das Zeichen, dass alles in Ordnung ist. Nygard und Brutzel machen sich neben der Tür zum Steuerhaus am anderen Ende des Boots ebenfalls tauchbereit. Beißerchen kippt im Meer nach vorn; seine Flossen blitzen auf, dann ist er weg.

Sam versteckt sich erneut hinter der Ecke. Was wollen die drei unter Wasser mit all diesen Speeren?

Er verspürt einen überwältigenden Drang, sich aus dem Staub zu machen, doch er kann nirgends hin.

Außer natürlich … aber das wäre … verrückt.

Zurück in der Kabine hastet Sam die Stufen unter Deck hinab, stopft sein weniges Gepäck in seine wasserdichte Tasche und schleicht die Treppe wieder empor. Das Herz klopft ihm bis zum Hals. Was zum Teufel treibt er hier gerade?

Er starrt noch einmal durchs Fernglas. Das Mädchen auf dem Boot ist noch da, hat sich hingekauert und späht über den Rand.

Sam schnappt sich eine Rettungsboje vom Haken neben der Leiter am Heck der Jacht. Er will sie hinter sich herziehen, für den Fall, dass er einen Krampf oder dergleichen bekommt. An Bord ist es still. Alle drei Männer müssen inzwischen unter Wasser sein. Sam hat Nygard noch nie zuvor tauchen sehen.

Das Rumoren in Sams Magen fühlt sich eher nach einem Schwarm gefangener Vögel als nach Schmetterlingen an. Er klettert die Stahlleiter hinunter und lässt sich ins Wasser gleiten. Die Sonne steht mittlerweile tief am Himmel, aber die junge Frau auf dem Boot wird er definitiv erreichen, bevor das Licht gänzlich hinter den Horizont versinkt. Er muss.

Das Meer ist kühl, aber nicht kalt – das Boot des Mädchens allerdings weiter entfernt, als es den Anschein hatte. Falls sie beschließt, fortzusegeln, wird Sam mitten im Atoll allein im Ozean treiben, fernab von jeglichen Inseln, und er kann sich nicht vorstellen, dass Nygard eine Rettungsmannschaft nach ihm ausschicken wird. Er spornt sich selbst an, wünscht sich, er hätte mehr Elan in sein Schwimmtraining investiert, statt immerzu bloß das Mountainbiken im Kopf zu haben. Seine Schultern brennen vor Anstrengung, aber er kommt dem Katamaran langsam näher. Er wechselt in den Bruststil und gibt sich alle Mühe, nicht an die finstere Tiefe unter sich zu denken und an das, was dort lauern könnte. Endlich schwimmt er die letzten Meter zum Boot der jungen Frau und schlägt an einem der Rümpfe an. Er lässt den Kopf kurz auf seinem Arm ruhen, hustet und keucht.

Das Mädchen funkelt ihn wütend und mit gezückter Machete von oben herab an. Sie hat ein ovales Gesicht, eine schmale Nase und einen breiten Mund. Ihre Armmuskeln glänzen, und sie wirkt, als wisse sie mit einer Waffe umzugehen.

»Hey. Ich bin Sam«, sagt er und schnappt zwischen den Worten nach Luft. »Ich bin hier, weil ich ein paar Leute suche. Aster und Poppy und ihre Tante, Iona.«

Die Augen des Mädchens weiten sich vor Verblüffung, ehe sie sie misstrauisch verengt. »Du kommst von dieser Jacht.«

»Da ist ein Arzt. Ich war mit ihm zusammen unterwegs, gewissermaßen, aber … jetzt nicht mehr.«

Das Mädchen drückt die Schultern durch und reckt das Kinn.

»Was für ein Arzt?«, fragt sie.

»Er hat meinen Grandpa in einem Krankenhaus in Gisborne, das ist in Neuseeland, behandelt. Er hat auch in einem Camp im Busch gearbeitet. An der Ostküste –«

»Wildhaven. Dr. Nygard«, flüstert die junge Frau und presst sich eine Faust an die Lippen.

»Er hat dieses Medikament entwickelt – Marisogen, es hat meinem Grandpa geholfen – und gemeint, er könne mehr davon herstellen, wenn er bloß Iona finden würde, also habe ich ihn dabei unterstützt, hierherzugelangen. Bloß, ich … ich glaube, das war ein großer Fehler.«

Sie nickt. »Ein riesiger Fehler. Nenn mir einen Grund, weshalb ich dich an Bord holen sollte, nachdem du *ihn* hergeführt hast?«, verlangt sie.

»Weil ich von dieser schicken Jacht gesprungen und hierhergeschwommen bin, vermutlich durch haiverseuchte Gewässer, und das wiederum, weil er mir langsam Angst macht und weil mir klar ist, dass ich ihn nicht hätte hierherlotsen sollen. Jetzt will ich helfen.«

Das Mädchen schürzt die Lippen.

»Das soll jetzt wirklich nicht witzig klingen, aber könnten wir uns vielleicht auf deinem Boot weiter unterhalten? Meine baumelnden Beine schauen für die Haie wahrscheinlich ziemlich verlockend aus.«

Sie seufzt und tritt einen Schritt zurück, senkt die Machete. Sam hievt sich an Bord und sackt in der Mitte des Decks zu Boden. Es tut so gut, aus dem Wasser heraus zu sein.

»Ich bin Beti. Aster und Iona sind da unten. Irgendwo.« Beti beißt sich auf die bebende Lippe und macht eine vage Handbewegung in Richtung der Mitte des Atolls. »Aster ist ins Meer gefallen, Iona hat sich in ihrer Ersatz-Tauchausrüstung hinterhergestürzt, allerdings sind beide bisher nicht wiederaufgetaucht. Die anderen aus Wildhaven befinden sich ebenfalls unter Wasser. Sie haben …« Sie deutet auf ihre Brust. »Das musst du sehen, um es zu begreifen.«

Sam legt die Stirn in Falten, versucht sich einen Reim auf ihre Worte zu machen. Die Punkte, die Nygard über das Echolot verfolgt hat, fallen ihm ein. »Ooookay, dann machen sie also jetzt alle einen gemeinsamen Tauchgang?«

Beti schüttelt den Kopf, entnervt und hilflos zugleich. »Das verstehst du nicht. Iona hat uns hergeschafft, damit wir vor Nygard in Sicherheit sind.«

»Warum?«, fragt Sam.

Nach einer langen Pause sucht Beti seinen Blick, ihre Augen sind sattbraun, das Weiß von Tränen gerötet. Doch ihr Kiefer zittert nicht, und sie wirkt gefasst.

»Er will uns. Er will unser Blut«, sagt sie.

Sam flucht, entschuldigt sich, flucht aufs Neue. Könnte es sein, dass Nygard dieses *Blut* für seine Marisogen-Therapie benötigt? Auf. Keinen. Fall.

Beti mustert ihn mit gerunzelter Stirn. »Wir sind erst vor zehn Tagen aufgebrochen. Lange habt ihr ja nicht gebraucht, um uns zu finden.«

Das verwirrt Sam. Sie ist erst seit zehn Tagen hier? Vielleicht hat sie doch nichts mit Iona, Aster und Poppy zu tun. Doch anders kann es nicht sein.

»Beti – es ist neun *Monate* her, dass ich diese Mädchen im Flugzeug getroffen habe. Eine Woche später habe ich das abgefackelte Camp entdeckt und Nygard dabei ertappt, wie er in der Asche herumgestochert hat. Ich habe Poppys Handy am Strand gefunden. Das hatte ich schon beinahe wieder vergessen, als derselbe Typ am Krankenhausbett meines Großvaters aufgekreuzt ist und ich ihn wiedererkannt habe.«

Beti murmelt etwas vor sich hin. »Die Ruhephase. Sie sind aufgewacht, und wir müssen im Container weitergeschlafen haben. *Neun Monate* lang. Deshalb sehen sie so seltsam aus.«

Beti schnappt nach Luft, schlägt die Hände an die Wangen und starrt mit großen Augen zu der Jacht hinüber.

»Wir vier haben neun Monate lang im Winterschlaf zugebracht, und die anderen haben … unter Wasser gelebt?«

28. Kapitel

DER RIESENMANTA, DER Sea Boy und mich trägt, schießt so schnell vor Iona davon, dass ich gar nicht sehen kann, wohin wir unterwegs sind. Nur mit Mühe und Not schaffe ich es, mich überhaupt an meinem Begleiter festzuklammern. Die Gruppe hat Iona zurückgelassen, und ich glaube, ich verstehe den Grund dafür. *Sie* hat ihnen das alles angetan. Ich umgreife fest meine eigenen Unterarme, hake meine Beine unter Sea Boys ein und drücke meine Wange zwischen seine Schulterblätter. Ebenso rasch, wie das Wasser durch meinen Mund in meinen Körper strömt und durch die Kiemen an Brust und Hals wieder hinaus, überfliege ich im Kopf sämtliche denkbaren Möglichkeiten: Wenn Sea Boy und die anderen aus Wildhaven stammen, dann müssen sie schon mehr Zeit hier unten im Meer verbracht haben als wir an Land. Ihre Kleider sind zerfetzt, und sie wirken unter Wasser vollkommen zu Hause. Sie haben sogar gelernt, auf *Rochen* zu reiten.

Ruhephase. Wir müssen länger in den Kapseln eingeschlossen gewesen sein als sie; das ist die einzige Erklärung.

Nachdem ich zuerst darauf vertraut habe, dass Poppy auf Halo West ist, und mir dann sicher gewesen bin, sie im Container zu finden, kann ich jetzt nicht glauben, dass sie zu diesen Meermenschen gehört. Was, wenn ihr etwas zugestoßen ist?

Meine Brust krampft sich vor Angst zusammen.

Wir sitzen erst seit ein paar Minuten auf dem Manta, als er abrupt abbremst, sich aufbäumt und mit den Flügeln schlägt. Sea Boy lässt ihn los, während ich mich weiter um seinen Oberkörper klammere. Ich löse meinen Griff ebenfalls, rudere mit Armen und Beinen und versuche mich zu orientieren. Solange wir in Bewegung waren, ist das Wasser mühelos durch meine Kiemen geströmt, doch nun hebt und senkt sich meine Brust langsamer als gewöhnlich und ich muss mich stärker anstrengen, um das schwere Meerwasser in meinen Körper herein- und wieder hinauszupumpen. Unglaublich.

Sonnenlicht durchschneidet weit über uns die ruhelose Oberfläche, das Blau ringsum ist jedoch dunkel. Der Rochen hat uns tief hinabgebracht. Keine Spur der anderen acht Meermenschen; sie waren um einiges schneller als wir. Sea Boy fasst meinen Arm und deutet nach unten.

Wir befinden uns am Rand der unterseeischen Klippe. Etwa sechs Meter unter uns liegt ein unebener Vorsprung.

Ich staune ungläubig, als der Umriss darauf vor meinen Augen Gestalt annimmt.

Ein Schiffswrack.

Es ist so getarnt, dass es vor dem Hintergrund der Felswand kaum auffällt – beinahe wirkt es wie in klumpigen, grünbraunen Teig getaucht. Die *Deep Retreat*. Allerdings derart überwuchert, dass das beinahe unmöglich scheint; unser Ausflugsboot kann noch nicht lange genug hier unten liegen, um so auszusehen. Wie viele Wochen – oder Monate – habe ich geschlafen?

Ich werfe Sea Boy einen fragenden Blick zu, doch er zeigt bereits wieder zur Oberfläche hinauf, tippt erneut an sein Ohr und schüttelt den Kopf. Dann abermals die schnelle Schlitzbewegung über seinen Hals, und mit seinem geschmeidigen Delfin-Kick katapultiert er sich über die Felskante hinunter in Richtung des Wracks.

Das dumpfe Grollen vibriert eher durch meinen Schädel als durch meine Ohren. Es könnte von einem Motor stammen, auch wenn ich über den Wellen keinen Auslöser erspähe. In der Ferne halte ich Ausschau nach Iona. Falls sie uns auf eigene Faust folgt, muss sie weit zurückliegen, und die Gasflasche im Rebreather enthält lediglich Luft für vier Stunden. Meine Montur liegt noch auf dem Boot, aber Beti hat nie Tauchen gelernt. Also ist sie nach wie vor auf dem Kanu, allein.

Sea Boy schwebt im Wasser über dem Wrack. Ich rolle mich herum, bis ich die Oberfläche im Rücken habe, und lasse den Kiefer kreisen, um Druck von Gesicht und Ohren zu nehmen, ehe ich zu ihm hinabstoße. Es kann unmöglich unbedenklich für einen Menschen sein, so tief zu tauchen. Etwas Dunkles zieht über mir vorbei, und ich schiele hinauf.

Ein kastenförmiger Schatten, der spitz zuläuft. Was wir gehört haben, war ein Schiff. Wer auch immer es steuert, muss uns irgendwie hierher gefolgt sein oder mit Apparaturen das

Wrack geortet haben. Aus dieser Tiefe kann ich kaum beurteilen, wie groß das Wasserfahrzeug ist.

Ich schwimme mit kraftvollen Zügen auf Sea Boy zu, und er lotst mich die letzten Meter bis zum Wrack, das mit einer dicken Schicht aus Seepocken, Muscheln und flaumigen Gräsern überwuchert ist. *Leben* Sea Boy und die anderen allen Ernstes hier, in den Überresten der *Deep Retreat*?

Schon die Beleuchtung im Container habe ich als farblos und gespenstisch empfunden, aber das hier ist eine ganz andere Liga; die bläulich violetten Kugeln an Sea Boys Schultern spenden die einzige Helligkeit. Er gestikuliert zu einer Öffnung im Oberdeck. Ich schaue nach oben. Der dunkle Schiffsrumpf steht genau über dem Wrack, und ich habe das Gefühl, dass wir genau hier gerade am allerwenigsten sein sollten. Ich schüttele den Kopf, doch als ich Sea Boys Blick auffange, erkenne ich darin Furcht, aber auch Entschlossenheit – ihm bleibt keine Wahl. Und mir ebenso wenig, sofern auch nur die geringste Chance besteht, dass Poppy sich im Innern dieses gesunkenen Schiffs aufhält. Als Sea Boy hineinschwimmt, halte ich mich dicht hinter ihm.

Zuerst scheint alles pechschwarz und ich will schon eine Hand nach ihm ausstrecken, bevor sich meine Augen allmählich an die Dunkelheit gewöhnen. Das Wasser fließt kalt in meine Lunge und schmeckt leicht metallisch. Wir driften in die Kabine. Die Fenster sind mit Algen und anderen Meereslebewesen beschlagen, aber weitere biolumineszierende Kugeln, die an den Wänden aufgehängt sind, strahlen ein gedämpftes Licht ab. Ich drehe mich um. Die Tür wird von einem Keil offen gehalten – dieselbe Tür, die ich aufzustemmen versucht habe, gegen die ich meine Fäuste geschlagen habe, während weißer Dunst um mich gewabert ist. Das ist der Raum, in dem Iona das Gas hat ausströmen lassen; der letzte Ort, an dem ich mit Poppy zusammen war, sie im Arm gehalten habe, als sie ohnmächtig zusammengesackt ist. Mein Herz verkrampft sich. Sea Boy reicht mir seine Hand, und ich nehme sie. Wir gleiten wie Geister über die Stuhlreihen hinweg, wo Poppy und ich gesessen haben, als wir noch dachten, wir machen einen Tagesausflug. Kühles Wasser strömt durch meine Kiemen, klärt meinen Kopf. Ein rot-weiß getüpfeltes Wesen mit Tentakeln – ein Tintenfisch, glaube ich – schießt an uns vorbei. Am Ende der Kabine tauchen vage Umrisse auf. Ein Kreis aus Meermenschen, die sich durch ausgreifende Handbewegungen miteinander verständigen, in einer Art überdimensionierter Gebärdensprache.

Sie entdecken mich, lassen die Arme sinken, wenden sich um. Ich katapultiere mich auf sie zu, suche nach Poppy.

Zweifel blubbern hoch.

Können das wirklich die Studenten aus Wildhaven sein, oder habe ich alles falsch kombiniert?

Eine kleine Gestalt wirbelt auf mich zu, drängt sich zwischen allen anderen hindurch.

Das Haar tanzt ihr in eng geflochtenen, an den Spitzen ausgeblichenen Schnüren ums Gesicht.

Ich fasse es nicht.

Blicke in die dunklen, tief liegenden Augen.

Ihre Wangenknochen glühen im violetten Licht der Kugeln auf ihren Schultern. Meine Schwester.

Sie lebt. Nichts anderes zählt. Es ist *Poppy*.

Sie streckt die Hand im selben Moment aus, in dem auch meine Hand nach ihr greift, und ich kralle meine Finger in die warmen Muskeln ihrer Schultern – Muskeln, die sie zuvor nicht hatte –, um mich davon zu überzeugen, dass sie echt ist. Sie packt beinahe grob mein Kinn, mustert mein Gesicht, zieht die Augenbrauen zusammen.

Ihre Lippen bewegen sich. *Du.*

Ich nicke und spüre, wie meine heißen Tränen sich mit dem Meerwasser vermischen. Ich schließe sie fest in die Arme, und wir kreiseln; ihre Brust hebt und senkt sich ebenso heftig wie meine, und das warme Wasser aus unseren Kiemen vermengt sich.

Ich habe sie wieder. Jetzt muss ich sie hier hinausbringen …

Klong!

Ein Scheppern, Metall auf Metall, hallt durch den Ozean. Poppy und ich klammern uns aneinander und starren zur Decke des Schiffs empor; dann macht sie sich von mir los und zückt ein Messer. Sea Boy schnellt vorwärts, bedeutet den anderen, sich um ihn zu scharen.

Wieder ertönt das Geräusch – als ob etwas auf das Deck donnert.

Glänzendes Metall wird durch eines der trüben Fenster an der Seitenwand der Kabine gerammt, und die Scheibe zerspringt mit dem knackenden Geräusch von Eiswürfeln, die jemand in Wasser fallen lässt. Ich reiße Poppy an der Schulter zurück, trete nach der Gestalt, die nun in wuchtiger Taucherausrüstung durch das Fenster schwebt, genau im selben Moment, in dem auf der anderen Seite des Raums Glas zu

Bruch geht. Der Taucher betrachtet mich durch seine Maske. Hier unten wirken seine Augen farblos, doch an der Oberfläche wären sie blasstürkis.

Nygard.

Zwei Taucher sind inzwischen in der Kabine, je einer rechts und links von uns. Ein weiterer Schatten zeichnet sich an der Tür ab, blockiert den Ausgang.

Einen Jungen haben sie um den Hals geschnappt, winden ihm die Waffen aus den Händen; dann wird er wild um sich kickend aus dem Fenster bugsiert. Ich umfasse Poppys Oberarm krampfhafter, und ein weiteres Mädchen schwimmt nach vorn, ihr Messer reflektiert das Licht der Kugel an ihrer Schulter. Ich erkenne sie wieder: das Mädchen, dem ich in Wildhaven beim Yoga zugesehen habe. Silber blitzt auf. Dieselbe metallene Harpune, die das Fenster hat zerbersten lassen. Nygard legt sie ihr von hinten quer über den Hals, schleppt sie rückwärts. Das Mädchen sträubt sich, hat jedoch keine Chance, zu entkommen; sie kämpft mit der Harpune und schneidet sich an den scharfen Widerhaken die Hände auf.

Ich schmecke Blut auf der Zunge. Ihr Blut wabert ins Wasser.

Ehe sich jemand rühren kann, wird das Mädchen durch das zerbrochene Fenster gezerrt. Poppy befreit sich aus meinem Griff und fährt herum, zeigt Sea Boy eine wütende Geste. Ich versuche sie wieder zu packen, doch sie ist zu flink für mich. Sie langt nach der Harpune, die der erste Taucher zurückgelassen hat, und schlängelt sich ebenfalls aus dem Fenster. Als ich ihr folgen will, hält Sea Boy mich an der Taille zurück, aber ich ziehe meine Machete, schüttele den Kopf. Unsere Blicke treffen sich, und in seinem keimt Verständnis. Er begreift, dass ich Poppy um keinen Preis im Stich lassen werde. Also gibt er mich frei und greift über seine Schulter nach einem der schwarzen Stacheln, die er noch immer bei sich trägt. Als ich das Schiffswrack durch das kaputte Fenster verlasse, ist er direkt hinter mir.

Poppy hat bereits einen beträchtlichen Vorsprung. Die drei Taucher haben die Oberfläche beinahe erreicht, zusammen mit dem Jungen und dem Mädchen, die sie entführt haben und die inzwischen in weißen Netzen zappeln. Poppys Beine schlagen kräftig aus; sie holt auf.

Auch ich stoße mich mit aller Kraft voran. Was zur Hölle denkt sie sich dabei, es allein mit diesen Männern aufnehmen zu wollen?

Einer der Taucher lässt sein Opfer los und dreht sich um, ihr entgegen. *Nein.*

Er reißt eine Pistole aus seiner Montur und zielt auf Poppy. Mein Herz bleibt stehen. Er ist so nah. Er wird sie umbringen.

Etwas Weißes schießt aus der Mündung der Waffe, und ein weiteres Netz, beschwert mit kleinen Gewichten an den Rändern, breitet sich aus und umschließt Poppy. Die Maschen ziehen sich zusammen, schnüren sie zu einem wild um sich schlagenden Ball ein.

Ich strampele noch erbitterter mit den Beinen. Ich werde nicht zulassen, dass mir meine Schwester ein zweites Mal genommen wird.

29. Kapitel

DER DRITTE TAUCHER richtet seine Waffe nach unten, auf mich, und ich werfe mich aus der Schusslinie, krache in Sea Boy, als ein Netz an uns vorbeizischt, sein Ziel verfehlt. Poppy und die anderen sind bereits an Bord gewuchtet worden.

Kurz spiele ich mit dem Gedanken, mich einfangen zu lassen; dann wäre ich zumindest bei Poppy, aber ich kann sie nicht retten, wenn ich ebenso gefesselt und hilflos bin wie sie. Was wird Nygard ihr antun? Sie hat *Kiemen*, er kann sie nicht einfach wie einen Fisch auf dem Trockenen ersticken lassen; vielleicht befindet sich ein Wassertank oder dergleichen auf dem Schiff.

Meine Gedanken rasen, während ich auf der Stelle schwebe, nach oben starre. Nygard will uns. Oder zumindest unser Blut. Iona hat all die Proben gefunden, da wird er sich sicher nicht mit nur dreien von uns zufriedengeben, wenn er weiß, dass die Übrigen hier unten sind.

Der letzte Taucher streift seine Flossen ab und klettert über die Streben der Leiter am Heck ins Boot. Ich warte darauf, dass der Motor angelassen wird – darauf, feststellen zu müssen, dass ich mich getäuscht und Poppy wieder verloren habe.

Stille.

Sie fahren nicht sofort los. Wir brauchen einen Plan.

Sea Boy fasst meine Hand, und ich lasse zu, dass er mich zurück zum Wrack lenkt, dann an der Schiffswand hinunter und über einen zweiten Vorsprung. Er lässt sich aufrecht in die Tiefe sinken. Hier geht es nun wirklich hinab zum dunklen Abgrund in der Mitte des Atolls. Offenbar eine tiefe Kluft im Meeresgestein, denn der Boden ist nicht zu erkennen. Das Wasser rings um uns ist mitternachtsblau, und es zieht an meinem Körper, als wollte es mich in seinen kalten Hals einsaugen und verschlingen.

Dann bremst Sea Boy meinen Abstieg, indem er mich an den Oberarmen packt. Ich staune zur fernen Oberfläche hinauf, die wie knittrige Folie über uns liegt; die schiere Distanz ist hypnotisierend. Ganz dort oben ist Poppy.

Er führt mich zwischen farnähnlichen Korallen hindurch in einen verborgenen Höhleneingang. Im Innern drängen sich sämtliche Meermenschen, und ihre blauvioletten Kugeln erleuchten den kleinen Hohlraum.

Mein Blick huscht entsetzt hin und her. Hier können wir nicht bleiben. Wenn Nygard das Atoll und dann uns gefunden hat, muss er Ortungsgeräte an Bord haben – Echolot oder Radar – und so in der Lage sein, die Unterwasserlandschaft abzutasten. Aber wir können ihm auch nicht entfliehen und einfach verschwinden, nicht ohne Poppy und die anderen beiden.

Eine Gestalt erscheint an der Höhlenöffnung. Ein weiterer Taucher und diesmal sind die Meermenschen bereit. Sie schwingen Messer, lange Rohre und scharfkantige Steine und schwärmen auf den Neuankömmling zu; im selben Augenblick erkenne ich den grauen Neoprenanzug und das Weiß der Schreibtafel. Ich schieße mit erhobenen Händen zwischen die beiden Parteien, blockiere den Weg.

Es ist Iona.

Die Meermenschen wirbeln mich beiseite, kreisen sie ein.

Ein Junge stößt eine Speerspitze Zentimeter vor ihr Gesicht. Sea Boy reißt ihn grob zurück, und die beiden ringen kurz miteinander. Zwar ist das Licht schwach, doch der blassgraue Anzug reflektiert es gut. Den anderen muss inzwischen klar sein, um wen es sich handelt.

Aber zuletzt haben sie Iona gesehen, als die sie auf dem Boot betäubt hat, sodass sie anschließend irgendwie hier unten gelandet sind, mit Kiemen, und sich in einem Schiffswrack haben einrichten müssen. Gerade eben haben sie erlebt, wie drei von ihnen gefangen genommen worden sind, und auch wenn sie wissen, dass es Meinungsverschiedenheiten zwischen Nygard und Iona gab, kennen sie nicht die ganze Geschichte. Sie wissen nicht, dass die beiden endgültig miteinander gebrochen haben, und könnten denken, Iona und Nygard arbeiten wieder zusammen. Gut möglich, dass sie Iona umbringen wollen – und mich gleich dazu, falls ich versuche, sie daran zu hindern. Und was wird dann aus Poppy?

Iona fingert mit zitternder Hand einen Stift hervor und hantiert ungeschickt mit der Schreibtafel. Hält inne. Was soll sie schreiben, um auch nur irgendetwas von alldem zufriedenstellend zu erklären?

Fast scheint es, als würde sie meine Gedanken hören, denn sie schaut mich direkt an. Ich berühre meine Kiemen. Wenn Iona von den Kiemen gewusst hätte, hätte sie mir dann das Tauchen mit Anzug und Sauerstoffflasche beigebracht?

Iona streckt uns Schreibtafel und Stift entgegen.

Sea Boy schwimmt zu ihr hin, schnappt sich die Tafel und kritzelt etwas darauf, deutet dann nach oben. Mit schief gelegtem Kopf gelingt es mir, seine Worte zu entziffern.

Er hat 3.

Sea Boy verkneift sich die Fragen, die er ganz gewiss hat. Er muss lediglich wissen, ob Iona ihnen helfen kann. Die anderen scharen sich enger um uns, noch immer mit gezückten Waffen.

Iona liest, was er geschrieben hat, reibt es dann mit ihrem Handschuh weg. Krakelt ihrerseits etwas und dreht die Tafel um, sodass alle es sehen können.

Ich helfe euch.

Sogar durch ihre Maske erkenne ich die Aufrichtigkeit in ihren Augen, und das Nest des Kugelfischs in der Lagune kommt mir wieder in den Sinn. Dieses riesige, komplizierte Muster, geschaffen von diesem winzigen Fisch. Iona betrachtet nichts als unmöglich. Mit ihr in unseren Reihen haben wir eine bessere Chance gegen Dr. Nygard.

Aber die Meermenschen vertrauen ihr nicht.

Sie regen sich, gestikulieren weiter zornig in ihre Richtung. Eine Gruppe nähert sich ihr geschlossen.

Iona zieht ihre Tauchmaske ab und nimmt das Mundstück des Atemreglers heraus. Die Meermenschen lassen sich zurückfallen, tauschen verwirrte Blicke.

Sie löst die Befestigungen ihres Rebreathers an Brust und Taille, schlüpft aus den Riemen, bis er hinter ihr frei im Wasser schwebt. Ich schwimme nach vorn, sehe meiner Tante in die Augen, berühre sie aber nicht. Ihre Hände ballen sich zu Fäusten und ihre Pupillen weiten sich, während ihr der Sauerstoff ausgeht. Dieses Gefühl kenne ich nur zu gut. Doch im Gegensatz zu mir gerät Iona nicht in Panik; sie hat miterlebt, wie ich die Verwandlung durchgemacht habe. Sie weiß Bescheid.

Mit Worten kann sie die ehemaligen Studenten aus Wildhaven nicht davon überzeugen, dass sie auf ihrer Seite steht. Vielleicht aber so. Sie hat erzählt, dass sie die Therapie zuerst an sich selbst getestet hat. Was auch immer also mit uns geschehen ist, ist auch mit ihr passiert.

Ionas gesamter Körper bebt, als sie den grauen Stoff ihres Neoprenanzugs herunterschält und verfolgt, wie ihre Kiemen sich dem Meer öffnen.

30. Kapitel

DIE SONNE GEHT unter, und die Jacht bewegt sich nicht von der Stelle. Licht brennt nur im Steuerhaus. Beti und Sam sitzen schweigend auf dem Deck, wechseln sich am Fernglas ab. Beti bietet ihm ein wenig warmes Wasser aus einem Beutel an, betrachtet ihn dann schief von der Seite. Sam lächelt ihr gepresst zu. Obwohl er sich mit einer völlig Fremden an Bord eines winzigen Boots befindet, schutzlos mitten im Nirgendwo, fühlt er sich in ihrer Gegenwart entspannter als jemals auf Nygards Jacht.

Sam hat erwartet, dass Nygard sein Verschwinden bemerken, sich an den Katamaran erinnern und sie einsammeln würde. Doch Sam ist für den Arzt von keinerlei Bedeutung. Tatsächlich geht er inzwischen davon aus, dass Nygard ihn wohl schlicht für entbehrlich hält.

Als Nygard und seine beiden Kumpane die Netze mit den drei darin zappelnden Menschen an Bord gewuchtet haben, konnten Beti und Sam durch ihren Feldstecher abwechselnd lediglich hilflos zusehen. Und Sam hat seinen Augen nicht getraut: Menschen, die wie Fische aus dem Meer gehievt wurden, ohne jede Spur von Tauchausrüstung. Beti ist beinahe so schockiert wie er; ein ums andere Mal schildert sie, was sie schon vor der kleinen Szene mit den Männern beobachtet hat – wie Jugendliche auf den Schwingen riesiger Rochen aus dem Wasser emporgestiegen sind, dass sie Kiemen in der Brust besaßen.

Beti hat ihm auch erzählt, dass Iona Wright die Studenten aus dem Camp in eine Art Winterschlaf am Meeresboden versetzt hatte, um sie von einem Krebsgen zu heilen, und dass die meisten von ihnen zu früh wieder zu sich gekommen sind und jetzt unter Wasser atmen können. Sam hätte all das als wahnwitzigen Unsinn abgetan, wenn er nicht selbst zuvor die Arbeit von Iona und Nygard recherchiert hätte. So haben er und Beti ihr Wissen zusammengeworfen; er hat ihr die Aufsätze beschrieben, die Iona zu Winterschlaf und krebsresistenten Tieren verfasst hat. Offenbar war Nygard zu dem Schluss gekommen, dass er das Blut der Camper für das mysteriöse Marisogen benötigt, das er an Grandpa erprobte. Also haben Nygard und Iona sich deswegen zerstritten. Und zwar so richtig.

Hätte Sam doch jetzt nur Zugang zum Internet, um nachzuforschen, wie genau ein Genetiker mithilfe von Blut in der Lage wäre, ein Medikament herzustellen.

Beti unterbricht seine Gedanken. »Du bist an Bord gewesen. Irgendeine Idee, wie wir die Jacht manövrierunfähig machen könnten?«

Sam fängt ihren Blick auf. »Keine Ahnung, tut mir leid. Und die sind echt gut bewaffnet da drüben.« Sie lächeln einander müde zu.

»Sie sind noch da, weil sie mehr Leute – mehr von uns – fangen wollen. Oder?«, fragt Beti.

Sam seufzt.

»Fällt dir irgendetwas ein, um sie davon abzuhalten?«, bohrt sie. Als Sam ihr diesmal in die Augen sieht, liegt darin so viel Hoffnung und Erwartung, dass er wirklich wünscht, er hätte eine Antwort. Mit einem Mal kommt ihm wieder der Blogpost in den Sinn, den er über Nygard entdeckt hat.

»Ich glaube zwar nicht, dass uns das weiterbringt, aber ich habe da etwas gelesen. Als Nygard jung war, hat er mal herumposaunt, er habe eine prähistorische Meerjungfrau gefunden, dann aber behauptet, es wäre doch bloß ein Scherz gewesen.«

Einen langen Moment starren die beiden sich an.

»Und jetzt lebt hier ein Haufen Leute im Ozean, atmet unter Wasser«, sagt Beti.

Er nickt und lässt den Blick wieder zur Jacht hinüberschweifen. »Hilft uns allerdings auch nichts, oder?«

Beti schüttelt den Kopf und steht auf, stemmt die Hände in die Hüften. Das Kanu schwankt.

Sie braucht gar nichts zu sagen; Sam weiß auch so, dass sie vorhat, hinüberzurudern. Und er wird sie begleiten.

Inzwischen steht der Mond beinahe voll am Himmel, wirft eine blasssilbrige Straße quer über das ruhige Meer. Sam und Beti rudern ihr Segelkanu so dicht an die glänzend weiße Jacht heran, wie sie es wagen, tauchen die Paddel vorsichtig ein, um möglichst wenig Lärm zu verursachen. Das letzte Stück schwimmen sie durchs tintenschwarze Wasser, und

Sams Bewegungen sind ruckartig, seine Beine zucken vor Angst. Er ist noch nie gern ohne ein Surfbrett zum Festhalten in tiefes Wasser gegangen, nicht einmal bei Tag.

Die Jacht zeichnet sich als bedrohlicher Schatten über ihnen ab. Noch sind sie nicht entdeckt worden; keine Taschenlampenkegel wandern über die Oberfläche. Beti und Sam warten. Als sie sicher sind, dass sich an Deck nichts regt, kraulen sie zur Leiter hinüber. Licht fällt aus dem Steuerhaus, aber die Fenster weiter hinten bleiben dunkel. Beti erreicht die Leiter als Erste und dreht sich um, ihre Augen glänzen feucht im Mondschein.

»Wir tun unser Bestes, am Leben zu bleiben, ja?«, flüstert Sam.

Beti lächelt. Sie hat eine Lücke zwischen den Schneidezähnen. »Guter Plan.«

Sie klettert hinauf, wartet auf Sam, und zusammen kauern sie sich tropfnass hinter die Truhe, in der – wie Sam weiß – Waffen verstaut sind. Keine Bewegung. Daher späht Sam um die Kiste herum. Das Deck im hinteren Teil des Boots ist leer.

Beti huscht auf Zehenspitzen zur Tür an der Rückseite der Kabine hinüber. Sam folgt ihr, obwohl nichts an ihrer Unternehmung, sich im Dunkeln zurück auf Nygards Jacht zu stehlen, auch nur ansatzweise vernünftig ist. Die beiden öffnen die Tür und verharren einen Moment. Gedämpfte Stimmen dringen von der Brücke am anderen Ende, und ein Lichtschimmer strahlt durch die Ritzen des Türrahmens. Sam verspürt den Drang, sich näher heranzuwagen, zu belauschen, was dort drin gesprochen wird. Doch da ist noch ein Geräusch, dumpf und beinahe erstickt.

Beti boxt ihm leicht auf den Arm, und er wendet sich um und erspäht zu seiner Linken eine Gestalt, die gefesselt auf dem Sofa liegt: ein Mädchen mit weit aufgerissenen Augen und einem festgezurrten Knebel im Mund. Auf der anderen Seite des Raums ist noch jemand, ein Junge. Beide in Lumpen, mit verfilztem Haar und wildem Blick. Orangefarbene Seile sind ihnen um Handgelenke und Knöchel geschlungen. Beti hastet zu dem Mädchen hinüber und bedeutet ihr mit übertriebener Geste, leise zu sein, ehe sie den Knebel löst. Schon das Luftschnappen des Mädchens kommt Sam zu laut vor, und er schielt nervös zur Tür des Steuerhauses. Als Beti sich daranmacht, die Stricke der jungen Frau durchzusäbeln, tut Sam es ihr bei dem Jungen nach. Der oder die dritte Gefangene ist nirgends zu entdecken. Beti führt die beiden anderen aus der Kabine. Sam schleicht ihnen hinterher, und gemeinsam halten sie im Freien inne, gehen auf dem hinteren Deck in die Hocke. Noch immer vernehmen sie Stimmen von der Brücke, doch wie durch ein Wunder sind sie bislang unbemerkt geblieben. Das Mädchen und der Junge werfen Sam neugierige Blicke zu, schließen dann beide Beti in eine feste Umarmung – nur für eine Sekunde, aber so innig, dass ohne jeden Zweifel deutlich wird, wie gut sie einander kennen. Die Gefangenen deuten auf Betis Brust, und sie schüttelt den Kopf. Im Mondlicht fällt Sam der Oberkörper des Jungen ins Auge, und er keucht auf. Vier diagonale Einkerbungen auf jeder Seite, die durch die darunterliegenden Schatten noch markanter hervortreten. Ganz ähnlich bei dem Mädchen. Sam ist sich bewusst, wie unhöflich er wirken muss, doch er kann nicht wegsehen und sich nur mit

Mühe davon abhalten, seinen Hals noch weiter danach zu recken. Können das wirklich echte, funktionstüchtige *Kiemen* sein?

Das Mädchen winkt seine Retter dichter heran und flüstert, presst sich dabei die Hände auf die Brust; ihre Stimme klingt schleppend und brüchig. Die Haut ihrer Hand ist von dunklen Flecken übersät, die Sam an getrocknetes Blut denken lassen. Sie ist verletzt, scheint es jedoch gar nicht wahrzunehmen.

»Sie haben Poppy.«

»Wo?«, fragt Beti.

»Hinter der Tür da vorne«, sagt der Junge. Sams Blick folgt seinem Zeigefinger; der Junge meint den Durchgang zwischen Kabine und Steuerhaus.

»Ihr schwimmt zurück zu den anderen. Wir holen sie«, beschließt Beti.

Das Mädchen und der Junge nicken und tappen über das hintere Deck, zucken dabei ständig zusammen, als würden sie von oben einen Schlag erwarten. Sam folgt ihnen. An der Ausrüstungstruhe schnippt er den Verschluss auf, und der Junge erwidert seinen Blick mit knappem Nicken. Er und das Mädchen greifen sich eine Armladung furchterregender Metallspeere, testen die Spitzen mit dem Daumen, befinden die Waffen für gut und decken sich damit ein. Dann gleiten sie die Leiter hinunter ins Wasser, ohne noch einmal zurückzuschauen. Sam späht über die Reling und starrt auf die Kräuselungen an der Oberfläche. Das Mädchen und der Junge sind verschwunden. Abgetaucht. In die Tiefe. Die Linien auf ihrer Brust waren tatsächlich Kiemen. Er schüttelt sich; diese Wahrheit will ihm nicht in den Kopf. Beti durchwühlt derweil den restlichen Inhalt der Kiste. Taue. Lange Messer in schwarzen Scheiden. Eine Reihe pistolenförmiger Schusswaffen, denen teilweise weißes Maschengewebe aus der Mündung quillt. Sam nimmt sich eine der Netzpistolen und schiebt sie in seinen Hosenbund, fühlt sich dabei wie James Bond in Badeshorts.

Aber das hier ist nicht lustig. Brutzel und Beißerchen sind gefährlich, und mittlerweile hat er begriffen, dass Nygard der Gefährlichste von allen ist.

Beti schnappt sich einen Haufen Material, das sie nicht direkt benötigen, und wirft es über Bord. Das geräuschvolle Platschen lässt Sam zusammenschrecken, doch noch immer rührt sich am Bug der Jacht nichts, also klaubt er selbst die letzten Seile vom Boden der Truhe und folgt Betis Beispiel – falls diese Unterwassermenschen in der Tiefe noch Freunde haben, werden sie die Ausrüstung gewiss gut gebrauchen können.

Poppy ist dort drin, mit Nygard. Sam spürt, wie eine Ader an seiner Schläfe pulsiert. Wieso hat der Arzt das Mädchen von den anderen getrennt? Vielleicht nimmt er ihr bereits Blut ab. Sam hat Nygard hierhergeführt, deshalb liegt es in seiner Verantwortung, Poppy zu retten – allerdings bleibt ihm keine Zeit, einen ordentlichen Plan zu fassen. Beti eilt bereits zurück durch die Kabine, und er huscht ihr nach wie ein Schatten, tritt immer behutsamer auf, je näher sie der Tür zum Steuerhaus kommen. Er schließt die Hand fest um den Griff seines Messers.

Eine fremde Hand legt sich auf seinen Mund, eine Stimme

zischt in sein Ohr: »Schhhhhh.« Er stolpert rückwärts gegen einen standsicheren menschlichen Körper.

»Iona!«, flüstert Beti.

Etwas Kaltes wird gegen seinen Hals gepresst.

»Iona. Das ist Sam – er hilft uns.«

Die Frau lässt ihn los, und er stützt sich an der Wand ab, greift sich an den Hals, als ihm klar wird, dass die Kälte, die er dort empfunden hat, von der Messerklinge in Ionas Hand ausgegangen ist. Iona ist so groß wie er und hat kurzes, schwarzes Haar. Tiefe Schatten liegen unter ihren dunklen Augen, die sich dennoch funkelnd von ihrer braunen Haut abheben. Sie trägt den gleichen blassgrauen Neoprenanzug wie Beti.

Ihre Brust. Ihr Dekolleté über dem Neoprenstoff zieren die gleichen Einkerbungen, die er bei dem Jungen und dem Mädchen gesehen hat. *Kiemen*. Er reißt seinen Blick davon los und zwingt sich, ihr wieder ins Gesicht zu schauen. Sie ist eine von ihnen.

»Poppy ist da drin. Bei Nygard«, sagt Beti.

Iona nickt und lehnt sich nach vorn. »Ihr zwei verschwindet jetzt. Ich rede mit Nygard, hole Poppy.«

Beti macht den Mund auf, doch Iona legt ihr beide Hände auf die Schultern.

»Fort mit euch. Ich meine es ernst.«

Beti nickt. Iona verfolgt, wie sie auf Zehenspitzen aus der Kabine huschen. Als sie sich noch einmal umwenden, scheucht Iona sie mit den Händen davon. Dann öffnet sie den Durchgang zur Brücke und tritt hindurch. Sofort schwingt die Tür hinter ihr zu.

Beti packt Sams Hand und drückt sie, und ihre Haut fühlt sich überraschend warm an – im positiven Sinn.

»Ich kann sie nicht allein zurücklassen«, wispert sie. Sam antwortet ihr mit einem Kopfschütteln, erinnert sich jedoch zugleich wieder daran, wie diese Netze über die Reling der Jacht gehievt und die Jugendlichen darin behandelt worden sind, als wären sie bloß irgendein Frachtgut.

»Du kannst gehen, wenn du willst«, sagt Beti.

Ja, klar. Er wirft ihr einen vernichtenden Blick zu, erwidert den Händedruck und lässt sie dann los. Gemeinsam pirschen sie zurück zur Steuerhaustür, die sich durch den Luftzug ein wenig bewegt. Beti und Sam quetschen sich eilig rechts und links davon an die Wand. Iona diskutiert mit Nygard. Beti legt einen Finger auf die Lippen, was Sam mit einem spöttischen Lächeln kommentiert. *Ach was.*

»Wenn du uns jetzt in Frieden lässt, muss niemand je erfahren, was du getan hast. Du kannst einfach dein Leben weiterleben.«

Nygard stößt ein hässliches Lachen aus. »Damit du meine Entdeckung als deine eigene verkaufen kannst?«

»Ich will überhaupt nichts verkaufen, Jonathan. Niemand darf je aufdecken, was wir getrieben haben. Ich werde meine Studenten schützen und ihnen dabei helfen, sich wieder in die Gesellschaft einzufinden, sobald sie dafür bereit sind. Diese … genetischen Veränderungen lassen sich verbergen. Wie hätten wir wissen sollen, dass der Gencode des Lungenfischs sich auf solche Weise auswirkt?«

Nun klingt Nygards Lachen beinahe aufrichtig. »Du glaubst also tatsächlich immer noch, dein kleines Tierkopplungsexperiment ist dafür verantwortlich? Das hat nicht funktioniert, Iona! Nichts von alldem ist dein Verdienst.«

»Wovon redest du?«

»Ich habe das erreicht. Alles. Du hast einfach bloß die Testkandidaten zur Verfügung gestellt.«

Stille.

Sam klappt der Mund auf. Das Meerjungfrauenfossil aus dem Artikel.

Nygard reckt das Kinn. »Die Tier-DNA war wirkungslos, zumindest was die Ausschaltung der Krebsgene anbelangt, auch wenn die Geschichte mit dem Winterschlaf geklappt zu haben scheint. Dein Glück – du hättest sie nämlich allesamt umbringen können.«

»Es war keinerlei Glück im Spiel; ich habe ihren Kreislauf überwacht. Ich wusste, dass die Ruhephase notwendig ist, damit die Therapie greift. Und dass sie keine Gefahr darstellt. Das habe ich dir gesagt.«

Nygard schüttelt den Kopf, belächelt Iona nur. »Du hast es noch immer nicht begriffen, was?«

»Erklär's mir«, kontert sie.

»Während meines Studiums habe ich das Fossil eines aquatischen Hominiden entdeckt.«

Erneute Stille. Die Wellen klatschen gegen den Bootsrumpf.

»Dein Schwindel mit der prähistorischen Meerjungfrau?«, flüstert Iona.

»Das war kein Schwindel. Zuerst hatte ich den Fund gemeldet, anschließend aber vertuscht, sobald mir aufgegangen war, wie wertvoll meine Entdeckung sein konnte. Ich habe Knochenfragmente herauspräpariert und bin im Innern auf Knochenmarkreste gestoßen. Daraus habe ich DNA extrahiert. Allerdings hat sich das Schelfeis, in dem sie lag, verschoben, sodass ich an Maris nicht mehr herangekommen bin. An ihrer DNA habe ich jedoch seither geforscht. Bis du die letzten in meinem Labor gelagerten Proben zerstört hast.«

»Maris ist die versteinerte Meerjungfrau? Du hast irgendwelchen uralten Gebeinen einen *Namen* gegeben, behandelst gleichzeitig aber lebendige junge Menschen wie belanglose Testobjekte?«

»Ich bitte dich, Iona. Uns war beiden bewusst, dass die Kids in Wildhaven bloß Testobjekte waren.«

Sam kaut auf der Innenseite seiner Wange herum. Maris ist das Fossil. Marisogen nennt sich das Medikament seines Großvaters.

»Dann hast du dich also an mein Projekt gehängt, um deinen eigenen Nutzen daraus zu ziehen«, stellt Iona fest.

»Du hast *mich* kontaktiert. Weil du meine Hilfe brauchtest! Deine Forschung war ergebnislos geblieben, die Krebsmarker waren nach der ersten Therapierunde unverändert vorhanden. Erst nachdem ich Anteile von Maris' Code hinzugefügt hatte, wurden die krankhaften Gene deaktiviert.«

Sam versucht zu verarbeiten, was er gerade hört. Dann haben Iona und Nygard also zusammen an dieser Winterschlaftherapie gegen Krebs gearbeitet, aber Nygard hat heimlich seine Meerjungfrauenprise hinzugegeben.

»Aber wie konntest du wissen, dass es damit klappen würde?«, hakt Iona nach.

»Mir waren Ähnlichkeiten zwischen Maris' DNA und jener der Tiere, an denen wir geforscht haben, aufgefallen, und ich habe schlicht gehofft, dass darin der Schlüssel liegen könnte. Ich wusste: Eine zweite Chance wie die, die du mir in Wildhaven botest, würde ich nicht bekommen. Perfekte Bedingungen für einen Testversuch.«

Diesmal ist es Nygards Stimme, die sanfter wird. »Schau. Wir sind beide überreizt und erschöpft, aber wir können diese Sache immer noch gemeinsam fortsetzen. Ich hätte nie voraussagen können, dass sich derart drastische körperliche Veränderungen einstellen würden. Die Kiemen – vollauf wassertauglich – sind ein Wunder, Iona. Sieh dich an! Überleg nur, welche Anwendungen es dafür gäbe. Die Ruhephase; die Fähigkeit, unter Wasser zu atmen. Wenn du sie jetzt alle heil und unversehrt an Bord holst, können wir zusammen planen, wie wir weitermachen.«

»Wieso willst du sie überhaupt alle? Wenn du lediglich DNA brauchst, dann nimm jetzt mir ein wenig Blut ab und lass uns in Frieden.«

Nygard spricht langsam, sein europäischer Akzent wird ausgeprägter, härter. »Du begreifst es nicht, Iona, weil du niemals eine Vision hattest. Ihr Blut kann dazu verwendet werden, bestehende Tumoren eklatant schrumpfen zu lassen. Ich habe eine erfolgreiche klinische Studie durchgeführt, eine Therapie entwickelt. Ich benötige einen kontinuierlichen Nachschub an Blut. Darin verbergen sich Faktoren, die ich noch nicht vollends verstanden habe, und so etwas lässt sich nicht im Labor nachbilden. Hier handelt es sich um unverzichtbare und hochwichtige Grundlagenforschung!«

Sam drückt sein Ohr so fest gegen die Wand, dass es wehtut. Nygard redet von Grandpa.

»Du würdest ihr Blut melken, als wären sie Milchkühe. Sie gehören dir nicht, bloß damit du –«

»Und *dir* gehören sie ebenso wenig!«

Ein Scharren, ein gedämpfter Schrei. Sam versteift sich und fängt Betis Blick auf. Das muss Poppy sein. Nygard bedroht die Kleine.

Ionas Stimme zittert. »Lass sie los, Jonathan. Das willst du nicht wirklich tun.«

»Nein, will ich tatsächlich nicht. Aber ich werde es tun. Ich brauche jeden einzelnen Probanden hier an Bord. Jetzt.«

Noch ein ersticktes Kreischen.

Betis Mund steht offen, und sie hebt ihre Machete. Sam zieht die Netzpistole aus dem Bund seiner Shorts und fasst nach seinem Messer. Sind Brutzel und Beißerchen ebenfalls dort drin? Er hat sie nicht gehört.

Wumm.

Das ganze Boot bebt, Erschütterungen laufen durch den Boden unter Sams Füßen.

Wumm.

Wumm.

Wumm.

Die Stöße gegen den Rumpf der Jacht kommen nun in rascher Folge, alle von einer Seite. Das Boot gerät bedenklich in Schieflage. Männerstimmen außerhalb der Kabine. Ein Schuss.

Beti schwenkt in einer Hand eine Harpune, in der anderen die Machete. Sie nickt Sam zu, und gemeinsam stürmen sie ins Steuerhaus. Iona und Nygard ringen miteinander, er mit dem Rücken zu den Neuankömmlingen, und Sam sieht eine Messerklinge aufblitzen. Poppy rollt über den abschüssigen Boden; sie ist an Händen und Füßen gefesselt. Beti lässt den Knauf ihrer Machete auf Nygards Hinterkopf krachen, und der Arzt sackt nach vorn auf das Steuerpult, gibt Iona frei. Sam säbelt Poppys Seile durch, und sie reißt sich den Knebel aus dem Mund. Er zieht sie auf die Füße.

Er kann nicht fassen, dass sie tatsächlich vor ihm steht. Als er sie zuletzt gesehen hat, hat sie ihm am Flughafen zum Abschied zugewinkt. Mittlerweile ist ihr Haar zu langen Dreadlocks verfilzt und sie trägt Lumpen, aber ihre Augen glitzern noch ebenso schelmisch wie damals. Kaum hat sie ihn wiedererkannt, funkelt sie ihn böse an. »Du?«

»Ins Wasser mit euch. Jetzt. Allesamt«, kommandiert Iona. Sie packt Poppy und Beti und schubst sie durch die Tür aufs Vorderdeck. Sam beobachtet, wie die Mädchen über die Reling springen und Beti im letzten Moment den Kopf nach ihm umwendet.

Sam umfasst die Netzpistole fester und folgt den beiden, strauchelt, da der Unterwasserangriff gegen die Jacht unvermindert anhält. Schläge donnern gegen den Rumpf.

Weitere Schüsse. *Scheiße. Verdammte Scheiße.* Brutzel und Beißerchen balancieren auf der Reling, feuern mit Netzpistolen und einer Art Betäubungsgewehr ins Wasser unter sich.

Wumm.

Wumm.

Die Jugendlichen im Meer scheinen entschlossen, die Jacht zu versenken. Sam schielt hinunter auf seine eigene Netzpistole. Er dreht sich um, sucht nach etwas anderem und erspäht hinter sich einen roten Kasten an der Kabinenwand. Seenotsignalpistolen. Er fummelt das Gehäuse auf, zielt auf Beißerchen. Umbringen kann er den Kerl nicht. Stattdessen richtet er den Lauf der Waffe auf die unterste Sprosse der Reling, wo die Füße von Nygards Kumpanen stehen, und löst einen Schuss. Er schließt die Augen, als die Flamme aus der Mündung bricht, und als er die Lider wieder öffnet, brennen Beißerchens Shorts lichterloh und Brutzel schlägt auf seinen Cousin ein, patscht ihm auf die Oberschenkel.

Wumm.

Das Boot hebt sich aus dem Wasser und die Männer taumeln übereinander, ihre Hände rutschen an der Reling ab, dann kippen sie über Bord.

Wumm.

Ein malmendes Knirschen. Ein Rauschen, und das Deck vibriert, als würde es von einem Erdbeben erschüttert. Sam wirbelt herum. Nygard torkelt aus dem Steuerhaus und hebt etwas, das Sam als Sturmgewehr erkennt. Er erstarrt. *Ich habe diesen Psychopathen hierhergelotst.*

Sam reißt die Netzpistole mit zitternder Hand nach oben, zielt und feuert. Ein weißes Maschengewebe umfängt Nygard, und der Arzt stolpert rückwärts das schräg stehende Deck hinunter.

Sam klettert derweil auf die Reling am aufragenden Heck. Die Jacht legt sich noch schiefer, schwankt wie betrunken. Das Letzte, was Sam wahrnimmt, ehe er sich ins Wasser fallen lässt, ist der netzverschnürte Nygard, der ebenfalls über die Kante rollt.

31. Kapitel

ICH UMKLAMMERE SEA Boys Taille, während der Riesenmanta in einer weiten Schleife um das Heck der sinkenden Jacht schießt. Das Mondlicht dringt nur wenige Meter durch die Oberfläche, und trotz der leuchtenden Kugeln an meinen Schultern ist das Wasser beängstigend finster. Uns bleibt nicht viel Zeit, bis das Boot gänzlich versunken sein wird, und meine Brust verkrampft sich vor Furcht um Poppy.

Der erste Teil des Plans hat besser funktioniert als erwartet.

Die Rochen und ihre Reiter haben den Rumpf des Boots nacheinander in vollem Tempo gerammt, und die Wucht der gigantischen Schwingen der Mantas hat sich mit jener der Metallrohre und anderen Waffen in den Händen der Meermenschen vereint. Schlüssel zum Erfolg war die Taktik, ein ums andere Mal auf dieselbe Stelle zu zielen, die wir auf der weißen Bootshülle mit Ionas Stift durch ein großes schwarzes Kreuz markiert hatten. Nach jedem Angriff sind die Rochen unter dem Schiff hindurchgetaucht, außer Reichweite der Netze und Speere, die es von oben geregnet hat. Dimi hat Ionas Taschenlampe gehalten und dafür gesorgt, dass vor der jeweils nächsten Attacke sämtliche vorherigen Reiter aus der Bahn waren; dann hat er den Lichtschein auf das Kreuz an der Außenhülle gerichtet, damit wir wussten, wo das Ziel liegt.

Nachdem das Fiberglas des Rumpfs erst einmal durchschlagen war, hat der Wasserdruck das Loch rasch vergrößert, und wir haben uns vor dem gefährlichen Sog und den durch das sinkende Boot verursachten Wirbeln in Sicherheit gebracht.

Der brenzligste Abschnitt folgt jetzt. Wir müssen an Bord der untergehenden Jacht klettern, um meine Schwester … Eine Gestalt vor uns, kein Manta. Das Mondlicht leuchtet ihre langen, dicken Zöpfe aus.

Ich lasse Sea Boy los und katapultiere mich in Poppys Richtung.

Wir klammern uns im Wasser aneinander, und dann packt sie mich an der Taille und schiebt mich aufwärts.

Gemeinsam durchbrechen wir die Oberfläche, und ich sauge keuchend die leichte, kühle Luft in mich hinein, ehe ich auch nur daran denken kann, eine Lungevoll Wasser einzubehalten. Mir kommt meine erste Begegnung mit Sea Boy wieder in den Sinn, wie er abgetaucht ist, um zu atmen, und ich verspanne mich, gefasst auf einen stechenden Schmerz. Doch Poppy rüttelt an meinen Schultern.

»Alles ist gut. Offenbar können wir beides atmen«, sagt sie.

Ich lasse die Luft entweichen, die ich unwillkürlich angehalten habe, und schiele auf meine Kiemen hinunter. Sie haben sich zu flachen Rinnen in meiner Brust geschlossen.

Ich kann Wasser und Luft atmen, und Poppy ebenso. Mir schwirrt der Kopf, so sonderbar ist das, so sonderbar ist sie, meine starke, mutige kleine Schwester. Anders, und gleichzeitig unverändert.

Das Schiff ist inzwischen halb versunken, und rings um den Rumpf gluckern Bläschen empor.

»Wir müssen alle wegschaffen. Hier ist es nicht sicher«, sage ich zwischen pfeifenden Atemzügen und staune insgeheim darüber, wie schwerelos die Luft ist. »Kannst du sie zusammenrufen?«

Poppy nickt. »Sie fürchten sich«, sagt sie; ihre Stimme klingt brüsk. »Sie glauben nicht daran, dass sie an der Oberfläche atmen können.«

Ich umarme Poppy noch einmal mit aller Kraft, ramme meine Wange gegen ihre, bevor ich sie freigebe und abtauche. Sea Boy schwebt mit weit aufgerissenen Augen unter mir im Wasser, getüpfelt vom Mondschein. Poppy schwimmt auf ihn zu, tippt sich auf die Brust, zeigt nach oben und gestikuliert entschlossen. Er nickt, unsicher. Sie ist wahrhaftig ganz und gar die alte Poppy. Mir schwillt vor Stolz auf meine toughe kleine Schwester das Herz an.

Poppy klackert mit den Zähnen, wieder und wieder. Sea Boy tut es ihr nach, und kurz darauf prasseln Antwortklicks auf meine Ohren ein, als die anderen auf uns zuströmen und beginnen, etwa einen Meter unter der Meeresoberfläche auf ihren Riesenmantas ihre Kreise zu ziehen.

Poppy und Sea Boy zählen sie durch. Mein Blick huscht von Gesicht zu Gesicht. Niemand wirkt besorgt. Also müssen sie vollzählig sein …

Wo ist Iona?

Ich stoße tiefer hinunter, nähere mich vorsichtig der sinkenden Jacht. Inzwischen ragen nur noch wenige Meter des Hecks über die Wellen hinaus, und uns bleiben höchstens wenige Minuten, ehe das Meer sie vollends verschlungen hat. Ich streife dicht daran entlang, suche das Wasser mit der Taschenlampe ab. Poppy ist plötzlich neben mir, und ich forme den Namen mit meinen Lippen, in der Hoffnung, dass sie die Bewegung im schummrigen Lichtkreis ihrer violetten Kugeln erkennen kann.

Iona.

Ihre Augen folgen meiner Mimik, und ihr Mund klappt auf, als sie begreift. Sie nickt, und gemeinsam schwimmen wir erneut los, noch tiefer hinab unter die weiter absackende Jacht, halten jedoch Abstand zu dem Schiff. Der Druck hier unten fühlt sich an, als würden die Hände eines Riesen meinen Schädel zusammenpressen, doch Poppy taucht unbeirrt weiter. Der Strahl der Taschenlampe erfasst eine graue Hand, aufblitzendes Netzgewebe. Wir rauschen darauf zu, nun umgeben von tintigem Schwarz. Das sinkende Boot zeichnet sich bedrohlich direkt über uns ab, blockiert das Mondlicht. Ich folge dem Kegel der Lampe und erhasche einen Blick auf Iona. Sie treibt ein ganzes Stück tiefer und ringt erbittert mit einem Mann, der in das gleiche blasse Netz eingeschlossen ist, in dem Poppy gefangen war.

Ich schwenke die Taschenlampe, doch sie erhellt bloß einen Schleier aus Luftbläschen. Ich habe die Kämpfenden verloren. Nein, da – der Mann ist schlaff in sich zusammengesackt und driftet von meiner Tante weg. Nygards fahle Augen sind offen, leblos. Iona sieht uns, im schwachen Schein der Leuchtkugeln. Sie schüttelt den Kopf und fuchtelt panisch in Richtung des massigen Schiffskörpers – die Jacht kommt auf uns zu, umwirbelt von dicken Luftblasen und jeder Menge feinem Geblubber. Poppy und ich katapultieren uns zur Seite.

Aber was ist mit Iona? Wieso schwimmt sie nicht weg, wieso versucht sie nicht, sich zu retten? Ich will zu ihr, doch Poppy hält mich zurück.

Es gelingt mir, die Taschenlampe ruhig zu halten, und Ionas Blick bohrt sich vielsagend in meinen. Ich schaue an ihr hinab. Der Griff eines Messers ragt zwischen dem ersten und zweiten Kiemenschlitz aus ihrer Brust. Im Kegelschein der Lampe wallen trübe rote Wolken um sie auf wie ein sich auftürmendes Gewitter.

Sie ist niedergestochen worden.

Das macht nichts. Sea Boy hat mich geheilt, also kann er auch Iona heilen.

Im Geist flehe ich sie an.

Los, komm schon.

Armzug. Beinschlag. Atmen.

Niemals aufgeben.

Ganz gleich, was sie getan haben mag, Iona ist unsere Familie.

Ich schüttele Poppy ab und schieße auf meine Tante zu, doch es ist zu spät, die Jacht rauscht nun rasant in die Tiefe, und der Strudel zieht mich zum Schiff. Ein Nebel aus Luftbläschen kitzelt meine Wangen, und ich trete aus, versuche, davonzuschwimmen, aber der Sog ist stark. Dann werde ich zurückgerissen, und Poppys Arm schlingt sich um meine Taille, während sie mich schräg nach oben zerrt, weg von dem Schiff, im selben Moment, in dem sich die letzten Lufteinschlüsse lösen, die Nase steil nach unten kippt, und es endgültig in den Abgrund trudelt. Meine Schwester und ich hängen da, fest aneinandergeklammert, rudern gegen die Sogwirkung an und sehen zu, wie die Jacht, Dr. Nygard und unsere Tante Iona vom finsteren Herzen des Atolls verschlungen werden.

Das aufgewühlte Wasser beruhigt sich. Der Mond wirft einen einzigen zerscherbten Stern weit über uns auf die Oberfläche und weist meiner Schwester und mir den Weg nach oben.

Teil 5

AUFTAUCHEN

32. Kapitel

AUS SICHERER ENTFERNUNG beobachten Sam und Beti vom Heck des Segelkanus, wie die Jacht sich zur Seite neigt, dann eintaucht. Schließlich kippt sie nach vorn, und zuallerletzt wird die Stahlleiter, die die beiden noch vor Kurzem hinaufgeklettert sind, von den Wellen umschlossen. Sam geht in die Hocke, fragt sich, ob er ins Meer springen und helfen sollte, kommt jedoch zu dem Schluss, dass Leute, die in der Lage sind, auf riesigen Rochen zu reiten und unter Wasser zu atmen, seine Hilfe vermutlich nicht brauchen. Die Oberfläche brodelt wie ein Topf voll kochendem Wasser, doch niemand durchbricht sie. Sam fährt sich mit der Zunge über die Lippen. Könnte die sinkende Jacht eine Art Strudel verursacht haben, der alle mit sich in die Tiefe gerissen hat?

»Hey«, ruft eine brüchige Stimme. Sam sucht das schwarze Wasser ab, und da sind sie: Poppy und neben ihr ein weiteres Mädchen, die Haare zu einem hohen Dutt gebunden, mit einzelnen nassen, am Hals klebenden Locken. Aster.

Beti wirft sich über die Seitenwand des Kanus ins Wasser und schließt Aster fest in die Arme.

»Aster! Was ist passiert? Nygard – ist er …?«

»Tot. Und die anderen Männer ebenfalls; Sunee hat sie gesehen, sie waren in der Takelage verheddert, als die Jacht untergegangen ist. Beti …« Sie hält Beti eine Armlänge von sich weg, während die drei Mädchen Wasser treten. »Es tut mir leid. Iona hat es nicht geschafft.«

Sam wird schlagartig bewusst, dass seine Zähne klappern, und er beißt sie aufeinander. Nygard ist tot. Brutzel und Beißerchen auch. Genau wie Iona. Dort unten sind Menschen *gestorben*, und er treibt hier verloren im Nirgendwo.

Die Mädchen umklammern einander, schaukeln in der Dünung. Aster erzählt Beti von den anderen, die tief unten warten und nicht wagen, heraufzukommen, aus Furcht, dass die Luft ihnen wehtun wird. Das Mädchen und der Junge, die er und Beti gerettet haben, heißen offenbar Mai und Darnell, und sie sind hinabgeschwommen und geben ihr Bestes, den restlichen Jugendlichen klarzumachen, dass sie gefahrlos auftauchen können.

Sams Blick huscht über das Wasser, und er nimmt vage menschliche Umrisse wahr. Blauviolette Punkte schießen flackernd hin und her, dann erspäht er ein Gesicht, das aus dem Meer zu ihm aufschaut, ehe es aufs Neue ins Dunkel verschwindet.

Das ist … *Wahnsinn.* Ihm fällt die Unterhaltung zwischen Iona und Nygard wieder ein. Diese Kiemen sind Nebenwirkung einer genetischen Krebsvorsorge. Nygard hat tatsächlich ein Fossil gefunden – einst müssen wirklich Meermenschen auf der Erde gelebt haben. Und diese Leute hier tragen jetzt ein wenig von deren DNA in sich.

Als Sam noch einmal zu den Mädchen hinüberschielt, hat Aster das Kinn gereckt; sie mustert ihn. Ihre Augenlider flattern.

»Sam?«, fragt sie.

Dann kommt sie zum Heck des Kanus geschwommen, nimmt seine Hand und lässt sich von ihm an Bord ziehen, bevor sie seine Finger rasch wieder abschüttelt. Sie trägt den gleichen grauen Neoprenanzug wie Beti, hat den Reißverschluss bis zum Bauchnabel aufgezogen. Ein Badeanzug blitzt darunter hervor, zerfetzt am Dekolleté, sodass ihre Kiemen freiliegen. Kiemen. Sam muss sich zusammenreißen, um nicht auf die Schlitze in ihrer Haut zu starren, die sich nun zu so flachen Kerben schließen, dass er sie kaum noch erkennen kann. Niemand käme jetzt auch nur auf die Idee … was sie ist.

»Ich hoffe sehr, du bist nicht mit dem irren Arzt hier aufgekreuzt, um uns zu fangen und Blut abzuzapfen«, sagt Aster.

Sam verzieht gequält das Gesicht. »Ich dachte, Nygard könnte meinen Großvater heilen. Ich hatte keine Ahnung von seinen wahren Plänen. Aber … ja, ich habe ihn hierhergeführt, und das tut mir aufrichtig leid. Ich habe mich von ihm täuschen lassen; er hat nicht viel von sich preisgegeben, aber ich schätze … stille Wasser sind tief.«

»Versuchst du gerade, witzig zu sein?«, fragt Aster.

Sam schüttelt den Kopf, während alle drei Mädchen ihn anstaunen. Nur Betis Lippen zucken amüsiert.

»Sam hat Beti dabei geholfen, mich und die anderen zu retten«, meldet sich Poppy aus dem Meer zu Wort.

»Und er hat riskiert, ganz allein hier draußen zurückzubleiben, um mir beizustehen«, bemerkt Beti.

Aster zieht die Schultern hoch, lässt sie wieder absacken und ihren Blick abermals über das aufgewühlte Wasser schweifen – den letzten Hinweis auf Nygards Jacht in ihrem verlorenen Todeskampf.

Sam atmet aus und schwankt ein wenig; seine Beine werden weich, als er es ganz und gar realisiert: Sie sind es tatsächlich, die Schwestern aus dem Flugzeug.

33. Kapitel

DER HIMMEL SCHIMMERT nun samtblau, kurz vor der Dämmerung. Poppy, Sea Boy und den beiden Jugendlichen, die Nygard gefangen hatte – Darnell und Mai –, ist es letztlich gelungen, die anderen zu überzeugen, ihre Rochen zurückzulassen und uns in die Lagune von Halo West zu begleiten. Sie schießen umher, gestikulieren wild miteinander, starren mit furchtsamen Augen hinauf zur versilberten Oberfläche. Sie haben uns Luft atmen sehen, weigern sich jedoch, es selbst zu wagen. Ich möchte sie endlich an den Strand, aus dem dunklen Wasser und auf trockenen Boden bringen, mahne mich aber, dass wir keine Eile haben. Nicht jetzt. Nicht mehr.

Ein Tippen auf meiner Schulter. Sea Boy. Er deutet zur Insel, und gemeinsam schwimmen wir hinüber. Sobald die Lagune so flach wird, dass unsere Hände den Grund berühren, drücke ich das Wasser aus meiner Brust und komme auf die Füße. Beobachte, wie meine Kiemen sich schließen, fahre die feinen Einkerbungen mit den Fingerspitzen nach und frage mich, ob ich mich jemals daran gewöhnen werde.

Sea Boy steht spritzend neben mir auf und stakst mit hochgezogenen Schultern den Strand hinauf. Seine Halsmuskeln sind angespannt, die Augenbrauen hochgezogen. Anders als bei unserer ersten Begegnung auf der Mangroveninsel hat er nun ebenfalls alles Wasser aus seiner Lunge gepresst. Wenn ihm der Sauerstoff ausgeht, wird er panisch werden. Dieses Gefühl kenne ich nur zu gut.

»Du musst bloß ein- und wieder ausatmen«, sage ich und hole übertrieben tief Luft, wie Mum es mir jedes Mal während meiner Angstattacken vorgemacht hat. Wie Poppy es getan hat – und wohl wieder tun wird.

Seine Augen kleben an meinen Lippen, er greift sich krampfhaft an die Brust, doch ich fasse seine Hand und halte sie. Seine Kiemen sind nun ebenfalls fest geschlossen. Er rollt die Schultern zurück und zieht lang und pfeifend die Luft ein; sein Brustkorb hebt und die Nasenflügel weiten sich, und dann sackt er in sich zusammen, als der Atem wieder ausströmt. Er findet seinen Rhythmus, gleicht ihn meinem an, und gemeinsam atmen wir ruhiger und tiefer ein und aus. Als Sea Boy sich zu seiner vollen Höhe aufrichtet, ist er größer, als ich erwartet habe.

»Man könnte meinen, du hättest noch nie Luft geatmet.« Noch während die Worte meinen Mund verlassen, fällt mir ein, dass Menschen gestorben sind – Callum, meine Tante – und er Gott weiß wie viel Zeit unter Wasser verbracht hat. Womöglich ist es zu früh, darüber zu scherzen. Aber er grinst.

»Das letzte Mal ist eine Weile her«, meint er mit rauer, rumpelnder Stimme. »Ich bin Talal.«

»Aster«, sage ich und strecke ihm die Hand hin. Er ergreift sie.

»Das hast du mir schon erzählt. Damals, als du dir die größte Mühe gegeben hast, dich von einem Hai fressen zu lassen. Und ich erinnere mich an dich … aus dem Camp«, sagt er und hustet. Er hat einen leichten Akzent, nahöstlich vielleicht.

Ich lasse seine Hand los, während seine Worte vollends in mein Bewusstsein dringen. Er wusste, wer ich bin? Dann war ihm die ganze Zeit über klar, dass Poppy meine Schwester ist, wie besorgt ich um sie war, wie verängstigt sie sein musste. Ich spüre, wie mir Hitze in die Wangen steigt.

»Wenn du mich erkannt hast, wieso hast du dann nicht versucht, mir zu erklären, was passiert war? Und mich zu Poppy gebracht?«

Er zieht eine Augenbraue hoch. »Ich *habe* versucht, dich zu Poppy zu führen, aber du warst mit Iona zusammen hier. Ich durfte die Kleine nicht zu dir schaffen, nicht riskieren, sie auch nur in die Nähe von Iona zu lassen, nach dem, was eure Tante getan hatte.« Er blickt mir in die Augen, und meine Wut verebbt.

Sea Boy atmet einige Male bewusst ein und aus, bevor er weiterspricht: »Du musst das verstehen. Als Iona mich gefunden hat, lebte ich in einem Zeltlager in der Türkei, zusammen mit Tausenden anderer syrischer Flüchtlinge. Mein Vater war bereits an Krebs erkrankt und lag im Sterben, sie konnte nichts mehr für ihn tun. Außer ihm hatte ich niemanden. Iona hat mir versprochen, sie könne mich von dort fortholen, an einen guten, sicheren Ort bringen. Alles, was ich dafür tun musste, war, mich zur Teilnahme an einer medizinischen Studie bereit erklären, damit ich nicht genau wie mein Vater an Krebs erkranken würde. Und in Wildhaven *war* es gut. Dann aber hat sich die Sache mit dem Boot zugetragen, und als ich aufgewacht bin, ist sie nicht gekommen. Ich habe weiter an dem Glauben festgehalten, dass sie uns beim Wrack finden würde, selbst dann noch, als die anderen diese Hoffnung bereits aufgegeben hatten. Es hat lange gedauert, bis ich akzeptiert habe, dass sie an uns herumexperimentiert und uns belogen hatte. Und dann im Stich gelassen.«

Für den Bruchteil einer Sekunde huschen bodenlose Enttäuschung und Hoffnungslosigkeit über sein Gesicht – wie eine Wolke, die sich kurz vor die Sonne schiebt.

»Aber am Ende ist sie doch zurückgekehrt. Ich hab's ja gesagt.« Seine Stimme kratzt, und er windet sich, als habe er beim Reden Schmerzen, kneift dann ein Auge zu …

Und an dieser Geste erkenne ich ihn.

Den Jungen mit dem dunklen Haar, der in Wildhaven eine Tierhaut bearbeitet hat. Graue Augen unter schwarzen Brauen und ein vertrotteltes Grinsen. Inzwischen steht ihm eine regelrechte Mähne um den Kopf, seine Wangenknochen sind zum Niederknien und die Schultern deutlich breiter. Außerdem fällt die Narbe quer über Auge und Wange auf dem Trockenen wesentlich weniger auf; unter Wasser dagegen hat sie zu seiner Tarnung beigetragen.

»Ich erinnere mich an dich. Du hast mir *zugezwinkert*«, sage ich.

Sea Boy senkt den Blick, zieht eine Grimasse. »Ich war

beinahe froh, dass du mich nicht erkannt hattest, denn so wusstest du zumindest auch das nicht mehr.«

Ich stoße lang die Luft aus. Dass er Poppy nichts von unserer Begegnung erzählt hat, kann ich ihm nicht zum Vorwurf machen – nicht nach allem, was er durchmachen musste und was wir schließlich gemeinsam noch durchlitten haben.

»In Gedanken habe ich dich ›Sea Boy‹ getauft«, gestehe ich.

»›*Sea Boy*‹?« Diesmal wandern beide Augenbrauen nach oben. »Im Ernst? Ich bin doch eindeutig eher Aquaman.«

Hinter ihm stützt Poppy ein anderes Mädchen, das gerade seine ersten Atemzüge nimmt, und Erleichterung überschwemmt mich. Sie ist in Sicherheit.

Ich lächele, und Sea Boy – Talal – grinst zurück, bis uns die Fröhlichkeit gleichzeitig aus dem Gesicht rutscht. Wir fallen erschöpft nach vorn, ineinander, und ich überrasche mich selbst, indem ich die Arme fest um ihn lege. Er hält mich geborgen, drückt sein Kinn auf meinen Scheitel, und wir verlieren nahezu das Gleichgewicht, lassen einander aber nicht los. Seine Umarmung bricht mir fast die Rippen, und als ich noch unerbittlicher zurückdrücke, spüre ich, wie sein Lachen durch meine Wange an seiner Brust vibriert, und mein eigenes Lachen droht in Tränen zu kippen, doch nur beinahe, nicht ganz, nicht jetzt.

Dann watet Poppy zu uns herüber und packt Sea Boy am Arm, zieht uns auseinander und wirft mir den abgrundtief vernichtendsten Kleine-Schwester-Blick zu, den ich je zu sehen bekommen habe.

276.

Diese Zahl hat der Timer im Container am Meeresgrund angezeigt.

Sie stand für die Anzahl der Tage. Tage, die ich verschlafen habe – wie ein Tier, das statt im Bau in einer Unterwasserkapsel Winterschlaf hält. Während Poppy und die anderen weitergelebt haben, unter den Wellen.

Etwa die Hälfte der Meermenschen hat sich mittlerweile aus dem Wasser gewagt, und sie sitzen nun ums Feuer, beinahe zu dicht an den Flammen, wärmen sich die Hände und sind von Hitze und Licht völlig in den Bann geschlagen. Der Himmel wird zunehmend heller, aber niemand denkt an Schlaf. Dafür bleibt uns noch jede Menge Zeit.

Poppy hat sich im Schneidersitz neben mir niedergelassen, so nah, dass unsere Knie sich berühren, und der Kontakt lässt mich vor Erleichterung zusammensacken.

»Neun Monate«, sagt sie. »Dir ist schon bewusst, dass ich inzwischen zwölf bin?«

Poppy ist nur ein klein wenig größer als zuvor, aber merklich stärker. Sie wirkt so reif und abgeklärt. Alle anderen ringsum sind rund fünf Jahre älter als sie, behandeln sie aber wie eine Ebenbürtige.

Sie senkt die Stimme. »Was würde Mum zu alldem sagen, Aster?«, fragt sie. Ich starre ins Feuer, und mein Hals wird eng. Doch statt meine Gefühle einzuschnüren und wegzuschließen, taste ich zaghaft nach der Erinnerung an Mums Stimme. Sie sticht, doch der Schmerz hat einen bittersüßen Nachhall.

Mein Hals ist zugeschwollen. »Ich weiß, was sie sagen würde. Sie würde sagen, du bist vielleicht jetzt zwölf, aber vergiss bloß nicht, dass ich nach wie vor deine große Schwester bin. Deshalb solltest du immer auf mich hören, Popstar.«

Poppys Mund verzieht sich zu einem Lächeln, und ich möchte darüber lachen und weinen zugleich. Sie stößt mich mit der Schulter an. »Ja, klar, Astronomer. Wer's glaubt«, neckt sie und nippt an ihrem Kokoswasser, schließt wohlig die Augen.

Ich habe es getan. Ich habe über Mum geredet. Ich fühle mich leicht und schwer und merkwürdig – so, als müsse ich gleich womöglich besser eine Weile meine Atemzüge zählen.

»Also dann, willst du mir mal erzählen, was ihr ohne mich so getrieben habt?«, frage ich stattdessen. Die anderen im Kreis um das Feuer verstummen, lauschen.

Poppy zupft an ihren langen Zöpfen und nimmt noch einen Schluck Kokoswasser, räuspert sich dann. Mir fällt wieder ein, dass sie sich zuletzt neun Monate lang in selbst erfundener Gebärdensprache verständigt hat.

»Wir sind alle verkabelt mit Ionas irrer Montur am Strand angespült worden und haben blauen Glibber ausgehustet. Uns auf der Insel ein Lager eingerichtet. Sind. Fast. Durchgedreht. Haben nach dir gesucht, nach Iona gesucht. Wir waren erst einen Tag hier, als Jack beim Tauchen und Fischen auf einmal Kiemen bekommen hat. Irgendwas ist schiefgegangen, und er hat Luft eingeatmet. Geröchelt. Dann war er … tot.«

Beti unterdrückt ein Schluchzen. Ich vergesse immer wieder, dass die Jugendlichen aus Wildhaven praktisch Familie sind.

»Genau so muss es auch Callum ergangen sein«, sagt Beti. »Da waren diese Schlitze auf seiner Brust, diese seltsamen, gleichmäßigen langen Linien. Iona war ratlos, woher sie stammen könnten. Ich schätze, es waren Kiemen, aber brutal aufgerissene, nicht so ordentliche wie bei euch …« Sie murmelt immer leiser, wird wieder still.

Poppy trinkt noch einmal von ihrem Kokoswasser.

»Später haben wir begriffen, dass er aufgetaucht ist, ehe die Kiemen voll entwickelt waren – darin lag das Problem, deshalb sind sie aufgeplatzt, waren offene, blutende Wunden, haben nicht funktioniert. Als das Gleiche anschließend trotzdem auch Suki passiert ist, haben wir beschlossen, nicht mehr ins Wasser zu gehen, unsere Brust trocken zu halten. Allerdings hatten ein paar von uns schon solch komische Vertiefungen an der gleichen Stelle, wie Vorkiemen. Dann kam die Regenzeit, und wir waren ständig durchweicht und panisch, dass der nächste Tropfen Wasser unsere Brust aufbrechen und uns umbringen könnte. Talals Rillen waren am tiefsten. Er hat ignoriert, worauf wir uns geeinigt hatten – wie üblich – und ist ins Wasser gegangen. Dort haben sich seine Kiemen geöffnet. Diesmal ist alles glattgelaufen. Er ist unten geblieben, und wir anderen sind ihm bald gefolgt. Keiner konnte sich vorstellen, dass wir in der Lage sein würden, an Land *und* im Wasser zu atmen. Wir waren sicher, das würde uns töten, wie die anderen.«

»Also habt ihr *freiwillig* im Meer gelebt?«, frage ich.

»Du hast Jack und Suki nicht gesehen«, gibt Sea Boy zu

bedenken. »Unter Wasser zu leben schien uns die bessere Alternative … zum Tod.«

Callums lebloser, geschundener Körper blitzt vor meinem geistigen Auge auf, und ich erschaudere.

»*Deshalb* hast du mich also unter den Quallen festgehalten?«, wende ich mich an Sea Boy. »Aber ich hatte doch keine solchen Furchen.«

»Nein. Aber ich wusste, dass du eine von uns warst, Poppys Schwester.« Er hebt sein Handgelenk, zeigt mir den durchbrochenen Kreisbogen meines Gebissabdrucks, der inzwischen verschorft ist. »Auch wenn ich zum Dank dafür, dass ich versucht habe, dein Leben zu retten, bloß das hier bekommen habe.«

Poppy mustert die Stelle mit offenem Mund. »*Du* warst das? Respekt, Schwesterherz.«

Ich betrachte sie kopfschüttelnd.

»Dabei war es gar nicht immer nur schrecklich. Unter Wasser zu leben, meine ich«, sagt Sea Boy.

»Oh, sicher – vor allem war es eine richtige *Party*. Sich in der Finsternis auf einem Schiffswrack zu verstecken, rohen Tang, Muscheln und Krebse zu essen. Beim Gedanken an die Oberfläche in stocksteife Panik zu verfallen«, spöttelt Poppy.

Sea Boy schneidet ihr eine Grimasse und spricht weiter. »Wir haben die Riesenmantas abgerichtet und uns selbst beigebracht, Waffen zu fertigen und zu jagen. Nachdem wir erst einmal die phosphoreszierenden Algen entdeckt und die Kugeln gemacht hatten, ist alles viel einfacher geworden.«

Einen Moment lang herrscht Stille, durchbrochen lediglich vom Knacken des Feuers. In den Blicken, die Talal und meine Schwester tauschen, sehe ich grimmige Kameradschaft. Er hat gesagt, er habe Iona vertraut und daran geglaubt, sie werde zurückkommen. Ich kann mir nicht einmal ansatzweise ausmalen, wie sie alle gegenseitig aufeinander aufgepasst haben müssen, dort unten im Wrack, vereint in Angst. Ich schaue aufs Meer hinaus, und ich stelle mir das gesunkene Schiff vor, das weniger als einen Kilometer entfernt im Abgrund ruht.

Darnell meldet sich von der anderen Seite der Flammen zu Wort. »Iona hatte mir an jenem Morgen verraten, was sie vorhatte. Es klang wahnsinnig, aber sie hat mich gebeten, ihr zu vertrauen, und das habe ich getan. Ich habe ihr mit dem Container und den Ruhekapseln geholfen, und anschließend haben wir das Boot versenkt, damit keine Spur von uns zurückbleiben würde.«

Ich runzele die Stirn. »Wieso hast du dann später nicht dort nach uns gesucht, wenn du doch wusstest, wo der Container war?«

Darnell kaut auf seiner Lippe herum und schielt zu Poppy hinüber, senkt anschließend den Blick wieder ins Feuer. »Habe ich. Und ich habe gesehen, dass eure Kapseln noch verschlossen waren. Ganz ehrlich? Ich dachte, ihr seit vermutlich tot. Und falls nicht, hätte ich euch versehentlich umbringen können, wenn ich angefangen hätte, an den Kapseln oder der Technik herumzupfuschen. Also habe ich niemandem etwas verraten. Und bin nie zurückgekehrt.«

Ich mache den Mund auf, um etwas zu erwidern, schließe ihn aber wortlos wieder. Hätte ich in seiner Situation wirklich anders gehandelt?

Meine Gedanken schlüpfen aus dem Container, schweifen zum Wrack, zu Nygards sinkender Jacht im Herzen des Atolls. Dann weiter hinaus, über das gesamte Riff, Halo West, Halo South, diesen winzigen Inselring inmitten eines endlosen blauen Nichts.

Der Neuseeländer, Sam, sitzt auf der anderen Seite des Feuers neben Beti. Er zwirbelt sein blondes Haar zwischen den Fingern, hört mit ernster Miene zu, stiert in die Flammen. Sein heller Dreitagebart steht ihm, er trägt Betis T-Shirt, das ihm zu eng ist. Sie lehnt sich an ihn. Er fängt meinen Blick auf und lächelt, und es ist ein gutes Lächeln. Nygard hatte ihm versprochen, den Krebs seines Großvaters weiter mit Marisogen zu behandeln, sofern sie Iona finden würden. Er hatte keinen blassen Schimmer, dass das Medikament aus unserem Blut hergestellt werden sollte. Morgen werde ich die Ausrüstungstruhe nach dem USB-Stick durchwühlen, auf dem Ionas Forschungsdaten gespeichert sind, auch wenn ich mir nicht vorstellen kann, wozu ihre Arbeit letztlich gut sein soll. Nein. So darf ich nicht denken. All das hier muss etwas *bedeuten*.

Ich stehe auf, mit schwirrendem Kopf.

»Ich setze mich ein bisschen an die Lagune«, sage ich, und Poppy nickt. Mir ist klar, dass sie mich im Blick behalten wird. Auch ich will sie nie wieder aus den Augen verlieren.

Am Meer tauche ich meine Zehen ins warme Wasser. Mit dem Daumen fahre ich die geschlossenen Kiemen über meinen Rippen nach. Selbst ohne verhüllende Kleidung fallen sie kaum auf. Ich ertaste die vier Schlitze hinter meinen Ohren, die mühelos unter meinen Haaren verschwinden.

Nygard ist tot. Die Männer, die er angeheuert hatte, ebenso. Iona ist tot.

Sam ist der einzige Außenstehende, der von uns weiß. Er meint, seine Eltern werden sich in ein paar Tagen wohl um ihn zu sorgen beginnen, seine Notiz entdecken und hierherkommen. Wir haben die Situation bisher nicht durchgesprochen, aber wir könnten uns leicht vor ihnen verstecken. Oder aber sie zurückbegleiten, falls wir das möchten. Ich vertraue darauf, dass Sam uns nicht verraten würde, selbst wenn er jemanden fände, der ihm die Geschichte abnimmt.

Unser Schutz ist, dass wir unmöglich sind. Man muss uns sehen, um an uns zu glauben.

Sam hat mir von dem Artikel erzählt, den er aufgestöbert hat – von Nygards vermeintlichem Schwindel. Und Poppy hat mir erklärt, dass der Arzt zugegeben hat, unser Genom mit DNA einer versteinerten Meerjungfrau verändert zu haben.

Ein Mythos, der wahr ist. Es gab einst Meerjungfrauen, und das ist nicht einmal das größte Wunder. Das größte Wunder sind wir.

Nygard hat uns Blut für sein Heilmittel abgezapft, und er brauchte mehr, um es vermarkten zu können. Iona schienen wir zwar als Menschen am Herzen zu liegen, trotzdem war sie diejenige, die diese ganze Geschichte ins Rollen gebracht hat. Sie hat mit den Winterschlafgenen an uns herumexperimentiert und damit Nygard die Möglichkeit eröffnet, uns zu benutzen. Uns zu diesen … Halb-Meermenschen zu machen. Über das Wort muss ich beinahe lachen. Aber es stimmt.

Iona war überzeugt, sie werde uns retten; sie verstand nicht, dass sie dazu überhaupt kein Recht hatte. Aber ohne

Ionas Plan, Nygards Jacht zu versenken, wären wir jetzt nicht mehr am Leben. Ich schätze, meine Gefühle für meine Tante werden immer zwiegespalten sein. Im Augenblick empfinde ich gar nichts, bin vollkommen taub. Ich fasse noch immer nicht, dass sie tot ist.

Wir können hier auf dem Atoll bleiben, unbemerkt und in Sicherheit, und von Land und Meer leben. Doch ich will mich nicht für immer verstecken – nicht in dem Wissen, dass in meinem Blut eine Heilungschance für Krebspatienten zirkuliert, die anderen Menschen da draußen vielleicht zu helfen vermag. Menschen wie Sams Grandpa. Wenn allerdings die falschen Leute dahinterkommen, wo wir sind, *was* wir sind, sperren sie uns womöglich bis an unser Lebensende in ein Labor. Wieder schweifen meine Gedanken zu Ionas USB-Stick.

Eine Idee nimmt in meinem Kopf Gestalt an.

Das Labor muss uns gehören.

Mit meinen Lehrern zu Hause hatte ich darüber gesprochen, in der Oberstufe Naturwissenschaften und Mathe als Leistungskurse zu belegen; darin war ich am besten. Ich sehe Mum am Küchentisch vor mir, wie sie über meine Schulter späht, während ich an den Mathehausaufgaben sitze, und angesichts der komplizierten Gleichungen scharf die Luft einzieht. *Du bist genauso clever wie meine Schwester Iona. Wag es bloß nicht, deinen Grips zu verschwenden.*

Dass ich über diese Erinnerung nun lächeln muss, überrascht mich selbst. Wut und Trauer sind noch da, heiß und bitter, aber sie sind nicht mehr alles, was ich fühle, wenn ich an Mum denke.

Ich habe mich in der Schule nie so sehr angestrengt, wie ich es hätte tun können; erst war ich durch mein Schwimmen abgelenkt, später von Mums Krankheit.

Jetzt habe ich einen Grund, alles zu geben.

Ich habe neun Monate verloren. Mit achtzehn werde ich alt genug sein, das Sorgerecht für Poppy zu übernehmen. Wir werden Rollkragenpullover tragen und unser Haar offen lassen, und niemand braucht je zu erfahren, was es mit uns auf sich hat.

Schulabschluss, Studium – könnte ich das wirklich alles schaffen und Wissenschaftlerin werden? Sam hat gemeint, sein Grandpa habe sich einen schweren Infekt zugezogen, könnte aber mit regulärer Chemotherapie noch Jahre leben. Vielleicht bleibt uns sogar genügend Zeit, ihn zu retten. Ich könnte an einem Krebsmedikament forschen, für … alle?

Armzug. Beinschlag. Atmen.

Jetzt höre ich auf dich, Mum.

Ich werde herausfinden, was sich tief in meinem Körper verbirgt, das Geheimnis in meinem Blut ergründen.

Von hier wirkt die Lagune schwarz wie Tinte, doch ich weiß, wenn ich hineintauchen würde, würden die ersten Sonnenstrahlen durch die Oberfläche dringen, und meine Augen würden sich schnell an das Dunkel gewöhnen. Dort unten war einst Maris Zuhause, und nun ist es unseres.

Ich wende mich um, lasse den Blick den Strand hinaufwandern. Sea Boy hockt neben Sam, der über etwas lacht, das er gerade gesagt hat. Er stochert mit seinem Speer im Feuer, lässt Funken aufstieben, und als Poppy ihn auf den Arm boxt, grinst er und tut es erst recht noch einmal.

Ich presse einen Finger auf mein Handgelenk, und mein Puls nimmt den Rhythmus der Wellen auf, die gegen das Riff branden. Salzwasser pocht in meinen Adern. Der atmende Ozean.

DANKSAGUNG

Dieses Buch wurde durch ein Stipendium der Society of Author's Foundation unterstützt.

Meine erste eigene Geschichte zu veröffentlichen ist weit mehr als die Erfüllung eines Traums. Den folgenden Menschen danke ich von ganzem Herzen:

Meiner Agentin Laura Williams. Du hast mich entdeckt und bist genau dann in mein Leben gerauscht, als ich Dich brauchte. Du bist ehrlich, anspruchsvoll und beharrlich. Ohne Dich würde ich dies hier nicht schreiben.

Meiner Lektorin Rachel Leyshon. Du hast bis ins Herz meiner Geschichte gebohrt und mir geholfen, das Bestmögliche aus ihr herauszuholen. Ich habe so viel gelernt, an das ich mich für immer halten werde – danke, dass Du an mich geglaubt hast.

Meinem Verleger Barry Cunningham. Deine Kreativität ist aus gutem Grund legendär, und ich kann noch immer nicht fassen, dass ich von Deinem akribischen und detaillierten Rat profitieren durfte. Es macht mich unglaublich glücklich, dass Du Dich derart für mein Erstlingswerk einsetzt.

Elinor Bagenal – wenn es darum geht, dieses Buch in die Welt hinauszutragen, fühle ich mich bei Dir in den sichersten und fähigsten Händen. Kesia Lupo – Du hast Deinen frischen Lektorinnenblick über diese Geschichte schweifen lassen, gerade als sie es nötig hatte. Claire McKenna – für Deine scharfäugige Korrektur und dafür, dass Du immer die richtigen Fragen gestellt hast. Jazz Bartlett und Laura Smythe – dafür, dass Ihr so emsig meine wässrigen Worte verbreitet habt. Esther Waller – weil dank Dir die Herstellung so glatt und doch so aufregend verlaufen ist.

Helen Crawford-White, die ein schöneres und passenderes englisches Cover entworfen hat, als ich es mir je hätte erträumen können. Rachel Hickman – für Deine gestalterische Vision, redaktionellen Anmerkungen, und dafür, dass Du mich in den Gestaltungsprozess des Covers so eng eingebunden hast.

All den anderen wunderbaren Chicken-House-Autoren, die meine unbeholfenen Fragen beantwortet und mich so herzlich in den Hühnerstall aufgenommen haben.

Megan, für Deine Lektüre aus dem Blickwinkel einer echten Neuseeländerin. Rachel Sweetingham – Psychologin und liebe Freundin – für Deine frühen Ratschläge, Deinen unerschütterlichen Glauben und dafür, dass Du mich stets angefeuert hast. Sophia und Dan, meinen einfühlsamen und gründlichen Korrekturlesern. Ich danke Euch allen für Euren Input – sollten sich noch Fehler im Buch finden, liegen sie allein in meiner Verantwortung.

All meinen büchervernarrten Freunden auf Twitter – ich fürchte, es sind zu viele, um sie namentlich zu nennen. Auf

Eure Gemeinschaft bin ich erst durch Lucy Powries großartigen #UKYAchat aufmerksam geworden. Lucy, Du bist für mich Unterstützung und Inspiration. Ein großes Dankeschön an die Hosts von #ukmgchat, Lorraine und Miriam, und an Emma, die den #ukteenchat betreut. An all die Blogger und Buchhändler, die eine Lanze fürs Lesen brechen und so freigebig mit ihrer Zeit und Begeisterung sind. Louie und George danke ich dafür, dass sie mir beim Einreichen des finalen Manuskripts so unverzichtbar die Hand gehalten haben. Giles Paley-Phillips, meinem Schreibkumpel aus Seaford – für Deine Tipps und die permanente Ermutigung. Der brillanten und entzückenden Sarah Harris – für alles von Überarbeitungen bis hin zu Lachsalven, Unterstützung und Freundschaft.

Mags, Emma, Lyann, Claire, Helen, Margaret und Jude – dafür, dass Ihr mir die Treue gehalten habt, obwohl Ihr meine frühen Entwürfe lesen musstet, ziehe ich vor Euch den Hut. Anna KP – für Deinen Beistand vom Anfang bis zum Schluss und Deine ewige Zuversicht. Meinem leidgeprüften Buchclub, dessen Mitglieder allesamt irgendwann entweder von meinem Werk gehört oder es in verschiedenen Entwicklungsstadien gelesen haben und dennoch meinen Weg weiter leidenschaftlich verfolgt haben. Mag sein, dass der Wein das begünstigt hat. Jo S., die an einem wichtigen Punkt als Leserin dazugestoßen ist und mir auch meine ersten beiden jugendlichen Testleser – Charlie und Amy – organisiert hat. Es freut mich, dass Ihr mein Buch spannender fandet als Eure Englischhausaufgaben.

Meiner fabelhaften Uni-Clique – Eure Reaktion auf die

völlig unerwartete Nachricht, dass ich ein Buch schreibe, hat mir den Mut gegeben, an mich selbst zu glauben. Und ja, es wird eine Party geben.

Jo Hogan. Erste Anlaufstelle, talentierte Autorin, gnadenlose Lektorin, blitzlesende Konstruktivkritikerin und geschätzte treue Freundin. Du hast gigantischen Anteil an dieser Geschichte und dafür gesorgt, dass die gesamte Reise spaßiger und weniger Furcht einflößend war.

Meiner Sally, für alle schwesterliche Komplizenschaft und Heiterkeit und sämtliche kleinen Nettigkeiten, Tag um Tag und für immer. Ich bin froh, dass die erste Kritik überhaupt von Dir kam, und nein – ich weiß auch nicht, was der Riesenkrake im Manuskript sollte.

Meiner ganzen einmalig tollen Familie. Meiner wunderbaren Großmutter, die uneingeschränkt an mich glaubt. Mum, für ein Zuhause voller Lieder, Tatkraft und Kunst, und dafür, dass Du mir gezeigt hast, wie ich finde, was ich liebe, und es dann unbeirrt verfolge. Dad – für meine Liebe zum Meer, für all die Abenteuer, Laufrunden und erfundenen Geschichten, und weil Du fest überzeugt warst, dass mir alles gelingen kann. Meinem Bruder Rob für die Tagträume im Etagenbett, die schon früh meine Fantasie beflügelt haben, und für all die Späße und Schrammen unserer Kindheit; Du hast mir gesagt, ich solle das Buch schreiben, und ausnahmsweise habe ich einmal auf Dich gehört. Meiner Schwester Kathryn, zuverlässige Erstleserin, die mir wertvolles Feedback gegeben und außergewöhnliche Geduld bewiesen hat.

Aster. Der ersten fiktiven Figur, die ich ins Leben geschrieben habe, seit ich zehn war. Beinahe alles in diesem Buch hat sich im Laufe der Zeit verändert, außer Dir. Ich hätte nie gedacht, dass wir beide so weit kommen.

Meinen Söhnen Edward und Oscar – Ihr inspiriert mich jeden Tag. Ja, das hier wird ein richtiges, echtes Buch.

Bill. Du hast mir Zeit geschenkt auf Kosten Deiner eigenen, und ohne Dich hätte ich es nie geschafft. Ich danke Dir. Ich liebe Dich. Was gibt's zum Abendessen?

Meinen Leserinnen und Lesern. Danke, dass Ihr bis zuletzt bei mir geblieben seid. Das alles ist für Euch.

MIX
Papier aus verantwortungsvollen Quellen
FSC® C014496

Ein *Chicken House*-Buch im Carlsen Verlag

Originaltitel: The Secret Deep
Aus dem Englischen von Fabienne Pfeiffer
Lektorat: Maike Brandhoff
Umschlaggestaltung: Henry's Lodge / Vivien Heinz
Umschlagillustrationen: Adobe Stock / Dmytro Tolokonov, rasica
Herstellung: Derya Yildirim
Satz: Dörlemann Satz, Lemförde
Gesetzt aus der Melior LT
ISBN 978-3-551-52114-9
Printed in Germany

www.chickenhouse.de